Conrad Egenberger von Wertheim

Dänemarkische Historien

Conrad Egenberger von Wertheim

Dänemarkische Historien

ISBN/EAN: 9783743411791

Hergestellt in Europa, USA, Kanada, Australien, Japan

Cover: Foto ©Andreas Hilbeck / pixelio.de

Manufactured and distributed by brebook publishing software (www.brebook.com)

Conrad Egenberger von Wertheim

Dänemarkische Historien

≥ LN 1029

Suppleret 1920 med Fotografier
efter Exempel. i Brit. Mus.

3

Dennmarckische Historien

Von eines Tref-
fenliche Königs Sohn / der

nach seins Vetters Tod Regiert/der
König in Dennmarck wirdt/ vnd von seiner Ritterliche Mannliche Thatte/auch König in Enge-
landt/ Rodis vnd Babylonia / mit viel vnglück/
doch auffs letzt sein trawriges Hertz/ mit grosser
frewde erquickt/ in einen lüstigen Garten sein zeit
mit eine Königs Dochter/ vnd wie es jm ergieng.
Jetzund aber ·uß Dennmarckischer Sprach/
trewlich verteudscher/ vnd in Truck
geben / Durch

Conrad Egenberger von Wertheim.

Getruckt zu Frandfurt am Mayn.

1571.

hehe/ Zunst vnd
geiheit / nachey
ben/ Leßarvnd Be
rungste fonder dem
Stoßing zelant
fram men auch dem
ihr forschlanse in
verbergen. Dann
Rhein/ auß diese
quelle fürsten vnd
fie auch aus bloß
Alcran höchsten
cen werden/ auch
kommen/ bist aus
den bellten/ greist
dun vor augen ten
tomal vns derdenst
angezeigt vn fürst
der weit der Alle
fang der Wete/den
erzeigen vnd besse

ES hatt der All=
mechtige gütige Gott/
von anbegin/auß vner=
forschlicher Weißheit/
güte vnnd genade / den
Menschen viel vnd man
cherley güte vnnd köst=
liche/ Kunste vnd Gaben verliehen vñ mit
getheilt / vnder welchen die Kunst schrei=
ben/Lesen vnd Buchtruckens/nicht die ge=
ringste/sonder billich/vnder die besten vnd
Edelsten zu zelen vñ zusetzen/was nutz vnd
frommen auch dieselbe dem gantzen mensch
liche Geschlecht/bringen thue/ist niemand
verborgen/ Dieweil auch fast alle andere
Künste / auß dieser / als auß einem Brun=
quelle fliessen vnd herkommen.Derhalben
sie auch mit höchster danckbarkeit/von den
Alten in hohen Ehren vnd Wirden gehal=
ten worden/ nachmals auch von jren nach=
kommen/ biß auff dieser vnsere zeit (wie
dan billich) großlich gemehret/ vnd (wie
dan vor augen)außgebreitet worden./Sin
temal vns dardurch als durch ein Spiegel
angezeiget vñ fürgestellet wirt/ was Wun
derwerck der Allmechtig GOtt / von an=
fang der Welt/dem menschliche Geschlecht
erzeiget vnd beweiset /Daneben auch viel

A ij   wun=

Vorrede.

wunderliche Geschichten vnnd treffenliche
Thaten/ der Hochberümpten leute/ vnnd
thewren Helden/ welches dañ alles ohne di
ses edle Kunst in vergeß gestellet worden
were. Dann wir noch heutiges tages ne=
ben der heiligen Schrifft/ viel Bücher vnd
frembde seltzame Geschichten für vns ha=
ben/ nit aber allein von den Juden als dem
Volcke Gottes/ sonder auch der Christen
Türcken vnd Heyden/ treffenliche vñ mañ=
liche thaten/ so sie dañ jederzeit getrieben/
welche durch die geschrifft noch in blüender
gedechtnuß seyn/ Dadurch dañ auch man=
cher küner Heldt bewegt worden / desto
mehr sich zubefleissen/ Preiß/ Lob/ Ehr/
vnd Danck durch seine mañliche ritterliche
Thaten zuerwerben/ jme auch ein ewigen
namen dardurch zuschöpffen/ als man dañ
alle Historien vnd Cronicken voll findet/
wie jren viel williglich sich in Todtes ge=
fahr begeben/ daß sie ein ehrlichen Tittel
vnd Namen bekommen möchten/ etc. Wel
chen dañ dieser Olgerdenne auch gefolgt/
vñ sich wider die feinde des heiligen Christlichen Glaubens/ auch in andern Kriegen
vnd Schlachten/ mannlich vnd vnerschro=
cken gebraucht/ Dardurch erworben/ daß
jm ein eigen Buch oder Cronick/ von den
Frangosen geschrieben worden/ Sintemal
nun vil Menschen befunden werden/ so da
                                    groß=

groſſen luſt vnd liebe (frembde Hiſtorien vnd geſchichten zu leſen / etwas darauß zu lernen / ſich auch darinnen zuerlüſtigen) tragen thun / in welcher zal ich mich auch finden laſſe / dañ ich allerley Bücher vñ Cronicken zu leſen noch nit müde worden / Iſt mir auch kürtzlich dieſe Cronick in Denniſcher Zung fürkommen / vnnd wiewol mir dieſelbige Sprach nicht vberflüſſig bekañt / hab ich doch der mühe mich vnderwunden / vnd ſie nach möglichem fleiß (dieweil man dem alten Sprichwort nach / nichts vnter der Banck ſoll ligen laſſen) in teudſcher Sprach trañßferiert / dañ ſie / die zeit damit zu kürtzen / ſehr lüſtig vnd kurtzweilig iſt / Habe auch nichts darinnen geendert / oder hinzu gethan / Dann allein die Sumarien / damit der Buchtrucker / mit ſchönen figuren / ſie zieren möchte / welche dañ im Denniſchen Exemplar nicht funden werden. Wolleſt derhalben / günſtiger Leſer / in guter meynung ſolchs auffnemen / nicht achtende / ob es ſchon nicht ſo zierlich (wie dann wol billich were) fürgetragen worden / Dañ es mein erſter außflug iſt / ward mir auch die zeit / als ich ſolche arbeit für die hand name / ſehr kurtz / wo mit der zeit was anders fürfallen würde / ſol es mit der hülffe des Almechtigen gebeſſert werden.　　　　A iij　Vor-

Eberman mag
wissen vnd mercken/
in rechter Warheit/
das König Olger/
König Goetrickt Son war/auch
hier in Denmarck geborn/er war
auch der B. B. König hie im
Reich/wie den Herr Saxo Gram
maticus auch) hievor beschrieben/
in dem neundten Buch Denni=
scher Cronicken/ welche er in gu=
tem Latein beschrieben/vnd nen=
net jn da Oluff/wie er dañ hie im
Reich auff Dennisch genennet wor
den/ aber da er zu Reyser Karln
in Franckreich kam/da nennetē sie
jn Olger/ auff jr sprach (welches
dan Oluff ist auff Dennisch) bey
dem Namen blieb er dañ auch v=
ber gantz Franckreich/auch in an=
deren Landen vnd Reichen. So
das jederman vil von seinem Na=
mē wissen zu sagen/von seiner gros
sen manheit wegen/so er in Krieg
vnd

vnnd Sd
Christlich
men dem
schier auch
Das alle so
wissen mög
schrieben sy
Es sol hie
wundern d
schen Croni
jme geschrib
der Königa
vnd it ordli
sammen vñ
Dañ es zar
Reix der sie
len/ so te me
grosse runde
thaten riche
So dañ er az
gerñ edle mē
auch arister s
zeit besange
kein Cünst
reich so solt

ın mag
o mercken/
Warheit/
iig Olger/
n war/auch
oın/er war
önig hie im
Za vo Gram
: beschrieben/
Such Denni-
liche er in gu-
ben/ vnd nen-
: er dañ hie im
b geneñet wer
Reyser Karln
da nennet sie
rach / welchis
Dennisch/ber
er dañ andre
ich/auch in an-
Reichen. So
on seinem Na-
ron seiner g...
s so er in Krieg
rn?

vnnd Schlachten / den heiligen
Christlichen glauben zubeschir-
men/ betrieben. Drumb wil ich jn
schier auch Olgerdenne nennen/
Daß alle so dise sein Cronick lesen/
wissen mögen daß sie von jme geschrieben sey.

Es sol sich auch niemandt ver-
wundern/das in der alten Dennischen Cronicken nicht mehr von
jme geschrieben ist/ dann er ist nit
der König allein/ der so schlimme
vnd schendlich / vmb rechter ver-
saumnuß willen vergessen worde/
Dañ es war kein König hier im
Reich/der sich dessen bekostige wöl-
len/ solche merckliche Croncke/vñ
grosse wunderliche/ vñ Mañliche
thaten recht beschreibe zu lassen/
So dañ er auch ander mehr Könige vñ edle mäner/beyde in de land
auch auffer Lands in vorgangne
zeit begange haben/ es war auch
kein Clerick oder Priester hie im
reich/ so solcher schwer arbeit wolt

A iiij   ver-

vergebens thun / Darum iſt auch
manche ſchöne Cronicken / ſchend-
lich verſaumpt / vnnd gleich gar
vergeſſen worden / ſo daß ſie nimmermehr Beſchrieben worden.

Dieſer Mechtig vnd Edle König Olgerdenne / war auch zur A-
bentheur ſo gar von den Dennen
vergeſſen worden / daß ſie nit ge-
wißt / das er eins Königs Sohn /
dazu ein Mechtiger König hie im
Reich geweſt / hette ich mich nicht
der ſchweren Arbeit vnderwunden / ich war offt darumb gebeten /
mir ward auch gebotten vnd befohlen / ich ſolte mein beſtes thun /
daß ich ſeine Cronicke finden möchte / mir ward auch guter lohn für
meine Arbeit gelobt / ob ich ſie auff
Deniſch beſchreiben wolte / Drum
legt ich all mein fleiß darauff / daß
ich ſie außſpüre möchte / So fand
ich ſie letzlich zu Pariß in Franckreich / auff Frantzöſiſch getruckt /
vñ ließ ſie in Latein bringen / ga'.
dar-

darfür G
frantzöſi
kunde dar
de Latin in
großer arb
den Daß a
darin ſiben
wiſſen . di
mannliche i
Kriegend ?
frembden L
biß an der A
wie dann a
ſten.nud
porum gena
das groß Ju
ende: rã zu d
nen genann
daſſelbe La
Chriſtlichen i
inn ein Patri
die Regieren
lichen Chriſti
ſelb hieß Pri-
ems Königs

am ist auch
'en/ schend-
) gleich gar
daß sie nim-
1 worden.
D Edle Rö-
 auch zur A-
den Dennen
daß sie nit ge-
bnigs Sohn-
König hie im
ich mich nicht
t vnder wun-
rumb gebetten/
votten vnd-
im bestes than
te finden möch
guter lohn für
e/ ob ich sie auff
n wolte. Drumb
iß darauff daß
lcher So fand
riß in Frant-
bsisch getrewt
m bringen ge-
das

darfür Gold vnd Silber/ daß ich
Frantzösische sprach nit verstehen
kunde/ darnach versetzt ich sie auß
dē Latein in Deütscher sprach/ mit
grosser arbeit/ vnd liesse die Tru-
cken/ Daß alle Dennischen mögen
darin sehen/ lesen oder hören/ vnd
wissen / die grosse wunderliche
mannliche Thaten / so Olger in
Krieg vnd Vehden/ in manchen
Frembden Landen vnd Reichen/
biß an der Welt ende/ betrieben/
wie dann auch in einer Lateinischen Cronicken / Fasciculus tem-
porum genannt/ stehet/ wie Olger
das groß Indien, biß an der Welt
ende/ vñ zu dem Baum der Son-
nen genannt/ gewann/ vnd kam
dasselbe Land vnder den heiligen
Christlichen Glauben/ vnd setzte
inn/ ein Patriarchen/ der die Kir-
chē Regieren solte/ auch den geist-
lichen Christlichen stand/ vnd der
selb hieß Priester Johan/ vñ war
eins Königs Sohn auß Frieß-
     A v   land/

land/vnd alle seine nachkommen/
seind bißher alle Priester Johan
nach im genēnt wordē/ wie sie sich
den auff den heutigen tag heissen
vnd genennt werden.

Hie kan nu jeder sehen vnd mercken in diser Cronicken/ wie grossen willen/Reyser Carl/auch ande
re außlendische Rönige/vñ Herrn
in Franckreich/auch andern Landen vnd Reichen/hetten nicht allein jre eigne Cronicken/vñ wunderliche Manliche thaten/so sie vñ
jre Voreltern in vergangnen zeiten bedriben hetten zuuerhassen/
sonder sie liessen auch dises frembd-
den Herrn Rönig Olgers Cronick
en/in jhrer sprach beschreiben/jm
zu einer ewigen gedechtnuß Preiß
Lob vñ Ehr/vm der grossen man
heit willen/so er bey jn in Rrieg vñ
Schlachtē/auch in ander Landen
vñ Reichen/biß an der Welt ende/
begangen/von welcher sie grossen
lust vndfrewde haben/weil sie die
lesen

lesen oder vr
Was groß
et/billich vr-
mānir habe
edr iejen di
eigen land zu
lebē so mā lu
den Landen
seiner großen
caviern jeneu
leni Croden
junge man b
auch thun seu
teler ri eva
sich mā ich u
bey dem Lan
andern Land
branchi vnd
vergangen zc
klärlich in ma
alten latainiß
schriebē find
glauben siehe
derlich si cdb
gem bedünck

kommen?
er Johan
wie sie sich
ag heissen

rvnd mer=
/ wie gros
auch ande
e/vñ Herrn
idern Lan=
:en nicht al=
n/ vñ rum
ten/so fern
angnen zei
zuerhassen
ises frembd=
ers Cronick
preiben/im
enuß Preiß
rossen man
n Krieg vñ
er Landen
Welt ende
r sie grossn
k weis sie die
lesen

lesen oder von andern hören lesen.
Was grossen lust vnd frewde sol
tz/billich vñ von recht alle Deñisch
mäñer haben/ wañ sie hörn/sehn/
oder lesen/dise Cronicke/ von irem
eigen landßman/ dz er so ehrlichge
lebt/so mañlich gestritten in fremb=
den Landen vñ Reichen/ dz sie võ
seiner grossen mañheit wegen/ vil
tausent seiner Cronicken beschrei=
bē vñ Trücken lassen / Auß welchē
junge man/ beyde in denen landē/
auch hie in seins Vaters Reich/gu
te lehr vñ exempel mögen nemen/
sich mañlich in krieg vñ Schlacht
beyde im Land/ auch außwēdig in
andern Landen vñ Reichen zuge=
brauchē/wie dan Deñische man in
vergangen zeitē gethan/ wie man
klärlich in manchen frembdē auch
alten lateinischen Cronicken ge=
schrieben sind/welchen dañ wol zu
glauben stehet/wiewol manch won
derlich stück dariñ stehet/so da man
chem bedůnckt vnmöglich seyn.
Hie

Die steht auch manch wunderliche Thaten dieser Cronicken / so
Olger triebe außerhalb Landes/
so da scheinen unmöglich von eim
man zuthun / doch ist gleichwol
glaubhafftig / daß er solches ge-
than/ dañ andere außlëdige Herren und Könige / gundten jhme/
so da elendt und frembd bey jnen
war/ den preiß und ehre/ so er selber in jrem Land uñ Reichen/ ge-
wan/auch in andern mehr Lan-
den/ in Krieg und Vehden / mit
seiner grossen Mannheit gewan/
zubehalten/ liesse auch solchs Be-
schreiben/ jme zu einer ewigen gedechtnuß.

Were solche seine Cronicke vorhin hie im Reich gedichtet oder beschrieben wordē/ So möchte man
balde dencken und sagen/ daß ein
Denischer König solche den Dennischen zu eim grossen lob / preiß
und ehre/schreiben uñ dichten las-
sen/ Daß man in andern Landen
und

b wunder,
onicken/ so
Landts/
ich von eim
gleichwol
solches ge-
ledige Her-
adten jhme/
bd bey jnen
re / so er sel
Reichen/ge-
mehr Lan
lehden / mit
heit gewan
solchs Bo
r ewigen ge

ronicke vor-
hert oder be
möchte man
gen daß ein
che den Den
m lob ; preiß
n dichten li-
dern Lander
nd

vñ Reichen sagen möchte/wir het
ten vorzeiten solche mechtige tüch
tige Man im Reich gehabt/so solche grosse/vñ schier vnglaubliche/
mannliche Thaten begangen het
ten/sagen auch vil noch/es sey vnmöglich / daß ein Mann / solche
Thaten betreiben könne.

Wolten auch die sehen oder lesen in der Bibel / so solten sie wol
vil grössere / wunderlichere Tha-
ten/dañ diese seyn / finden / die da
auch vnglaublich scheinen / seyn
gleichwol geschehen/wie es da stehet / Da stehet auch wie Samson
die beyde Pfortç von einer Statt
brach / vnnd trug die auff seinen
achseln auff ein Berg. Auch ein
zeit da alle Herren vnd Obersten
der Philister / in eim grossen
Hauß / so auff zweyen Seulen
stundt/versamlet waren/ nam er
die ein Seule in sein rechte/die ander in seine lincke Handt/vnd risse
die vmb / daß das gantz Hauß nider

der fiel/ vnd ſchlug wol drey tauſ
ſent Menſchen todt/es ſtehn auch
vil gröſſere vnd wunderliche tha=
ten in der Bibel/wie ein man 2000.
in die flucht ſchlug/auch zwẽ ſchlu=
gen 10.tauſent in die flucht/welchs
dañ jederman ſelbs ſehen vñ leſen
kan/ drumb wil ich nun anfahen
ſein Cronicken von ſeiner Geburt
her in die Welt zubeſchreibẽ/biß zu
ſeinem ende/das alle Deniſche Ge
wiſſen mögen wiſſen/das der Kö=
nig Gottrichs Sohn/auch ein ge=
waltiger König hie in Deñmarck
Engelandt/ vnd Babilonen ge=
weſen/ der gemeine Mann hie im
Reich wiſten vorhin nicht anders
dann er were nur ein Deniſcher
kempffer geweſt/vnd niet des Kö=
nigs Gottrichs Sohn/ Derhalbẽ
bin ich verurſacht worden/ſolches
nach der leng zubeſchreiben/ vnd
einem jeden diß meine geringe ar=
beit wolgefallen laſſen/ Dam c
GOTT dem Herren be=
fohlen/ꝛc.

Wie König Gottrick der Reussen König vberwandt vnd Erschlug / auch sein Tochter zum Weib nam/welche in der Geburt starb/ ꝛc.

GOttrick König Olgers vatter / war ein mechtiger Gewaltiger König hie in Dennmarck / beyde zu Wasser vnnd Landt / wie Herr Saxo grammaticus in dem achtē Buch Teutscher Cronicken schreibt/derselb König Gottrick hatte alle Landt vnd Reich zu ring vmb bezwungen / auch zu schatzung vnd dienst der Teutschen Kronen genötigt. Da wolte er auch versuchen/was der mechtige König in Reussen im Schilde fürte/ drumb bereitet er sich mit manchem feinen Teutschen Manne/ vñ fur zu jme zu wasser/vnd schlug jn todt in einer Feldschlacht/ vnd nam da sein Dochter junckfraw Mundam/ auch all sein Golt vñ habe zur beute / darnach liesse er sie teuffen/

B vnd

Denmmarckische

vnd ließ sie Danemundam nennen. Etli=
che zeit darnach berüffte er zusamen / all sein
Rath vnd Ritterschafft / Frawen vnd Jung
frawen / auch ander gute leuth / vnd hielte so
ein mechtig köstlich Hochzeit mit jre / fünff=
zehen tag lange / vñ die erste nacht da er bey jr
lag / zielte er Olgern mit jhr. Da sie jhn nu
sechs oder sieben Monat getragen / da ward
sie gar groß vñ dick / dz alle die sie sahen / mein
ten vnd glaubten / sie wurde zwey oder drey
Kinder zugleich gebern / sie forchte auch selbs
gröblich / sie würde an der geburt sterbe / weil
sie so dick was. Da nu neun Monat verlauf
fen warn / gebar sie Olgern alleine / starb
auch in derselben stunde / dafür betrübte sich
König Gottrick gar sehr / auch das gemein
volck in Deñmarck / dañ sie war ehrlich / tu=
genthafftig vnd frumb / die Frawen so da bey
jr waren / die namen das Kindt sluchs / vnd
trugen es in ein ander stuben / da es geseuget
vnd auffgezogen würde.

Wie König Gottrick die Königin
ehrlich begraben / Vnd das new geborn
Kindt teuffen liesse.

Darnach

mnen. Etli
nmen/ allein
en vnd Jung
/ vnd hielte so
mit jre fünff,
acht da er bey jr
. Da sie jhn nu
ragen/ da ward
t sie sahen mein
zwey oder drey
orchte auch selbs
burt sterbe/ weil
Monat verlauf
rn alleine/ sein
a für betrübte sie
auch das gemein
ie war ehrlich zu
Frawen so lieb
Kinde fluchs/ vnd
ren/ da es gescha

ck die König
das newgeborn
bliesse.
Cap.

Arnach ließ König Gottrick die fra=
wen gantz ehrlich vnd Hochzeitlich
begraben/ mit grossem pracht vnnd
ehren/ wie dann ein solch gewaltig Königin
gebürt zubegraben/ vnnd versamlet der Kö=
nig darnach die Obersten Herren vnd Fra=
wen im Reich/ die solten sein Geuatter wer=
den/ vnd liesse Olgern teuffen/ vnd nennet
jn Oluff/ aber ich wil jn Olger nennen/ daß
er also vber alle welt genennet war/ das alle
so diese seine Cronica lesen/ sollen wissen/
das sie von jme geschriben sey. Als er nun ge=
taufft war/ da schicket jhm sein vatter zwo
Ammen/ die jn seugen vnd auffzihen/ solten
dann ein Fraw kundt jn nicht allein erneh=
ren/ dann er war viel grösser/ dann andere
Kinder gemeinlich pflegen zu sein/ da Ol=
ger nun etwas auffwuchse/ da ward er sehr
vernünfftig vnnd klug in seiner Kindtheit/
vnd hatte gute vnd züchtige sitten an sich/
das jederman darab sich verwundert/ Daß
er wolte mit andern Kindern nicht spiellen
nach kurtzweilen/ sich auch nicht vben in an=
dern kindtlichen thaten/ so die Kinder pfle=

B ij   gen

gen zu thun / er erzeigt allen die Hoch vnnd
mechtig waren / groß zucht vnd ehre / die jm
gleich waren / bewiß er demut vnd dienste/
er redet lieblich vnd freundtlich mit den Ar=
men/ darumb bekame er ein gut gerücht von
allen so jn sahen oder kandten/ welches doch
selten geschicht/das einer jederman zu freun=
de haben kan.

König Gottrick war Wittwer neun jar/
nach dem Danemunda gestorben war/ dañ
er betrübte sich so sehr vmb sie / das er kein
Weib mehr wolt nemen. Da rieten jm sei=
ne Räthe / er solte sich verheyraten / drumb
name er ein ander Königin / vnd zeuget ein
Son mit jr / der hieß Gäde / der ward auch
sehr weiß vnd klug in seiner jugendt / das je=
derman sagte/er trette in seines bruders Ol=
gers fußstapffen. Darnach sasse König Got
trick lange zeit mit fried vnd ruhe/ one Krieg
vnd vhede/ dann er hatte alle Land zu rings
vmbgewonnen vnd bezwungen / schatzung
vnd tribut der Teutschen Kronē zubringen.
Das verdroß die Sachsen vnd andere Teut
schen/ so er vorhin hart geplagt hatte / vmb
jrer

jrer widerspennigkeit willen / die waren jm
heimlich feindt/das er so schwere Schatzung
auff sie gelegt hatte.

Wie König Gottrick von dem Kei-
ser verklagt wardt / vnd der Keiser
jme botten schickt.

Arumb zohen sie zu Keiser Carl/vñ
sagten / das König Gottrick jhme
nicht/wie andere König in der Christenheit wolt vnderworffen sein / were auch
so Hochmütig / das er nicht bekennen wolte/
das der Keiser vber jme wer/ Darumb hette er
auch in seinem Lande vnd Reich / sein eigen
Recht vñ Ordnung/achtete auch kein ander
recht . Der Keiser schickte bald Bottschafft
zu König Gottrick/ er solte kommen / vnnd
jme hulden/ auch sein Lehen von jme empfahen / oder er wolte in Denmarck kommen/
sein Landt schenden vnd breunen / jne auch
lebendig in ein Löwen gruben werffen / vnd
seine Kinder in eisen vnd gefencknuß legen.
Da der Bott seine Bottschafft geendet
hette / Antwortet jm der König vnd sprach:
B iij Sag

Dennmarckische

Sag deinem Herren die antwort/ Ich habe
Denmarcks Reich von meinem Vater frey
vnd ledig entpfangen vnd angenommen/
wil auch meinen Sönen solches nach meinem Todte also vberantworten/ Will er einig part oder theil mit mir hie im Reich ha-
ben/ das er dann bald komme/ dann ich nier-
gendt fliehen wil/ sonder wil sein hie daheim
warten/ ich wil in auch/ so er her kompt/ dermassen entpfangen/ das er sagen solle/ er habe hie dennische Man/ vnd nicht feige Weiber funden. Als der Keiser diese hochmütige
antwort entpfinge/ ließ er bald ein groß Heer
zu Schiff zurichten/ vnd segelte nach Frieß-
landt/ welches König Gottrick da inn hatte/
als sie da in einer Schlacht zusamen kamen/
schlug König Gottrick lang mälich mit jme/
doch ward er zuletzt vberwunden/ vnnd ge-
fangen/ wiewol er vil gut vnd ehrlich Man
mit sich in dem streit hatte.

Wie König Gottrick in einem streit
gefangen/ vom Keiser begnadet/ vnd
seim Son Olger zu Gist el
geben wardt.

Keiser

t / Ich habe
Vater frey
genommen /
es nach mei=
n / Will er et
im Reich ha=
dann ich nier=
rin hie daheim
er kompt / da=
jen solle er ha
cht feige Wei
se hochmütige
d ein groß Hen
te nach Frich
nck da in hatt
samen kamen
näuch mit jme
nden / vnd ge=
nd ehrlich Rath

n einem streit
gnaden / vnd
Gistel

Keise

KEiser Carl nam jn miltiglich zu gnaden / doch mit dem bescheidt / das er jn für sein Herren erkennet / auch selbst persönlich in Jars frist gen Pariß in Franckreich keme / jme alda hulde vñ schwüre / auff sein ehre / darauff solte er jme stracks sein Son Olger zu Gistel vberantworten / welches er thete / So zog der Keiser widerzurücke vberlandt / vnd sandte sein Keiserin vor sich in Teudschlandt / Es war fasten / da er auffzoch / Drumb hielt er Osterlich hochzeit in Flandern / vnd begabte da seine diener vñ Kriegßleute ehrlich / dann sie hatten Ritterlich mit jme gestritten / Darnach befahl er Hertzog Neimis von Beyern / er solte achte auff Olgern haben / jne zucht vnd ehr lernẽ / dann er war sein freundt Mutterhalb / ein Jar darnach / ließ der Keiser seine Räthe für sich beruffen / mit jnen zu rathen vnd reden / von des Reichs geschefften / in dem sahe er Olgern vnder den andern / da fiel jm in siñ / das sein Vatter sein gefencknuß vnd gelübde so er jme gelobet / nicht geleistet noch gehalten hette / drumb sagt er zu seinem Rath / Kö=

B iiij   nia

nig Gottrick ist sehr böß vnd hart/ das er seinen schönen Son nicht auß gefencknuß lö-
set/ Darnach beruffte er ein Hertzogen zu
sich/ der sein Heuptman auff einem Schloß
in Flandern war/ da sanct Odemar ligt/
vnd befahl jme/ er solte jn ins gefencknuß le-
gen/ biß sein Vatter keme/ vnd jn auß gefengnuß lösete.

Der Hertzog gewann Olgern sehr lieb/
dann er war züchtig/ vnnd ehrlich/ beide in
worten vnnd thatten/ Drumb sagte er zu
jhme/ Mein lieber Son/ biß wol zufriden vnd sorge nichts/ dann ich wil dich wol
halten/ vnnd dich täglich lassen mit meiner Haußfrawen vnd Dochter vmbgehn/
auch mit andern schönen Jungkfrawen/
das du magst lust vnd freude mit jnē haben.
Olger kundte doch nicht von sorgen lassen/
drumb sagte er zu jm/ vnd den andern die bei
jm waren/ lieben freund ich glaub gewiß das
es meines Vatters schuld nicht ist/ das er
nicht kompt vnd sein gelübde helt/ dann es ist
meiner Stieffmutter schuld/ die helt jn daheim mit jrem falschen rath vnd lüste/ auff
das

rt/ das er sei-
fencknuß lo-
yertzogen zu
nem Schloß
Idemar ligt/
gesencknuß le-
jn auß gefeng

gern sehr lieb/
elich/ beide in
mb sagte er zu
bist wol zufri-
ch wil dich wol
assen mit mei-
ster vmbgehn
Jungkfrawen
e mit jnë haben.
n sorgen lassen
m andern die ki
glaub gewiß das
nicht ist/ das er
chelt Dann es ist
d/ die helt jn da
hond lüste/ auff
das

das ich getödt werde / damit ihr Son das
reich bekommen möge/ nach meines Vatters tode/ In dem er dise wort sagte/ fiel er nider auff die erden/ vnd ward onmechtig von
sorg vnd betrübnuß/ vnd lag da für todt. Da
zog jn des Hertzogen Dochter/ vnd andere
Jungfrawen wider auff/ vnnd baten jn er
solte nicht sorgen/ es möchte noch wol besser
werden. darnach zoch der Hertzog zu dem
Keiser/ vnd sagt jm/ wie schwerlich Olger
sorgte/das sein Vater sein gelübde nicht hiel
tc. Da bathen alle Fürsten vnd Herrn für
jne/ er wolte jm sein leben sparen.

Der Keiser antwort zorniglich vnd sag-
te/ ich wil an jme seins Vatters meineidt so
streng rechen/ das an jm jederman sol schew-
en vnd erkennen/ wie vbel es gethan sey/ sein gelübde brechen/ gegen Herren vnd Fürsten.
Da gieng ein alter Mann herfüre mit namen Augustin Hertzog von Normandi/ vñ
sagt zum Keiser: O mechtiger Herr/ mich
verwundert gröblich/ das du dich so vbereil-
en wilt/ vnd den haß vnd zorn dich lassen
verblenden/ das du den Jungen vnschuldi-

B v gen

gen Mann / so da zu seinem todt nichts ver=
brochen/wilt lassen ableiben / Es mag sein/
das sein Vatter lang zu See ist gewesen/vnd
von Sturm vnd Winden wider zurück ge=
worffen / oder in andere Landt/ das er nicht
hieher komen kan/vnnd sein gelübde halten/
Drum Rate ich dir/dz du sein Son mit nich
te tödtest/sonder deine weise Bottschafft in
Denmarck sendest/sein wille zuerfaren.Der
Keiser lobte seine Rat/auch preisete jne die an
dern alle/vn seine weise wort vn anschlege.

Wie Keiser Carl sein Bottschafft
in Dennmarck sendet/welche vom König
vbel geschendet wurden.

Darnach sendet Keiser Carl vier ehrli
che vn wirdige Bottschafften zu Kö
nig Gottrick in Dennmarck/ Nem
lich den Ertzbischoff von Amiens / in Pick=
ardi / Hertzog Alexander von Dangier/
Hertzog Milon von Nauerre/vnd Hertzog
Regner von Mongler / als die für des Kö=
nigs Schloß kame / da klopfften sie gar hart
an die pforten/der Pförtner fragt wer da we
re/der so hart dürffte anklopffen.Da antwor

nichts ver,
s mag sein/
ewesen/vnd
t zurück ge,
/das er nicht
lübd halten/
son mit nich
Bottschafft in
erfaren. Der
iset jne dican
d anschlege.

Bottschafft vom König den.

Carl vier ehr
schafften zu Sö
nmarck, Nan,
piens in Pick
on Danglie,
re vnd Herzog
die für des Ke,
ften sie gar han
fraagt wer die
sen. Da...

len sie bald/thu flucks auff/dan wir sind Kei
ser Carls gesandten/wir möchten auch wol
mehr alhie thun/den klopffen an der pforten/
wo es vns lüstete/der pförtner ging zum Kü
nig vñ sagte/es weren mechtige Herrn vorm
thor/des Keisers Bottschafften/vnd wolten
stracks mit jm reden. Der Künig antwortet/
sag jnen sie mügen wol wartē/biß ich die mal
zeit volbracht hab/vñ bedig werde mit jnē zu
reden. Da sie nu lang gnug gewartet hetten
da liesse er sie vor sich komē/da redet der Ertz
bischoff Keiser Carls wort für jne/sagende:
vnser gnedigster Herr Keiser Carl/sendet dir
seinen gruß/jn verwundert aber großlichen/
dz du nit gen Pariß kommest/wie du dan auff
trew vñ ehre gelobet hast/Drumm lest er dir sa
gen/Daß du vns folgest zu jhme/jme auch
Dennmarck vberantwortest/wo du das
nicht thust/wil er bald komen/dein Land vnd
Reich/mit Macht vnd Gewalt/einnemen/
vnd Todtschlagen/beyde Man vnd Weib/
dich auch mit Weib vñ Kind zu tod peinigē
lassen/er wil auch mit nichten sparen Ol
gern dein son/so in Pickardien ist/sonder jne
lassen

laſſen richten / wie ſich des gebürt . König
Gottrick antworte / O ir ſchlimmen ſchelck
vñ böſwichte / Wer hat euch ſo naſe weiß ge=
macht / das ir mir dörffet alſo an mein ehre
reden / Ich will euch dermaſſen zeichnen laſ=
ſen / das der Keiſer ſol ſehen / das ir hie ſeit ge=
weſen. Da befahl er ſeinen dienern / ſie ſolten
inen allen die naſen vnd lippen abſchneiden /
auch ein groß ſtück von iren ſtirnen biß auff
das bein. Da das beſchehen ſagr er zu iñ / zie=
het nun wider zum Keiſer / vnd ſagt / ich will
ime / auch allen ſo er mit ſich bringt alſo thū.
Weil nun diſe hier im reich waren / da ſorg=
te Olger gar ſehr / dann er forchte / das ſein
Stieffmutter dermaſſen würde anrichten /
das die Geſandten böſe antwort empfingē /
vnd er darnach ſein leben verlüre / wann ſie
wider zu rücke kemen / er wer auch ſorge hal=
ben gewiß geſtorben / were nicht die gute Ge=
ſellſchafft geweſen ſo er hatte / von Frawen
vnd Jungfrawen . Dieſe vorgeſchriebene
Geſandten kamen zu lande wider heim / da
ſie der Keiſer ſahe / ward er ſo ſchwerlich be=
trübt vnd erſchreckt / das er nicht reden kun=
de /

bürt. König
nmen scheldt
nase weiß ge-
an mein ehre
rzeichnen laf-
is jr hie seit ge-
nern sie solten
n abschneiden/
ärnen biß auff
gr er zu sme...
:d sagt/ich will
ringt also thu..
waren. da sorg-
rchte/das fein
rde anrichten
vort empfing...
füre/wann su
auch sorge hal-
cht die gute Ge-
:/von Frawen
vorgeschrieben
wider heim zu
so schwerlich he
nicht reden kun-
N.

de / sonder dachte schwerlich darauff / mehr
dann ein grosse stunde/ ehe er ein wort kunde
reden / darnach sagt er: O wehe jodut/ O
schand vnnd laster/ wer dorffte also schendtlich handlen mit mein guten Mannen vnd
Gesandten/ was soll ich dencken/ was sol ich
sagen / dann jr seit so vbel geschendet/ wert jr
gewest vnder Löwen vnd Beren/ oder vnder
andern grimmen Thiern / jhr hettet nicht
kundt erger geschendt werde. Sie antwort
jm seufftzende vnd sagten: O mechtiger herr
man sihet wol an vns / das wir bey deinen
feinden vnd vngünstigen gewesen sein / darumb ists nicht von nöten/ das wir dir mehr
von vnser betrübnüsse sagen. der Keiser ant-
wortet/ich kan wol mercken das König Gottrick zu Dennmarck / euch solchs / mir zu
hochmut vnd schande gethan/ euch auch zur
schmach/ darnach sagt er zu seinen Räthen/
Sehet diese erbärmliche Creature/wie schent-
lich sie vmb meinet willen verderbet sein/ich
schwere das bey meim Christlichen glauben/
das ich daß grausam rechnen wil / solte es
mein leben vnd reich kosten. sie antworten
alle/

alle/wir wollen gern dazu helffen/mit allem
vermögen/das der grausam Tyrañ/König
Gottrick dafür gestraffet werde. Der Keiser
sagte: bringt mir sein Son Olgern/das ich
mich mit sein tode reche/biß ich sein Vatter
auch kriege.

Wie der Keiser Olgern holen ließ/
vnd wolte jn Tödten / dan sein Vatter die
gesandten so vbel geschmacht hatte.

A der Hertzog/so Olgern gefangen
hatte/heim kame/fragt jhn Olger
heimlich/ob sein Vatter sein gefengnuß gelöset hette / weil der Keiser so hastig
nach jme geseidet hatte. Der Hertzog antwor
tet: lieber Olger/ich kan dir kein gute zeitung
sagen/wie ich dan gerne thun wolte. Drum
raht ich dir / das du demüttig auff deine knie
fallest / als bald du für den Keiser kommest/vñ
vmb gnad vnd barmhertzigkeit bittest / vnd
sagest/ Du wollest sein ondertheniger diener
sein / die zeit deins lebens / auch dein leib vnd
leben in Krieg vnd Schlachten wagen / für
die vnerhörte that/ so dein Vatter seim gesandten beweiste. Als jn nu der Keiser sahe/

wolt

wolten jn vot
batten nach H
der Soja sein
brauchen in J
zu ein schön
dern Herrn al
hatten begert
der Keiser man

Olger fiel n
Allermächtigst
barmhertzig vba
bin vnschüldig
Thaten dazu
bereit hat vnd
rür jr End das
todt bekennen
elender gefam
vnd gewalt vnd
lebtelang dra
antwerten nach
auch haben vo
Herrn den vo
erhören dahit L
den grossen sch
oder mit Gott

n/mit allem
raã/König
.Der Keiser
gern/ das ich
bsein Vatter.

holen ließ/
in Datten die
ich hatte.
gern gefangen
agt jhn Olger
ter sein gefeng
Keiser so hastig
Hertzog antwer
em gute zeitung
n wolte. Drum
auff deine krä
leiser kennest. en
seu bittest vnd
rheniger dien
ich dein leben
hen wagen so
Vatter sein
der Keiser sol
vol

wolt er jn von stund an lassen richten. Da
batten viel Herrn vnd Ritter vor jn/das jme
der Keiser sein leben wolte geben / vnd jhne
brauchen in Kriegen vnnd vheden / dan er
war ein schöner junger starcker man/die andern Herrn aber / so da schaden entpfangen
hatten/begerten Raach vber jne. So beualh
der Keiser man solte jn richten.

Olger fiel nider auff seine knie vnd sagte:
Allermechtigster/ Hochgeborner Herr /er-
barme dich vber mein armes leben/dann ich
bin vnschüldig an meines Vatters bösen
Thaten/da jn dan mein Stieffmutter hin-
beredt hat/ auff das ich mein leben verliere/
vñ jr Son das Reich nach meines Vatters
todt bekommen möge/ Spar mich armen
elender /gefangnē/vñ deiner grossen macht
vnd gewalt willen/ Ich wil dir dienen mein
lebenlang/ dir auch Denmarcks Reich vber
antworten nach meines Vaters tod/ich wil
auch büssen vnnd bessern / gegen diese Edle
Herrn/den grossen schaden vñschmachso sie
erlitten habē. Der Keiser antworte: du kanst
den grossen schaden so dein Vatter gethan/
weder mit Gelübd noch Eiden büssen/drum

soltu dein leben dafür lassen/in dem sahe Olger auff gehn Himmel / vnd sagte heimlich
bey sich selbs: O du milte mutter Jungfraw
Maria/ die du alzeit alle betrübte hertzen trö-
stest/ bitte nun fleissig für mich/ das ich mein
armes leben nicht verliere.

Wie der Bapst brieff zu Keiser Car-
len schickt/ jne bath das er die Türcken auß
Rom wolt treiben/ so daffelbe eingenommen hetten/ auch Ol-
ger zu gnaden kam.

Olger hatte groß freundtschafft ans
Keisers Hoffe/ die batten da alle für
jne/aber die jenige so da schaden entpfangen hatten/ begerten dagegen recht vnd
rache. Der Keiser war jme sehr vngünstig
darumb so offt er einen/ von denen so beschedigt waren/ sahe / da stach jn das in das her-
tze/ das sie den schaden von seinet wegen bekommen hetten. Als er nun also in gedancken war/da kame des Bapsts botte mit brief-
fen / so lautende / das der Soldan vnd Türcken Rom gewonnen/ vnd den Bapst auß-
getrieben/

dem sahe Ol-
*agte heimlich
*r Jungfraw
*te hertzen trô-
*y das ich mein

*a Keiser Car
*e Türcken au§
*§selbe ein-
*uch Ol-
*m.

*undtschafft an
*atten da allein
*so da schaden *ar
*egegen rechen
e sehr vn
n Denen so be
m das in das
*n seinet wegen *
un also in ge
*p§is botte mi*er
Soldan vnd L
nd den B
gerate

getrieben / auch man vnd weib / knaben vnd
meidlein erwürgt hetten / vnnd die Altar in
Kirchen nidergerissen / Vnd jrer Abgötter
bild dagegen auffgericht. Darab wardt der
Keiser sehr betrübt / vnd bat sein Diener vnd
Volck / daß sie sich Rüsten / wolten jme auch
den heiligen Christlichen glauben mannlich
helffen beschirmen.

Darnach ließ er denselben Brieff vor
dem Reichs Raht lesen / vnd sagte / er wolte
stracks gen Rom / vnnd alda rechen an den
Türcken den schaden / so sie der heiligen Kirchen beweist hetten vnd begerte / daß sie jme
wolten folgen / er bat sie auch zubedencken /
Wie manlich sie sich vor alzeit in Krieg vnd
Schlachten gehalten / vnd sonderlich jetz am
letzten / gegen die Denen / welche sie mannlich
vnd gewaltig geschlagen / vnd sich nun viel
mehr solten solcher mannheit / gegen die Türcken vnd Heiden gebrauchen / dan gegen den
Dennen / welche doch Christen weren. Sie
antworten alle / sie wolten jm gern folgen /
sich auch beweisen / demnach sichs dann
gebürte / Da er nun auffstund / wardt er Ol-

gers gewar/auch die andern so da geschendet
waren/stunden da für jme/ Drumb befahl
er zum dritten mal/ man solte jhn Tödten.
Da sagte Hertzog Neymis auß Beyern/
zum Keyser/ Gewaltiger Herr vnd Fürste/
spar sein leben/ Dann er ist vnschüldig/auch
mein freund/er hat auch viel mechtige freun
de an deim Hofe/so jme der Mutterhalb zu-
gehören/die alle für jn bitten/ Wiltu jm sein
leben nicht lassen/ so wollen wir alle von dir
zihen/vnd dein offenbare Feinde werden.

Als der Keyser solchs horte/ verwundert
jn gröblich/ daß er so Trutzig reden dörffte/
vnd sein meinung für so viel Fürsten vnnd
Herrn sagt/ gabe also Olgern loß/ doch mit
dem bescheidt/ daß er sich wider stellen solte/
Befahl auch Hertzog Neymis/jn zuuerwa-
ren/das er jne/so er jn forderte/zur stet brechte. Der Hertzog gab jhm bald zween sei ner
haußfrawen Brüder zu/ die solten acht auff
jn haben/Olger gab jnen darnach heimlich
zuuerstehn/ Wie er heimlich freundschafft
mit Belisana des Hertzogen Dochter hette/
Drumb bate er sie mit jm zu Reiten/ das er
mis

mit jr zu reden kommen möchte / ehe er nach
Rom zöge / welches sie dan gern theten. Als
sie nun acht tage da waren / da kamen des
Kepsers Brieffe / das er außzogen wer / da
macht sich Olger fertig / vnd wolte hinweg /
da sie das vernam / da sagt sie zu jme: Mein
allerliebster freund / wiltu mich nu so vbergeben / vnd du weist daß ich sehr Schwanger
bin / wen mein Vatter solches vernimpt / so
wird er mich gewißlich tödten / Vnd ob ichs
schon verbergen kan / so sorg ich mich gleichwol zu todt. Olger antworte: Mein liebes
lieb / sorge nicht daß ich jetz von dir muß schei-
den / dan ich verhoffe mich so mäßlich zubeweisen in diesem Krieg / das ich des Kepsers
freundschafft bekommen wil / auch groß Preiß
vnd Ehr von allem Volck erlangen / vnd da
mit außleschen all nachred vnd vnglimpff /
so du von meinet wegen bekommen magst /
ich wil dich gar nicht vbergeben / das ver-
sprich ich dir bei meiner ehren vnd trewe.

Wie der Keyser all sein Macht ver-
samlet / vnd für Rom zog / Auch wie sich
Olger in der Schlacht Mann-
lich hielte. C 2 Als

Dennmarckische

Als der Keyser sein Volck zu hauff versamlet / auß Pickardi / auß Franckreich / Normandi / Britanien / Aquitanien / Gasconien vnd Teudschland. Da hat er zweihundert tausent mã in seim Heer. Da Olger dz schöne Volck sahe / auch so vil Fürsten vñ Herrn / so da warē / vñ das volck regierē soltē / da frewet er sich von hertzē / das er in dz Heer koñen solte / vnd alda sein Mañheit vñ Stercke beweisen / dañ er war vor in kein Krieg gewesen. Da nu der Keyser in Welschland kam / auff fünff meilen von Rom / zu einer Stat heißt Susa / Da gieng jhm der Bapst mit Creutz vñ Fahnen entgegen / vnd hatte alle Priesterschafft vñ Volck mit sich / vnd danckten jhm vnderthenig / das er den Christlichen glauben zu beschirmen koñen war. Als nun der Keyser in die Stat koñen war / machten sich fluchs etliche heimliche Verreter nach Rom / zum Soldan Carsubel genant / vnd sagten jme / wie der Keyser so nahe were mit all seiner macht.

Als der Soldans son / König Danemon solchs vername / das der Keyser so nahe war / ver-

t zu hauff ver
/ auß Franck
anien/Aquita
yland.Da hat
sein Heer. Da
auch so vil Für
ñ das volck regie
i herße das er in
da sein Rathen
war vor in sein
Kerser in Welsch
i von Rom und
da gieng ihm ein
ten entgegen vñ
ñ Volck musste,
jenig/ das er be
eschirmen keien
n die Stat könig
s etliche heimld
n Soldan Tari
ne/ wie der Rõm
macht.
König Dancmei
Kerser so nah gezo
gc

vermeint er in vnuersehend zu vbereilen / vñ
ritte als bald auß Rom mit zwentzig tausent
man/sein Vatter vnwissend. Der Keyser
hatte auch ein gut anzal Volcks am abende
auff die Wacht geschickt. Des morgens als
der tag anbrach/ da sahe des Keisers Volck
ein mechtigen hauffen Türcken vber ein
Berg kommen. Da sagte Hertzog Neimis
der ir Hauptman war: es were das best/ das
sie eilends in sie fielen / vnd beweisten daß sie
Christen weren/ wiewol der Feindt vil mehr
waren den ir / er hette auch gern zum Keyser
viñ hülff geschickt/dürffte doch solchs nit wol
thun / dz mãs im nit vor ein zagheit rechnet/
das er die Feinde nicht dörffte angreiffen.

Da sie nun zuhauff kamen / engsteten sie
einander sehr auff beiden seiten / vnd tratten
gar mañlich zusamen / mit eim freien mut/
die Türckë schossen fast mit pfeilen vñ strale/
daß sie so dick im lufft flohen/ als Hagel vnd
Schnee. Endonius auß Franckreich Rente
auff des Türckischen Königs son/ vnd stach
in vnd sein Pferdt zu gleich todt/Dancmon
ward darum̃ sehr erzürnt/das seiner Schwe

C 3   ster

ster son da todt bliebe. Drumb batt er all sein
volck mastlich zu Sreiten / des würden die
Christen gezwungen zu weichen / dan jr wa=
ren nicht so viel als der Heiden. Als der Key
ser vernam / das sein volck in die flucht ge=
schlagen war / vnd viel gefangen / Da bereit
er sich mit sein volck / vnd befahl ein Lonbar
der mit namen aller sein Hauptbaner / dassel
be mannlichen zu führen / als da machte an
leg / vnd zog auß zum streit / der Soldan sen=
det sein Son / auch ein grosse anzal volck zu
hülff.

Als sie nu mit beiden Heer zusammen ka=
men / da schlugen sie gar grawsam auff ein=
ander / also das der Keyser begundte vber=
handt zu nemen / in dem begundte Alor mit
des Keysers Hauptbaner zu flihen / vñ warff
das Banner zu der Erden / wofür er das the=
te / ob ers auß forcht thet / oder mit gelt da zu
bestoche wer / kan ich nit fürgewiß schreiben.

Da Olger das sahe / ward er sehr betrübt /
dan er forcht er möchte kein vrsach bekomen /
das er sein manheit in denselben streit moch=
te erzeigen / weil das Hauptbanner war ni=
derge=

he

ßbatt er all sein
Xs würden die
yen / Dan ir wa-
n. Als der Key-
n die flucht ge-
agen / Da bereit
sahl ein Lombar
zuptbaner Dasso
als da macht an
ter Soldan sein
sse anzal volck zu

er zusammenha-
ramsam auff an-
r begundte reu-
zgundte Alerma
u fliehen / vñ wur
wofür er das die
der mit geld da zu
lrgewiß schreiba
ard er sich betrub
n vrsach bekome
selben streit mach
uptbanner werd
net

dergelegt / Drumb Reüet er dem Mor nach /
vnd fiel sein Pferdt in die Zügel vnd sagt zu
jme: O du loser Verreter / warumb wirffstu
das Hauptbaner weg / da wir vns alle nach-
richten sollen / Drumb ist nun alles volck in
des Keysers Heer verwirt / vnd wissen nicht
wohin / vnd sein ihr viel in die flucht geschlagen / in dem schlug er jn mit seinem schwerdt /
das er todt von dem Pferde fiel. Da zog Olger sein Harnisch an / setzt sein Helm auff /
vnnd nam sein Schilt / setzte sich auff sein
Pferdt / vnd nam die Fahn in die lincke / vnd
sein Schwert in die rechte handt / vnd Reu-
net also in des Keysers hauffen / vnd bat sie
mannlich zustreiten / für den heiligen Christlichen glauben / er war nu etwas kecker dann
er vor gewest ware / dieweil er nu gerüst war /
Darnach schlug er viel wund vnd todt von
den Türcken mit sein Schwerdte / vnd nö-
tigt manchen mechtigen Helden zu fliehen /
oder sie weren von jme erschlagen worden /
derhalben würden die Türcken vor jhm sich
fürchten / das keiner zu dem Hauptbaner sich
dorffte nahen / des Keysers volck verwunder

Demmmarckische

te sich auch fast / ob des einige mans grossen
mannheit/ vnd wüsten nicht anders / dan es
were Aior der Lonbard / dem der Keyser das
Banner vorhin befohlen hette/ Drum sagten sie zu dem Keyser: Were dieser einig man
nicht gewest / so weren wir alle in die fluchte
geschlagen worden/vnd hetten die Schlacht
verloren / Dann das Banner ward jhm
nidergeschlagen / welches er wider auff hub/
vnd hat seidher so viel Türcken vnd Heiden/
mit seiner eignen handt todt vnd wundt ge-
schlagen/ das sie alle vor jm erschrocken sein.
Einer von den Türcken mit namen Bre-
mand/hatte vil Christen gefangen/vnd wol
te sie mit sich hinweg füren/Olger Rente jm
stracks nach / vnd nam sie mit jme zu rücke/
vnd schlug den Heiden in die fluchte.

Als er nach denen war / da schlugen vier
Könige den Keyser von seinem Pferde/ vnd
hiessen Danemon/ Salant/ Archilaus/ vñ
Maradas/Die schlugen jn so hart auff sein
Harnisch vnd Helm / das er schier todt ware / als sie jhn nun wolten hinweg füren/ da
rüffte er Sanct Dionisius an/sein Patron/

das

mañs groffen
nders/dañes
der Keyfer das
te/Druiñfag-
iefer einig mañ
alle in die fluch
ten die Schlach
inner ward jhm
r wider auffhut-
ken vnd Haiden
dt vnd wunder
i erfchrocken feñ
mit namen Pe-
efangen/vnd der
i Olger Renten
: mit jme zu rück
die flucht.
·/ da fchlugen der
inem Pferd/vñ
me/ Archilaus v
ijn fo hart auff/
as er fchier todes
m hinweg fturm z
fuis an feiñ Pferr
b·

das er jhm wolte zu hilff komen. Da Rente
sein volck beide Teutsch vnd Frantzosen zu
Olgern/vnd meinten es were Alor/dann er
hatte sein Harnisch vnd Schilt/führte auch
das Hauptbaner/vnd sagten zu im: hilff nu
dem Keyser balde/oder die Türcken so jn gefangen habe füren jn hinweg.Da er das hor
te/da rante er eilend auff die vier Könige/vñ
schlug den einen stracks tod/mit sein Swert
vñ setzte den Keyser auff sein pferd/dan sein
eigens war vnder jm erschlagen/vñ eilte den
andern drey Königen nach/wie ein grümer
Wolff den armen Schaffen/vñ furt gleich
wol das Banner in seiner lincken handt.

Als nu der Keyser vnder sein volck in sein
gewarsame widerkame/sagte er zu seinem
Rath/wil Gott das ich zu hauß komme von
diesem Krieg/So wil ich Alor mein Fen-
drich/zu dem mechtigsten man machen/in
gantz Franckreich/dann er erlöset jetzunde
mein leib vnd leben/auch vmb die vbergrosse
mannheit/so er in diser Schlacht begangen/
in des kam jhm in sinn/die grosse schandt so
König Gottrick seim G:sandten gethan/da

sagte er/kome ich glückselig von disem Krieg
vñ Türckē/so wil ich als bald mit meinē heer
in Denmarck ziehen/vñ an Kö. Gottrich re
chen die grosse schmach meinen gesandtē be
weist/dañ es würde mir grosse nachred brin
gen/in der gantzē Christenheit/wo ich es nit
gebürlichen strafft/ auch wil ich es rechen
an seinem Sone Olger denne/ das er nicht
som/ vnd löset sein gefengnuß wie er dann
gelobte.

Wie Olger des andern tags für des

Keysers Zelt mit den Hauptbañer geritten
kam/ vnd als jn der Keyser erkant/jm
vnd seim Vater sein Bul-
de gabe.

Es andern tages als sie wider in
Streit ziehē wolten/kam Olger den
ne mit dem Hauptbanner für des
Keysers Zelt geritten / da wuste der Keyser
nicht anders/ dan es wer Alior/ dem er das
Banner vor hette vberantwort/ Derhalben
sagt er zu jme: Mein lieber Freund vnd Die
ner/ von der grossen mannheit wegen/ so du
gestern beweist/da du mein leben von meinē
Feinden errettest/ vnd so manchen Helden

von

l

idisem Krieg
nit meinē theu
ö. Gottrick re
en gesandt ē be-
r nachred brin-
ut, woich ts nit
al ich es rechen
ne / das er nicht
uß wie er dann

ttags für des
prbaner geritten
ser erkant / jm
n Eul

als sie wider in
r kam Olger dem
prbanner für des
wuste der Keyser
Olier / dem er das
wort / Derhalter
. Freund vnd Di
nhru wegen / solt
gu licken von mani
p manchen Histo
ri

von den Türcken todt schlugst / auch gleich
wol das Hauptbanner in deiner lincken
handt fürtest / Welchs doch nidergeschlagen
war / doch du es bald wider auffnamest / das
mein Volck / so da schon verzaget war / nicht
so schendlich fliehen solte. Ich gelobe dir / bey
meiner Christlichen trew / auch Keyserlichen
Eyd / wz du nu von mir begerest / daß wil ich
dir gewißlich geben. In dē sagt Hertzog Neimis zum Keyser: lieber Herr du weist nicht
mit wem du redest / daß der loß Verreter A-
lor / dē du dein Hauptbaner befolen hast / der
flohe als bald er zu streit kam schendlich hinweg / vnd warff dz Baner vff die erden / drumb
war dein volck gar bald in die flucht geschlagen / da rente diser mechtige man Olger den
ne im nach / vnd schlug jn todt / vnd nam sein
Harnisch vnd Helm zu sich / dan er vorhin
keins hatte / darnach Rennet er mit dem
Hauptbanner in streit / vnd ermant die Christen mañlich zu streiten / als dan du vnd andere mehr sahen.

    Als Olger das horte / erfrewet sich sein
hertze / vnnd sprang balde von seinem Pferd /
vnd

vnd fiel auff die knie vor dem Keyser vnd
sagte : O Allermechtigster Gewaltiger
Herre/ich versihe mich gentzlich du werdest
halten was du gelobet/Drum beger ich kein
andere gabe/dann du wolst meinem Vater/
vñ mir dein hulde geben/so wil ich dein Diener sein / wo du mein bedarffest.Der Keyser
antwort: O du Edler junger mañ / ich wil
dein bitt gern erhören / verlasse auch deim
Vatter alles was er mir entgegen gethan/
Dann du erlöst gestern mein leben/vnd trö-
steste mein Volck/mit deiner mannheit/das
sie nicht schendtlich flohen/weil das Banner
nidergelegt war/drum wil ich dich zu Ritter
schlagen / dir auch köstliche gaben geben/
wenn ich wider in Franckreich komme/auch
Schlosse vnd Lehen.

Da das beschehen/da sagte der Keyser für
allem Volck/wie schendtlich Alor geflohen/
vnd bate sie alle Olger in Ehren zu halten/
von der grossen mannheit wegen / so er im
Streit begangen/vnd machet jn zum Ban
nerherrn/ in all jrem beiwesen/vnd zohen al
so in den streit. Da wolte Olger sein grosse
mann-

ḣe

1 Keyser vnd
t Gewaltiger
ich du werdeſt
ñ beger ich kein
leinem Vater/
il ich dein Die-
ſeſt. Der Keyſe
er mañ / ich wil
laſſe auch deim
itgegen gethan/
n leben / vñ trö-
er mannheit das
weil das Banno
ich dich zu Ritter
ße gaben geber
eich komme/auch

gte der Keyſer ſit
ch Alor gefloßen
Ehren zu halten
t wegen / ſo er is
achet jn zum Ba
eſen. vnd zohen
ie Olger ſein gros
mann

mannheit erzeigen vnd ſtercken für die groſſe Ehre vom Keyſer jhme erzeigt / Drumb
rente er in der Türcken Heer / als ein grim-
mer Wolff/vnd ſchlug da manchen Helden
todt. Da das des Soldans Son König Da
nemon ſahe / daß ſo mancher Heldt vor jme
ſtürtzte / da rüfft er ſeinem Volck zu / ſie ſolten mannlich ſtreiten auß aller macht/dar-
nach ſchlugen vnd ſchoſſen ſie ſo ſehr/das der
Keyſer/vnd die Chriſten in die flucht geſchla
gen worden weren/wo nicht Olger allein ge
weſt were/der die Türcken mit ſeinem gleiſ-
ſenden Schwerdt zu fliehen bezwang / Er
folgte einem mechtigen Herrn nach/vnnd
fing den/vnd ſagt zu jhm: Sag mir wer du
ſeieſt/auch dein namen/er antwort: ich heiß
König Saudonius/vñ bin Soldãs freund
ich gehör auch König Caruel zu/ſo nun mit
32. Königen/auch allen jren volck dem Sol
dan zu hülff komen iſt / daſ er ſol ſein Dochter haben/vñ Franckreich mit jre / nach dem
ſie es Keyſer Carl abgewinnen. Olger ſagte:
du rühmeſt dein freundt König Caruel ſehr/
wiltu verſchaffen/ das ich allein mit jhme zu

Kemp-

Kempffen kom / so wil ich dich loß lassen /
Sandonius antworte: Ich hab in diesem
Streit wol gesehen / das du ein mechtiger
man in Krieg vnd Schlachten bist / gleichwol förchte ich sehr / das er dich / wo du zu jm
in die schrancken kommest / todt schlage / daß
er ist der mechtigst vñ sterckest Held in allem
vnserm Heer. Olger antworte: ich bin auch
von Königlichem Blut geborn / lüstet mich
auch zu Streiten / Drumb wil ich mein leib
an jn wagen / wie starck vnd mechtig er sey /
wiltu mir auff dein trew vnd ehre geloben /
zuuerschaffen / daß ich mit König Caruel zu
Kempffen komm / oder wider zu mir zu
kommen / so wil ich dich Reiten lassen. Sandonius sagte: Kempt er zu dir allein in Kreiß /
so kostet es dein Leib / jedoch wil ich dein willen volbringen / oder kommen vnd dein gefangner sein / damit schieden sie ab.

Wie Olger vor dem Keyser ver-
klagt wardt / das er den König ledig
gelassen hat.

ALs der Streit sich geendet / zohe der
Keyser sehr frölich nach seinen Zelt /
das er die Schlacht gewunnen hette.

e

ह loß laſſen/
ab in diſem
ein mechtigen
n biſt/ gleich
?/ wo du zu im
dt ſchlage/das
Held in allem
te: ich bin auch
en/ lüſiet mich
sd ich mein leib
mechtig er ſey/
ש ehre geloben/
könig Caruel zu
wider zu mir zu
en laſſen. San-
r allein in Kreiʒ
i wedlich dein wb
men vnd dringe
m ſie ab.

n Keyſer ver-
s Königkleig
ar.

gendet/ zöht
k nach ſeinen Ʒū
ʒi erquinnt ken

Da begundten etliche dem Keyſer zu ſagen/
das Olger denne/ſein Bannerherr ein Türcken loß geben hette/ſo er gefangen hette/ wider jhr geſatz vnd recht/ drumb meinten ſie
das beſte ſein/ von jhm zuerfahren/ warumb
er ſolches gethan/ darauff ließ in der Keyſer
beruffen/ vñ fragt in/ Warumb er ſolchs ge-
ethã. Olger antworte: Lieber Herr ich thet es
im beſtē/ dan derſelb mein gefangen/ gelobte
mir auff ſein Ehre/ zuerſchaffen/ dz ich mit
dem beſtē Kempffer König Caruel/ſo in jrem
Heer were/ein Kämpff beſtã ſolte/ oder er wolt
wider kom vñ mein gefang ner ſein/ hab ich
mich damit vberſehē/ bitte ich vñ verzeihũg.
Als ſie ſein gute meinug hörten/ lobten ſie a l
le ſeine groſſe weißheit/ dann ſie kundten wol
erkennen/ das ers im beſten gethan/ Das er
manchem redlichen man ſein leben damit
ſparen mochte. Sie ſagten auch vnder ſich
ſelbſt/ das all jr wolfart allein an jme in dem
Streit henget/ dan er were weiß vnd klug/ da
zu ſtarck vnd mannlich wider jre feinde/ wo
ſich es zutrüge das er geſchlagen oder gefangen wurde/ ſo würden ſie von den Türcken
gewißlich geſchlagen/ darnach zoh der Key-

Denmmarckische

ser mit seim volck in die Stat / da der Bapst
ist was / da lobten sie Gott vnd jr Patronen /
für den sieg / so sie von den Türcken eröbert.

Wie des Soldans Sohn zornig
heim kame / vñ sein Abgötter verbrennet /
das er die Schlacht verloren hatte.

Als König Dancmö des Soldäs Son
wider gen Rom kam / da ward er von
jederman verspottet / dan er pochete
zuuor gar sehr / sagende: Er wolte den Keyser
selbst fangen / vñ er war selbst schendlich auß
dem Felde geflohen / Drumb ward er so zornig / das er schier wer toll worden / aller meist
darumb das er sein zorn an Olgern nicht rechen kundt / vnd liesse in solchem tummen
mut / viel seiner abgötter vnd gefangne Chri
sten verbrennen / er rauffte sein har auß / vnd
zerriß seine kleider / das er sein schaden an Ol
gern nicht rechen kundt / er het jm auch selbst
die keelen abgestochen / wo jm nicht etliche ge
wehrt hetten. Da solchs sein Vatter Soldan
horte / ward er sehr betrübt / vnd begundte jn
fast zutrösten / sagende: Lieber Son / gib dich
zu-

da der Bapst
jr Patronen
becken eroben.

Son zornig
verbrenner/
ver...

sSol·isSol
da ward er von
dan er poshett
volck den Keyser
schendlich auß
ab ward er so
den/ aller mas
Olger nicht...
solchen türnus
10 gefangnuß ...
sen har auß rä
vnschaden ...
er het jm ...
jm nicht ...
in Vatter Ste
... vnd begnad
... Son ge...

zu frieden/vnd trag deine sorge gedultig/deñ
es geht in Kriegen so zu/ daß man pfleget zu
weilen zu gewinnen/bißweilen verlieren/ dz
glück kan nicht allzeit gleich sein. Danemon
antworte: Lieber Vatter/jhr bitt mich wol/
ich sol mich zu fried geben/ wir hetten nun
groß preiß vnnd ehr gewunnen/ were nicht
der verfluchte Olger Dene allein gewesen/
der schlug vns alle auff die flucht/ wir hetten
Keyser Carl gefangen/vnd sein Pferd vnter
jm erschlagen/ wolten auch schon mit jm da-
uon/da kam Olger Dene gerennt/vñ schlug
ein mechtigen König an meiner seitten todt/
name auch den Keiser gewaltiglich auß vnsern Henden/vnd fürte jn in sein Heer/dar-
nach kam er wider zu rücke wie ein grausamer Teuffel/vnd hieb vnd schlug so sehr auff
vnser Volck mit seinem schwerdt/ daß sie alle vor jhme niderfielen wie das Korn/ des
wurden wir bezwungen zu fliehen/ich gleube
auch /daß er des Teuffels Son sey/vnd kein
Mensch/ daß sie alle so vor jhme erschrocken
sein/ daß jn keiner darff begegnen.

Der Soldan antwort jm: Lieber Son/

D   Du

Du solt ehrlich von Fürsten vnd Herren re-
den/deßgleichen hönisch vnd züchtig von edlen vnstolzen Hofleuten. Du solt niemand
nachreden/ wie die losen Weiber pflegen zu
thun/oder ander vnuernünfftige Leute/ daß
das glück ist dir jetzt zu wider/ daß Olger dich
vnd mehr in die flucht schlug/ denck da nicht
mehr an: sondern sey frölich mit mir/vnd be
reitte dich mit mir außzu reitten/König Car
uel vnserm Freundt entgegen/ der vns nun
mit 32. Königen zu hülff kommet mit alle ihrem Volck/ vns wil gebüren/ ihn ehrlich zu
empfangen/ Dann mit seiner hülff wollen
wir Keiser Carln/ auch Olger Denen wol
vberwinden/ auch alle andere Christen/ von
den worten gab er sich wider zu frieden/ darnach empfiengen sie König Caruel mit gros
ser Reuerentz vnd Ehr/ vnd leithet der Soldan König Caruel mit sich in sein eigne Pallast. Des andern tags gieng König Sando
nius zu König Caruel/ vnd sagte: O mechtiger Fürste/ ich hab dir etwas zu sagen: Als
wir letzst mit Keiser Carl schlugen/ da fieng
mich sein Bauerherr/ der da ist ein Son des
Königs

vnd Herren tö
glück lig von eb
u solt niemant
Zeiber pflegen z
fftige Leute/ da
t/daß Olger die
ag/denck da nich
ch mit mir/vnd l
eitten/König Cc
gen/der vns nur
ammet mit alle in
ren/jhn ehrlich
seiner hülff wöll
Olger Denen er
dere Christen/w
der zu frieden/da
tig Caruel mit ge
nd leuchet der So
ich in sein eigt Pa
ers König Cur
vnd sagte: Omet
etwas zu sagen/D
rschlugen/das in
er da ist ein Such
Sipe

Königs von Denemarck/gab mich auch wi
der ledig/doch mit dem bescheidt/ich solte zu
wegen bringen/dz er mit dir allein kempffen
möchte/darumb bitte ich dich edler Herr/du
wolst dich wol verhaten/weß dich darinn lüste
zuthun/er ist der aller best vnd sterckest kriegß
fürst/so in des Keisers Hofe ist/daß sie alle sa
gen/er sey mehr/deñ ein recht natürlich men=
sche. König Caruel antwort:Es war nit gut
daß du gefangē warst/doch frew ich mich da
gegen/daß ich kan vrsach kriegen/preiß vnd
ehr an jm zu erlangen/dañ mir zweiffelt nit/
ich woll jn vberwinden/vnd damit dein Gefengnuß lösen.

Wie des Keisers Son Carlot sehr

verdroß/daß der Keiser Olgern lobte/vnd er
außzog heimlich preiß zuerwerben.

WEil das geschahe/lag der Keiser in
einer Statt/heißt Susa/hart bey
Rom/vnd hatte gleich wol alle tage
seine Wach gegen Soldans Heer/daß sie
nicht oberrascht würden/weil Olger vor ge=
sagt hatte/daß König Caruel dem Soldan
mit so viel Volck zu hülffe kommen were/

D ij   vnd

Denmarckische

vnnd sagte der Keyser zu jhme: Olger mich
dünckt das beste/ du nemmest ein Parth von
vnserm Volck/ vñ sterckest dich damit in ein
halt / ob vns die Feinde vberfallen wolten.
Als des Keisers Son Arlot vernam/ daß der
Keyser so vil von Olgern hielte/ daß er jn zu
einem Haupeman vber alle sein Volck ma=
chen wolte/ verdroß es jn gantz vbel/ darumb
beruffte er baldt zu sich vier von den Ober=
sten in seines Vatters Hofe / vnnd sagte zu
jnen: Ich wil auß gegen den Feinden reit=
ten/ besehen was Mannheit ich begehen kön=
ne/ drumb bitt ich euch/ jr wollet mir folgen/
Ich wil 50. tausent Mann mit mir neñen/
bekommen wir wenig Beut/ so erlangen wir
desto mehr preiß vnnd Ehre/ wenn wir sie in
die flucht schlagen / wo sie vnuersehend von
vns vberfallen werden / so förchten sie sich
mehr/ dann so sie das gantz Heer sehen kom=
men. Sie sagten sie wolten im gern folgen/
doch deuchte sie gut vnd rahtlich/ daß er Ol=
ger Denen mit neñe/ dann er wer weiß vnd
klug zu allen guten anschlägen/ damit starck
vnnd fromm/ zu alle gutem Ritterspiel. Er
                                    antworte:

te: Olger mich
lein Parthzon
nich damit in em
erfallen wolten
vernam daß de
zielte/ daß er jn
le sein Volck m̄
antz vbel/ darum
er von den Ob-
se / vnnd sagt za
den Feinden tod
nit ich begehen-
wollet mir folg-
n mit mir nem-
zt so erlangen-
hre wenn wir-
e vnuersehend-
so förchten sie-
ntz Heer sehen-
ten im gern folg-
zehlich/ daß e-
ann er wer weiß-
blitzen/ damit-
ztem Ritterschl-
armen

antworte: Ich frag nichts nach Olger De-
nen/ Ich wil auch nimmer raht noch that mit
jhm haben / weder jetzt noch andern zeitten/
sonder wil bald reitten/ ob jr mir anders folgen wollt/ so zogen sie mit jme für Rom/vnd
versteckten sich da vor dem Türcken. Die-
selbige nacht dauchte Keiser Carl im schlaff/
von Gottes besonderlicher Gnade/wie er sehe ein mechtigen grausamen Vogel seinen
Son Carlot enzwey reissen/risse auch Lun-
gen vnd Lebern vnd Hertze auß jme / mit seinem scharpffen schnabel vñ klawen/ da er er-
wachte/erschrack er sehr / vnnd ward sehr be-
trübet/wundert jn auch sehr/was es solte bedeuten / stund baldt auff / vnd ließ den Ertzbischoff Turpin beruffen/bat jn /er wolt sich
zu rüsten vñ Messe vor jm lesen/ auch seinen
Priestern sagen/ daß sie für jn betten solten/
dz er möchte zu wissen kriegen/ was der grau
same Traum bedeutte würde/er sendet auch
stracks Botten zu Carlot seinem Son in sei
ne Herberg/er solte vnuerzogen zu jme kommen. Sie antworten: Er wer vmb mitternacht mit viel Volcks hinweggeritten/ Sie
            D iij   wusten

wußten aber nicht / ob er für Rom were oder
nicht.   Da der Keiser diese antwort hörte /
ward er erst mehr betrübt / denn er vor war.

Wie Carlot in grosse not kam von
den Türcken / vnd jn Olger entsetzt.

IN des kam Carlot des Keisers Son
mit den Türcken voran zu schlagen /
vnnd verlor viel Volcks / er wer auch
selber erschlagen worden / hett jm Gott nicht
sonderlich geholffen / vmb seines Vatters
auch der andern Gebets willen / da er sahe
daß er nicht entkommen kundt / da sendet er
bald zu seinem Vatter Keiser Carl / vñ hülff
vnd trost. Als der Bott hin kam / vnnd sagt /
wie er in der grösten Leibs not vnd fahr wer /
Da ritte der Keiser eilents gen Rom mit vil
Volcks / Als nun Olger vername / daß des
Keisers Son in solchen nöten was / da ward
er sehr betrübt / darumb rennet er stracks vor
den andern hin. Als nun des Keisers Son
ein solch groß Heer jm zu hülff sahe kommen /
wart er etwas kecker / denn er vorhin was / vñ
rennet auff ein Türcken König / stach jn vñ
sein Pferdt zu gleich todt mit seinem Speer /
das sahe König Caruel / vnd rennet auff jn /
vnd

vñ stach jm sein pferd tod/da hieb Olger De
ne ein Türckenkönig mittē entzwey/dz er tod
võ pferd fiel/vñ setzt des Keisers son darauff/
er wer auch gefangen worden/hett jn Olger
nit gewaltiglich auß jren henden hingefürt/
darnach reñet Olger zu rück in des Türcken
heer/ mit des Keisers Haubtpañer/ hieb vnd
schlug tod/alle so vor jn kamen. dz jn allen da
für grawete/ drumm begunten sie zu weichen/
vnd wolten die flucht gen Rom neñen. Als
König Sandonius sahe/ dz Olger so manchen wund vnd todt schlug von jrem Heer/
hort auch/ dz er des Keisers Volck so tröstet/
bat sie auch/ jm zu folgen/vnd mannlich auff
die Türcken schlagen/ sagt er zu König Caruel: Sihe vnd merck den wol/ so den grossen
gülden Ring vmb den halß hat/der ist Olger
Dene/des Königs son auß Denemarck·der
mich letst gefangen nam/ in des stieß Soldans volck in jre Troñeten/ vnd wolten ab-
lassen zu streitten/ rennt jn Olger gleichwol
noch/ vnnd bat sie zu warten/ auch mehr zu
streittē. König Caruel antwort: Edler Fürst
Olger Dene/ laß nu ab zu hawē vñ schlag/

D iiij　　　　　Jch

Ich gelobe dir auff mein trew vnd ehre/daß
ich bald wil volbringen/was dir könig San=
donius gelobte für seine gefengnuß/ Ich bin
König Caruel/ so mit dir redet/ vnnd sol des
Soldans Tochter Jungfraw Gloriant ha
ben/auch Franckreich damit zur mergenga=
be.

Wie der Keiser sehr zornig ward
vber seinen Son/ dz er on sein wissen auß
dem Läger gezogen / deßgleich der Sol=
dan vber sein Volck/ daß sie so schend=
lich geflohen waren.

Als der Keiser in sein Zelt/ so er an die
Tyber hart bey Rom hat lassen schla=
gen/ kam/ straffte er seinen Son Car=
lot gar sehr./ daß er sein Volck so schendtlich
verfüret in vnwissenheit/vñ zog sein schwerd
auß/hette jn auch gewißlich todt geschlagen/
hette nicht Hertzog Neimis sein schwerdt für
geworffen/ vnnd kamen auch mehr Herrn
dazwischen. Da nun der König Danemon
wider in Rom kam/strafft er sein Volck gar
schwerlichen / Soldan war auch sehr zornig
auff sie/daß sie so schendtlich geflohen warē/
vnd

vnnd sich nicht männlich gegen Olger Denen beweiset hetten / sonder sich jhne allein
in die flucht lassen schlagen / da sagte König
Caruel zu jnen beyden: Lieben Herren / gebt
euch zu frieden / das ist nun geschehen / ich verlor auch zehen tausent Mann von meinem
Volck in der Schlacht / ich muß mich gleich
wol genügen lassen / dz macht auch niemand
anders / denn Olger Dene allein / alle da er
auffschlecht / da hilfft weder Harnisch noch
Helm für seinem Schwerdt / alle müssen sie
sterben / jhr gewinnt nimmer weder Streit
noch Schlacht gegen den Christen / so lange
er lebt / vnd jr Hauptpaner füret / darumm ists
das beste / jhr lasset dem Keiser auffs new ein
Streit außkünden / vnnd lasset da das beste
fürwenden / daß er möchte gefangen oder erschlagen werden / mit verraschung oder ver-
reterey / sie lobten alle sein guten Raht / vnnd
sagten: Sie wißten niemand in jrem Heer /
der zum Keiser reytten dörffte / vnd jhm den
Streit verkünden. König Caruel antworte: Ich wil es gerne thü / so es niemand thun
wil. Soldan sagte: Das kan nit geschehen /

          D v   Denn

Denn wenn dich der Keiser bekeme / würde
er dich zu todt peinigen laſſen. Er antwort:
nein das thut er nicht/ da iſt kein fahr jñe/ich
weiß der Chriſten ſitten wol/die fangen oder
peinigen keins Herrn Botten oder geſand-
ten/drumb wil ich endtlich auff die reiſe daß
ich kan zu rede koñen mit Olger Denen/vñ
jm einen Kampff anbieten/ als er dann ſelbs
von mir begert hat/ ich wil auch dem Keiſer
ein Schlacht verkünden / von ewert wegen.

König Caruel zog bald ander Kleider an/
vnd reit nach des Keiſers Läger. Als er dahin
kame /fragt er erſtlich nach Olger Denen/
Er antwort: Ich bin hie/was wilſtu meinr
König Caruel antwortet : Du begerteſt
letſt von König Sandonius / er ſolt dich zu
mir in einen Kampff bringen/ nun bin ich
kommen / dich des Kampffs zuvergewiſſen/
nim nun dieſen Handtſchuch zu pfandt.
Olger antwortet:Hie iſt mein Handſchuch
entgegen/ zu einem Zeugnuß/daß ich ſolches volbringen wil / darfür ward Carlot des
Keiſers Son zornig /vnnd ſagte zu Olger:
Du biſt ein frembd elend Mann / darumb
                                          gebürt

teme/würde
Er antwort:
n fahr jue/ich
e fangen oder
1 oder gesand
ff die reise das
ger Denen vi
ls er dann seil
ich dem Keiser
1 ewert wegen.
der Kleider an
er. Als er dah:
Olger Dene:
as wilstu mei
: Du begur:
us/er solt dich:
gen/ nun ein:
1 zuuergewisi:
juch zu pfand
ein Handsch:
uff/ daß ich se:
ward Carlo:
10 sagte zu Ol
) Mann/ dw
ps

gebürt dir nicht ein Kampff zuuersprechen.
Olger antworte jhm gar tugentlich/ vnnd
wolte sich nicht erzürnen / sondern sagte:
Lüstets euch / so bin ich wol zu frieden/daß
jhr mit jhm kempffet. Da König Caruel
Carlots stoltze wort höret / sahe auch seinen
Hochmut/ da sagte er zu jhm: Carlot/ mit
dir wil ich nicht fechten / Lüstet dich aber
deine Mannheit zu erzeigen gegen einem
andern / so wil ich König Sandonius
bringen mit dir zu kempffen. Carlot antworte: Laß das gewißlich geschehen/ vnnd
bringe jhm diesen meinen Handtschuch zu
Pfandt/ daß ich jhme begegnen wil. Als
König Caruel sich also gegen den beyden
verpflichtet hat/ da gieng er zum Keiser/
vnnd sagte: O mechtiger Hochgeborner
Fürste/ Mein Herr Soldan/ so der oberste
Fürst in der Welt ist/ der lesset dir sagen/
du sollest deinen Christlichen Glauben v-
bergeben/ deinen GOtt verschweren/ vnnd
seinen GOtt Mahomet anbeten/ oder er
wil dich fangen/ vnnd dir deine Haut lebendig abziehen lassen/ dein Land vnd Reich
auch vnder seine Ritter vnd Diener theilen/
er hat

er hat auch mir seine Tochter Jungfraw
Gloriant/vnnd Franckreich mit jr gelobet/
Als er das gesaget/lacht der Keiser/vnd saget: Sag deinem Herrn/Ich achte sein dra-
wen nicht mehr/dann mirs ein Hund thete/
mich lüstet nun erst mit jm zustreitten/dann
ich hab Gold vnd Geldes genug/ auch manliche Ritter/so jme zu Felde sollen begegnen.
König Caruel sagte: Edeler Fürste/ich bitte
dich/wollest mir diese wort nicht vbel auff-
nemmen/dann ich bin sein Gesandter/vnd
wil auch gerne deine antwort jm sagen. Ich
befehle dich nun vnserm obersten Gott Ma-
chomet/darauff saß er auff sein Pferdt/auch
Olger Dene auff das sein/vnd folgete jhm
von Geselschaffe wegen zwo meilen/biß an
die Tyber/da schieden sie freundlichen abe/
vnd ritte König Caruel in Rom/vnnd sagte
Soldan/daß er sein Werbung außgerichtet
hette. Er sagte auch: Wie er Olger Denen
einen Kampff versprochen/hette auch Carlot des Keisers Son gelobt/daß Santonius
der fromme Heidt jme in einem Kampff begegnen solte denselben tag/ Sie lobten jn al-
le/daß

le/daß er es so wol bestellet hatte. Des andern tages gieng König Caruel zum Soldan/ auch zu allen andern Fürsten vnnd Herren/ vnd sagte jnen ein gute nacht/ denn er wolte in Kampff reitten/ Er sagt auch zu seiner lieben Braut Jungfraw Gloriant: Wer es sag/ daß Olger Dene in diesem Kampff mich todt schlegt/ so bitt ich dich freundtlich/ du wollest jhn zu deinem Ehegemahel nemmen/ Denn er ist ein mechtiger Mann. Sie gelobte jm/ sie wolte solches gewißlich thun.

Wie Olger Dene mit König Caruel/ vnnd Carlot des Keisers Son/ mit König Sandonius kempfften/ vnd wie es ergieng.

IN dem liesse der Keiser für Olger vñ seinen Son Messe lesen/ vnnd bath Gott/ er wolte sie in dem Kampff für den Türcken wol beschirmen. Bapst Leo laß viel gute Gebet vnd Benedeyung vber sie/ vnd gab jn da den Segen nach der Messe/ da sie wolten hinreitten. Als nun König Caruel wolte auff die Wisen reitten/ da sie solten

ten

ten kempffen/ da gieng Jungfraw Gloriant zu jhm/ vnnd gab jhm einen köstlichen
Schildt/ so sie selber hette lassen bereitten/
mit Perlen vnnd edlem Gestein/ Sie sagte
zu jhm: Nim den Schildt für dich/ denn es
kan kein Sper/Schwerdt oder Schoß darauff hafften/ Ich wil dir auch meins Vatters Schwerdt/Harnisch vnd Helm geben/
so da frey für alle schleg vnnd schoß ist/ Sie
folgete jm auch auff die Wiesen/ vnnd setzte
sich auff ein Gülden Stücke/ zu sehen/ was
ende der Kampff fienge

König Danemon Soldans Son/ nam
mit sich 500. gewapnete Mañ/ vnd ritt mit
jhnen in ein Wald/ hart bey derselben Wie-
sen/vnd verbarg sich da heimlichen. Da ritten König Caruel vnd König Sandonius
nach der Wiesen / da der Kampff sein solte/
in des kam Olger Dene vnnd Carlot des
Keisers Son zu jnen auff die Wiesen.

Da rennte König Caruel flugs auff Olger Denen / Er begegnet jhm auch mannlich wider/vnd brachen beyde Sper entzwey/
darnach schlugen vnd hieben diese vier stoltze Hel-

ngfraw Gleri
einen köstlich
laſſen bereitte
ſtein/ Sie ſaz
für dich/ denn
oder Schoß da
auch meins V=
vnd Helm geh
ind ſchoß iſt/ E
Zieſen/ vnd ſet
icke/ zu ſehen vi

ße Helden gar mannlichen auff einander/
vnnd lieſſen da erſcheinen/ was macht vnnd
ſtercke ſie in jren Henden vnnd Armen het=
ten/das weret lange / daß keiner dem andern
nichts angewinnen mochte/ Da name Kö=
nig Sandonius ein ſtarcken Sper in ſeine
Handt/ vnnd rennte auff des Keiſers Son/
vnd ſtach jn auß ſeinem Sattel/ daß er dem
Pferdt auff dem Rücken ſaß. Carlot ſprang
baldt wider in den Sattel/war zornig/vnnd
ſprach: Ich wil dir dein Haupt abſchlagen/
für dieſen Hochmut /vnnd wil daſſelbe mei=
nem Vatter mit mir heim füren.

Xvans Son u=
Man/ vnd u=
bey derſelben =
amtlichen. D=
König Sande
t Kampff ſeine
r vnnd Carles
ſſ die Wieſen
wuel flugs auff
et jhm auch =
beyde Sper z=
heten dieſen =

König Caruel/ Olger Dene/hieben vnd
ſchlugen auch faſt auff einander/ vnd kund=
te gleichwol keiner dem andern nichts anha=
ben/das verdroß Olger Denen / vnd ſchlug
zorniglich zu jhm ein/ mit ſeinem glißenden
Schwerdt/ſo er in beyden Henden hatte/der
meinung/ daß er jhme ſein Haupt entzwey
ſchlagen wolte/ aber er entwich jm auß dem
ſtreich /daß er nit mehr dann ein Ohr/vnnd
ſtück vom Kopff ſeines Pferds abhieb / wel=
ches dar=

ches darburch schew vnd toll warb / vnd lieff
mit jhm im Feldt vmb/daß er es nicht halten
kundt. Da reit Olger zu Jungfraw Gloriant seiner Braut /vnd sagte: Du sihest nun
wol/daß König Caruel dein Breutigam v-
berwunden ist/drumb gib mir nun dein hulde. Sie antwort: Er lebet noch/vnd hat der
Streit noch kein ende / in dem wolte sie Olger geküsset haben/das ersahe König Caruel/
ruffte zu jm/vnnd sagte: Laß sie mit frieden/
denn du hast sie noch nicht gewonnen / wir
wollen fürbaß drumb fechten.

So schosse er Olgern mit einem Schef-
felin / vnnd verwundet jn in ein seitten/ Da
Olger vernam /daß er wundt war/ward er
zornig/ vnnd schlug jhm das oberst theil von
dem Helm/daß der Rieme vnd Schrauben
brachen/vnd fiel jhm der Helm auff die Erden. Da Gloriant das sahe/ da erbleichet sie
in jrem Angesicht/vnd ward schier onmechtig.   Da sie zu sich selbs kam / ruffte sie gen
Himmel/vnd sagte: O mein Gott Maho-
met / vnd andere vnser Abgötter/helffet nun
meinem Breutigam / daß dieser mechtige.
Heldt

Helde Olger Dene mir jhn nicht todt schla-
ge/ vnnd sagte zu jren Jungfrawen: Es ist
kein wunder/ daß mein Vatter vnnd Bru-
der/ auch alle vnsere Ritter vnnd Helden/ so
sehr vor dem einigen Mann sich förchten/
denn es helt weder Harnisch noch Helm vor
seinem Schwerd. Als nun des Keisers Son
sahe/daß Olger so männlich auff König Caruel schlug / da schemet er sich/ daß er nicht
auch so grosse Mannheit auff seiner seitten
beweisen solte/ so wol als Olger/ darumb
schlug er auch mannlich auff König San-
donius/ hatte jhm auch seinen Helm schier
zerspalten/ aber er warff seinen Schilt für/
daß er nicht mehr denn das oberste theil vom
Helm berürt.

König Sandonius hieb auch frischlich
zu jm ein / aber Carlot warff sein Schwerdt
für/drumb hieb Sandonius Carlots Pferd
sein Haupt ab im selben streich/ da bat jhn
Carlot/er wolte zu fuß mit jme streitten/weil
er kein Pferdt hette/ wo er das nit thun wol-
te/ wolte er sein Pferd vnder jhme erstechen.
Sandonius sprang balt vom Pferd/ wie er

E   begerte/

begerte/vnnd schlugen darnach Mannlich
auff einander/ keiner kundt aber den andern
vberwinden/ In des rennte König Caruel
auff Olgern mit einem Speer/ vnnd stach
ein stück von seinem Schildt/ hette jhn auch
durch ein scitten gestochen/were er jhm nicht
entwichen/ vnnd schlug Olger jhm ein groß
stück von seinem Schildt. Were sein gut
Harnisch vnd Pantzer nicht gewesen/er hett
jm ein Achsel abgehawen. Als Olger vernam / daß es nicht hafften wolte / rennte er
mit seinem Speer so starck auff König Car-
uel/daß er jn auß dem Sattel stach/vnd blieb
auff des Pferds Rücken halb todt ligen. Als
das König Danemon Soldans Sohn sa-
he/so im Holtz sich versteckt hatte/da reite er
baldt mit 500. Mañ auff Olgern Denen/
Da sie Carlot des Keisers Son kommen sahe / wuste er keinen rhat/ wie er entpfliehen
solte/ denn sein Pferdt war todt / darumb
sprang er baldt auff König Sandonius
Pferdt/vnd reite zu Olgern/In dem rüffte
Olger zu König Caruel vnnd sagte: O du
loser Verräter/ der das Volck dahin geleget
hast/

Left margin:
ch Mannlid
er den ander
König Caru
eer/vnnd six
/hette jhn au
cecer ihm nis
gen ihm ein gr.
Were sein e
t gewesen/ch
Als Olger re
pelte / rennte
auff König €
ersiach vnd c
alb todt ligen.d
oldans Soht
lt hatte/da mir
: Olgern Dec
e Son komen
trie er empstich
gar tedt / tar
önig Sande
gern/ In dem f
t vnnd sagtr. €
Polck dahin ge
s

Main text:

hast· mich· so zu dir auff trew vñ glauben ko-
men/zuuerraten/du kanst solch verräterlich
stück nimmermehr verantworten noch beschö-
nen/noch deine Kinder nach dir, wie viel du
joch bekommest/ich wil mich gleichwol so lange ich kan/wehren. In deß kamen die Türcken gantz dick vmb jn/auff allen seitten/Er
schlug viel wundt vnd todt von jnen/es halff
aber wenig/denn jr waren so viel/daß sie jhn
zu letzt von dem Pferde schlugen.

Da kam König Caruel eilents rennen/
dann er von der Verräterey nichts wuste/
vnd verbot jn bey jrem leben/daß sie jn nicht
schlagen noch tödten solten. Jungfraw Gloriant bat auch König Danemon jren Bru-
der/er solte Olgern nicht lassen todtschla-
gen/darnach bunden sie jhme seine Hende
auff den Rücken/vnnd führten jn gefangen
gen Rom.

Weil aber solches geschahe/schwemmet
des Keisers Son Carlot mit Sandonius
Pferd vbers Wasser gesund zu seinem Vatter. Als er jin sagt/Wie Olger mit Verräterey gefangen wer worden/wardt er sehr
E ij zornig/

zornig/vnnd sagte: Mich rewet sehr/daß ich den losen Verräter König Caruel nicht liesse auff vier Pfel stecken / als er letzt bey mir war/ vñ log Olger Denen mit sich auß auff die Wisen mit jme zu kempffen / damit er jn verraten kündte.

Wie Olger Dene gefangen für den Soldan gefürt ward / was er mit jme redet.

ALs sie nun Olgern in des Soldans Pallast führten / verdroß es König Caruel sehr / daß er also mit Verräterey war griffen worden/ seine Braut Jungfraw Gloriant merckte das wol/ drumb sagte sie zu jhm: Sorget nicht / sonder gebt euch zu frieden/ ich wil jm meines Vatters huldt wol bekommen. Als nun Olger für den Soldan kam / saget er zu jhme: Bist du der Olger Dene/ der mir so manchen stoltzen Heldt todt geschlagen hat/ auch viel andere edle Mann/ so daß alle Türcken vor dir erschrocken sein / darumb ward dein du loser Christe / daß du dich wider mich vnnd mein

Gott

ſehr/daß ich
uel nicht lieſt
letzt bey mir
ſich auß aui
t/ damit erſ

augen für
/ weil er

des Soldant
droß es Köni
ſo mit Verrä
e Braut Jung
wol/ drumb ju
/ ſonder geträ
es Vattars ſu
n Olger für de
hme: Biß taub
manchen jal
/ auch viel an
türcken verkr
ward dein deu
a mich vnnd ze
ij

Gott Mahomet darfft ſetzen/ vnd ſchlug jn mit einem ſtab auff ſeine ſtirn/ daß er blutet/ Antwort jm Olger: Ich geſtehe das/daß ich dein Volck todt ſchluge/ kan ich wider loß werden/ſo wil ich noch viel mehr in der Hellen abgrundt/ von deinen beſten den andern nachſchicken / Ich ſchwere auch bey dem Chriſtlichen Glauben/ ob ich ſo macht vber dich hette/ als du vber mich jetzundt/du ſolteſt nicht eine ſtund leben.

In dem kam König Caruel zum Soldan/ vnd ſagte: Lieber Herr/ ich wolte nicht vmb die helfft meines Königreichs/daß Olger ſolte mit ſolcher Verräterey gefangen werden/daß ich darnach ein Verräter in andern Landen vnnd Reichen genennet ſolte werden/ welchen Namen ich allezeit behalte/wo er gefangen bleibt / Darumb bitt ich dich gewaltiger Herr / du wolleſt jhn wider loß geben/ſo wil ich dir dien wo ich kan / wo nicht / ſo wil ich dein Tochter Jungfraw Gloriant nicht haben/ſonder dein offenbarer Feind werden/ vnnd zu Keiſer Carl reiten. Als er jn nun weder mit bitt noch drau-

E iij   wen

wen kundte loß kriegen / gieng er von jhme
hinnauß. Da gedachte König Sandonius an die Wolthat / so jm Olger zuuor bewisen / daß er jn seiner Gefengnuß loß gab /
Darumb gieng er zum Soldan / vnnd sagte: Mich deucht das beste / daß jr Olgern gefangen behalt / denn es möchte sich hernacher zu tragen / daß ewer Könige einer gefangen würde von den Christen / so kündt jr jhn
mit Olger Denen wider loß machen.

    Soldan gefiel sein Raht wol / da bat
Jungfraw Gloriant / daß sie jhn in Gefengnuß verwaren möchte. Der Vatter
antwortet: Er were damit wol zu frieden /
doch daß sie jn zur stett brechte / wo er jhn
wider forderte / das thet sie meist jrem Breutigam zu gefallen. Darnach gieng König
Sandonius in jr Gemach zu Olgern / vnd
grüsset jhn freundtlich / daß er jhn vorhin
wol tractieret hette / als er sein Gefangner
was / In dem begundte Jungfraw Gloriant von König Caruel reden / da lobten vnd
preiseten sie jhn / von seiner grossen Mannheit wegen / da seufftzete sie gantz schwerlich /
                   vnd

vnnd wardt trawrig / daß sie nicht kundt
mit jhm zu reden kommen.

Des morgens kam König Solliman-
der zum Soldan / vnnd sagte zu jhm: König Caruel leßt dich bitten / du wolleſt Olgern ſeiner Gefengnuß loß geben / vmb ſeiner trewen Dienſte willen / wilſt du das
nicht thun / ſo wil er zum Keiſer reitten.

Soldan antwortet : Ich wil jhn vmb
König Caruels Bitt noch Trew willen nit
loß geben / Ich frage nichts nach jhm / meiner Tochter wil ich einen andern Mann
geben / der ſo mechtig vnnd Hochgeboren
iſt / als Er.

Da König Caruel dieſe Antwort vernam / merckt er wol / daß es nichts halff /
was er für Olgern ließ reden oder bitten /
darumb zog er ſeinen Harniſch an / vnnd
reit zu Keiſer Carl / vnd ſagte zu jhme.

Wie König Caruel (darumb daß
er Olgern nicht kundte loß kriegen) zum
Keiſer ritte / vnd ſich jm gefangen gab.

E iiij   Omech-

Mechtiger Herr / ich gib mich nun
willig für Olger Denen in Gefeng=
nuß / zum Zeichen / daß ich nichts
von der Verräterey wuste / so jhm begegnet.
Als der Keiser sein gut trew hertz vername /
daß er vmb Olgers willen seine Braut vnd
jren Vatter den Soldan vbergeben wolte /
empfieng er jn ehrlichen / vnnd beweiset jhm
grosse Ehre / darnach fraget er jn / wie es mit
Olger Denen gienge. Er antwort: Er ist
gefangen / vnd Jungfraw Gloriant lest jn
bewaren / vnd tractiert jn gar ehrlichen / als
er dann wol werth ist / von seiner grossen
Mannheit wegen.

Als Soldan vername / daß König Car=
uel beim Keiser war / ward er gar zornig / vnd
ließ bald seine Tochter Jungfraw Gloriant
beruffen / vnd gebot jhr härtiglich / sie solte zu
König Caruel kein liebe oder gunst mehr tra
gen / sonder jhn gar auß dem Hertzen lassen /
vnd nicht mehr an jn dencken / so wolte er jhr
ein andern Mann geben / der so reich vnnd
mechtig wer / als er / dauon ward sie gar sehr
betrübet / aber sie antwortet jhme nichts. Als
sie

ſie nun wider in jhren Pallaſt kame/ da weinete ſie gar ſehr/ vnd ſagte Olgern die wort/ ſo jr Vatter jhr geſaget hatte. Olger bat/ ſie ſolte zu frieden ſein. Sie antwortet : O weh vnd ach/ was ſol ich arme Jungfraw ſagen/ dencken oder thun? denn ich kan nicht/ vnnd wil auch nicht die groſſe liebe/ ſo ich zu dem ehrlichen König Caruel meinem Bulen tragen thu/ vbergeben noch vergeſſen/ ſolte ich auch mein leben darüber verlieren/ kein pein plag oder wehe/ ſol vnſer Liebe ſcheiden/ Ich wil jn von hertzen vnd gemüte lieben/ſo lang ich lebe/ darumb wil ich gerne leiden alle ſorge vnnd betrübnuß/ſo mir mein Vatter kan zu fügen vmb ſeinet willen.

Olger ſagte zu jr: Aller ſchönſte Hochgeborne Jungfraw / ich habe euch vorhin geraten/ ſo rahte ich euch noch/ daß jhr nicht ſo weinet vnd ſeuffzet als jr thut/ denn jhr verderbet damit ewre klare ſtimme vnnd ſchöne augen/ denn wo jr nicht von ſorgen vnd weinen ablaſſet/ſo werdet jhr bald kranck vnnd bleich / vbergebet den falſchen verfluchten Glauben/da jr jnn verblendt ſeit/vnnd betet

E v   Maho=

Mahomet/ auch die andern Abgötter vnnd
Teuffel nicht lenger an/ so ewer Seel ver-
dammen wollen/ Sonder folget mir zu ewrem Breutigam in des Keisers Hoff/ vnnd
lasset euch beide täuffen/ so werdet ihr das
Himmelreich besitzen/ in freude vnnd lust/
on ende/ wollet ihr euch beide täuffen lassen/
wie ich gesaget habe/ so wirdt euch Keiser
Carl Landt vnd Leuthe geben/ vnnd wirdt
König Caruel so mechtig vnnd reich mach-
en/ als er vor nie gewesen. Sie antwortet:
Ich wil meinen lieben GOtt Mahomet
nimmermehr verschweren/ mich auch nicht
täuffen lassen/ sonst wil ich gerne thun/ was
ir mir saget vnd rahtet. Mich verwundert
auch allermeist/ daß König Caruel/ so mich
liebet für alle Menschen auff Erden/ vnd bereit war/ sein Leib vnnd Leben vmb meinet
willen zu lassen/ mich nun vmb ewert willen
vbergibt/ vnd reit willig in des Keisers Ge-
fengnuß/ der sein Feind ist.

    Olger antwortet: Sein Edle Ehr zwin-
get ihn darzu/ daß er das thete/ denn er wuste
wol/ daß ich vmb seinet willen mit Verräterey

terey hieher gefangen wardt/ als er mir den
Kampff auff ſein Trew vnd Ehre außbote.

Wie König Burmand von Egypten/ Soldan mit groſſem Volck zu hülff kam/ vnnd Soldan ihm ſein Tochter gab / Sie aber ſein nit wolte.

JV der zeit kam Soldan Bottſchafft/ wie König Brunamundus von Egypten hart bey Rom were/ mit einer groſſen anzal Volcks/ ſo er jm zu hülff wider die Chriſten mit bracht hette/ Darumb ließ er baldt beruffen ſeinen Son Danemon/ das jhn / ſich zu rüſten / mit jhm zu reitten/ jhn ehrlich zu empfahen. Darnach führten ſie jhn in Rom/ mit groſſer Ehr vnnd Reuerentz. Derſelbe König Brunamund von Egypten / war ein mechtig ſtarcker Heldt/ vnd wird auff Denniſch Burmand genennet/ darumb wil ich jhn in dieſer Cronicken au..h Burmand nennen/ daß alle ſo ſeinen N.. ...en hören/ wiſſen mögen/ was manns er war.

Dieſer

Dieser Burmand / als er etliche stunde
beim Soldan gewesen war / da begert er seine tochter Jungfraw Gloriant zu der Ehe/
Soldan antworte: Ich gab jhr ein Mann /
heißt König Caruel / der ist nun von mir hin
weg zum Keiser Carl geritten / vnnd mein
feind worden / darumb wil ich mich bald be-
rahten / vnnd euch ein gute antwort wissen
lassen / da berufft er seinen Son Danemon
für sich / berahtschlaget sich mit jhme / was er
darinn thun solte.

Er antwort: König Caruel ist der mech-
tigste König im Morgenlandt / vnd ein schöner Mann / auch ein mechtiger Heldt / from
vnnd starck zu aller Mannheit / er kam euch
auch zu hülff mit 32. Königen / mit all jhrem
Volck / jhr habt jhm auch meine Schwester
Gloriant vorhin geben / vnnd grosse Herrn
vnd Fürsten sollen jhre wort vnuerbrüchlich
halten / darumb bedörfft jhr wol guten raht/
mich deucht gleichwol das best sein / jr schickt
Botten zu jme / was er dazu thun wolle. Der
Vatter antwortet: Dennoch er mir nicht
glauben helt / sonder sich zu meinen Feinden
gibt/

r etliche stunt
da begert er sä
ant zu der Ehe
jhr ein Mann
nun von mir hü
ten/vnnd me-
lich mich bald b
te antwort wisse
Son Daneme
h mit jhme/was

Caruel ist der me
nland/ vnd ein je
tiger Heldt frei
mheit / er kam
brigen mit all jhr
ich meine Schwe
/ vnnd große he
wert vnuerdri
si jhr wol guten ra
das beste jein/ jre
r dazu thun wolle
Dennoch er mir te
r sich zu meinem jhr

gibt/ da wil ich/ja mir gebüret nicht jhn darumb zu fragen/ ob ich meiner Tochter einen
andern Mann geben wolle / vnnd liesse da
Jungfraw Gloriant für sich beruffen/ vnd
gab sie König Burmand stracks zu der Ehe/
bat sie jhme jr Handt zu geben/ das wolte sie
nicht thun/ weder mit gutem oder bösem/we-
der vmb Gabe oder trew willen / darumb
ward jr Vatter gar zornig/ goß jr eine schal
mit Wein in jhr angesicht/so sie solt getrun-
cken haben.

Da gieng sie wider in jren Pallast/vnnd
sagte Olgern/wie es jr mit jrem Vatter gangen war/ darumb sorget sie gar sehr/ König
Burmand würde sie vor König Caruel bekommen. Des morgens rüstet sich König
Burmand in köstlich Harnisch vnd Zeug/
vnd reit für des Keisers Läger/rüfft laut/vnd
sagte: Ist hie ein stolzer Heldt in des Keisers
Hofe/ den da lüstet ein Ritt mit mir zuthun/
der komme herauß/da war einer mit namen
Gottfried Neymand / der ritte auß gegen
jme/denn er war ein mechtiger Heldt/ aber
jme wolt nicht glücken/denn Burmand rennet

net in ledig ab/vnnd nam sein Pferdt/führte
das mit sich/zog darnach zum Soldan/vnd
sagte zu jm: Jch komme jetzt von des Keisers
Heer/ da rennte ich sein besten Helden ledig
ab/vnd bringe sein Pferdt zum Warzeichen
mit mir/ich vernam auch wunderlich ding/
so dich meistes theils berürend/ das wil ich
dir zu erkennen geben/ magst du bedencken/
obs müglich sey dem für zu kommen.

Das ist so: Vor etlichen tagen/da machte sich deine Tochter Jungfraw Gloriant
heimlich bey der Nacht auff/ vnnd reit zum
Keiser mit Olger Denen/ vnd liesse sich alda mit König Caruel jhrem Breutigam
täuffen/ verschwuren auch beide vnsern
mechtigen Gott Mahomet/ auch alle vnsere Götter. Als das beschehen/ ritte sie wider
her dieselbe nacht/ daß du auch niemand solches vermercken solten/ vnd ehe du dich das
versihest/ da verräth sie dich vnnd alle dein
Volck in des Keisers Hende.   Von diesen
worten ward der Soldan gar zornig/denn
er glaubte balde den Lügen/ so jhme waren
vorgesagt.

                                        Wie

n Pferde führn
m Soldan/vnd
twen des Keisers
sten Helden lie
zum Warzeich
wunderlich dir
rend/ das will
sagst du bedenck
zu kommen.

zen tagen/ da mae
mit fraw Gloria
auff/ vnd reitz
en/ vnd liesse sie
zhren Breutzn
auch beide ra
ömet/ auch alker
sehen/ ritte sie
da auch niemart
si vnd ehe du dich
sie dich vnnd als
Hende. Vont
dan gar zorniz
sehen/ so zhenez

Wie Soldan seine Tochter schlug/
dann sie Burman belogen/ vnnd sie jhm
ein Kampff außbote.

Soldan schickt bald nach seiner Toch
ter. Als sie für jn kam/ da sagte er zu
jhr: O du vnartig Mensch/ wehm
schleast du nach/ daß du solch verräterlich
stück thun darffst/mich vnd alle mein Volck
in des Keisers Handt wilst verraten/ Wer
hat dich so toll vnnd blindt gemacht/ daß du
so schendtlich vnsern lieben Gott verschweren wilst? Scheme dich deiner Vntugend/
in dem schlug er sie in das Angesicht/ daß sie
zu der Erden fiel/ Er rauffte sie bey dem
Haar/ vnd trat sie mit füssen/ vnnd schlug
sie hart mit einem Stecken/ Er hett sie auch
gewißlich todt geschlagen/ hetten nicht die
mechtigen Könige vnnd Fürsten/so da wa-
ren/ für sie gebeten/ vnd auß seinen Henden
gerissen. Da sie nun wider zu jhr selbs kam/
daß sie vor weinen vnd seufftzen wenig reden
kundt/ sagte sie zu jrem Vatter:

Mich wundert größlich/ daß du/ der ein
alt

Dennmarckifche

alt Mann bift/ auch fehr klug/ mehr trawen
vnd glauben auff den lofen Verräter Burmand ftelleft/ dann auff mich/ die ich dein
eigen Fleifch vnnd Blut bin/ daß du dir jhn
die Zunge auß deinem Munde leffeft nem-
men/mit feinen Verräterlicken worten/ fo
er auff mich on alle fchuldt gelichtet hat/ ich
wil mein Gott Mahomet nimer verfchwe-
ren/ viel weniger mich täuffen laffen/ ge-
fchweig daß ich folte einig Verräterey gegen
dir oder deinem Volck brauchen/dieweil ich
lebe/ fol mir folches in meinen finn nit kom-
men/drumb wil ich König Burmand einen
Kampff außbieten/ auff meine rechte vrfach
vnnd vnfchuldt/ darumb leg ich hier mein
Pfandt/ fo da ift mein befte güldene Ketten.

Darauff befahl jr Vatter zweyen mechtigen Königen/ fie zuuerwaren/ vnnd acht
auff fie zu haben/ gleich einem andern gefan-
genen/ daß fie nicht entflöhe/biß fie jemand
fünde/ fo für fie kempffen wolte/gegen König Burmand/ jr vnfchuldt zu beweifen mit
dem Schwerdt/ wie dann der brauch war/
fo fürten fie Sie in jr Pallaft/ da fie folte ver
waret

y/ mehr trawen
Verräter Bun-
lich/die ich dann
n/ daß du dir jhn
bunde lessest nem-
lichen worten/ ſ
di getichtet hat/ic
et niſter verſchw
ſtürffen laſſen/ g
g Verräterey gegen
wauchen/die recklich
wenen ſinn nichtes
nig Burmandeus
ſ meine rechte und
nö leg ich hier m
beſte güldene Kett
Vatter zweyen mal
gettwaren / vnnd r
ſ einem andern g̃
uſlöſe biß ſie jem-
pſen wolte/ gegen
ſchuldet zu beweiſen
ie dann der brauche
ſ Pallaſt/ da ſtehet
ꝑ

waret werde/da besorgt sie sich gantz schwer-
lich/vil mehr umb der Verräterey willen/so
jhr unschuldig zu gelegt waren / denn für die
schleg/so sie empfangen hette. Sie förchtet
auch sehr / sie würde niemand finden/so sein
Leib von jrent wegen /wider ein solchen starcken Helden wagen würde. Letzlich kam jhr
in sinn / die grosse Mannheit so Olger
Dene zuuor in Kriegen und Schlachten be
gangen/darumb klaget sie jm jhr sorg unnd
not sagende: Wie sie König Burmand einen Kampff außgebotten/auff jre unschuld
und rechte sach. Bat jhn derhalben/er wolte
solchen Kampff für sie thun / denn sie wüste
sonst keine Hülff/wolte er solches thun/wol-
te sie jm grosse Freundlschafft dafür bewei-
sen/jhn auch / wo König Caruel stürb / oder
todtgeschlagen würde/zu der Ehe nemmen.
Olger antwortet: Er wolte solches gerne
thun.

Wie Olger König Burmand den
Kampffaußbote / von wegen der Jungfrawen Gloriant / und König Caruel zu Gisel geben ward.

F   Darnach

Arnach gieng Jungfraw Gloriant
zu jrem Vatter/ vnd hatte Olgern
mit sich. Soldan fragte: Ob sie ei=
nen funden hette/ der für sie kempffen wol=
te.

Olger antwortet: Jch erbiete mich hie
offenbar/ mit König Burmand von jrent
wegen zu kempffen/ wil auch mein Leib vnd
Leben daran wagen/ daß sie vnschuldig ist
der sachen/ so er jhr felschlich zugelegt/ des leg
ich hie meine Handtschuch zu pfande/ zum
zeichen/ daß ich jhm begegnen wil. König
Burmand nam jhn balde auff/ da sagte der
Soldan: Olger/ du solt größer Pfandt se=
tzen in dieser sach/ denn es gilt meine Toch=
ter/auch einen mechtigen König. Olger ant
worte: Jch wil König Caruel für mich zum
Bürgen setzen/ wo er frey Geleit mag hieher
haben/auch von dannen in sein gewarsame.
Soldan antwortet: Es möchte wol gesche=
hen one hindernuß.

Darauff schrieb Olger dem Keiser vnd
König Caruel/wie sich diese Sach verlauf=
fen hatte/ vnnd begerte/ daß König Caruel
wolte

wolte kommen/ v
König Caruel ba
vnnd mit gen. Do
kam Kreyner jhn
der Gesten da sy
ligner vnd Sch
fraw Gloriant
rey zu gelegt hat
noch geschja vnd j
jhn auß gerichtet
andere Fürsten vn
kommen werden. S
dan einen Kö
nig Caruel zu
gerne thete
k. Gaiserung
Der war So
te Burmand
vnd sagte zu jede
da Olger Dan
hin gezogen hett
den seinen zu im
ku fro/ daß es
auff der andern

gfraw Glorian
nd hatte Olgn
fagte: Ob ſie
ie kempffen we

h erbiete mich!
nmand von m
uch mein leik
ß ſie vnſchuldi
ich zugelegt deß
uch zu pfande ze
gnen wil. Kr
de auff das ſagt
ll er ößter Pfau
tes gilt meine L
m König. Olge.
Caruel für mich!
rey Geleit mache
m in ſein gewarſa
Es möchte wol ge

Olger dem Keiſ
ißdeſe Sach we
gte daß König G
r

wolte kommen/ vnnd Giſel für jhn werden.
König Caruel bat vrlaub von dem Keiſer/
vnnd reit gen Rom. Als er in die Statt
kam/ begegnet jhm König Burmand auff
der Gaſſen/ da ſagte er zu jme: Biſt du der
Liigner vnd Schalck/ der mir vnnd Jungfraw Gloriant meiner Braut die Verräterey zugeleget hat/ ſo wir nie weder gedacht
noch gethan/vnd zog ſein ſchwerd auß/ hette
jhn auch gewißlich todt geſchlagen/ wo nicht
andere Fürſten vnnd Herren dazwiſchen
kommen weren. Darnach fraget jhn Sol-
dan/ ob er für Olgern wolte Giſel ſein. König Caruel antwortet: Ich wil das alle zeit
gerne thun/ ob ich ſchon nicht gebeten würde. Sandonius ſagte auch alſo.

Des ward Soldan ſehr fro/daß er möcht
die Warheit erfaren/wie es darumb were/
vnd ſagte/ ſie ſolten kempffen an dem orte/
da Olger Dene vnnd König Caruel vorhin gefochten hetten/des waren ſie zu beyden ſeitten zu frieden/vnd war Olger hertz-
lich fro/ daß es da geſchehen ſolte/ daß er
auff der andern ſeitten des Keiſers Zelten

F ij   vnnd

Dennmarckische

vnd Heer sehen mochte / er vermeinte auch desto mehr sein sterck vnd grosse Mannheit zu erzeigen / weil die Christen möchten zusehen.

Wie Olger Dene vnd König Burmand ein schweren Kampff bestunden / doch zu legt Olger den sieg gewan.

Orgens als sie auß auff den Platz solten / beruffte der Soldan beide für sich / vnd sagte zu jnen: Welcher diesen Kampff gewinnt / dem wil ich köstliche Gaben geben. Wer aber verlewret / den wil ich mitten auff die Römer strassen lassen hencken. Sie antworten: Sie weren damit zu frieden. Da gab König Caruel Olger Denen seinen Harnisch / Helm / Schilde vnd Pferdt / auch ein köstlich Schwerdt / welches er so lieb hatte / als ein Königreich / vnnd hiesse Cartowe / dasselbe Schwerdt ist nun in Franckreich in einem Kloster sanct Benedicti Ordens / welches Olger stifftete in einer Statt mit namen Mearo / 10. meilen von Pariß / das ist drey elen lang an der Klingen /

vermeinte auch
grosse Manniek
en möchten zu

 id König B
npff bestunden
r den sieg

auß auff den zi
der Soldan be
ze zu jnen: Weld
i dem wil ich ti
t aber verlewet
Römer straffen la
n: Sie werent
könig Caruel d
sch. Helm/ Sö
n köstlich Schwe
/ als ein König
dasselbe Schwe
in einem Kloster
welches Olger
namen Mearo
drey elen lang
Sper

Klingen/ vnnd einen Fuß an der breitte/ da
hielte weder Harnisch noch Pantzer vor/ er
bat in sich mannlich zu brauchen/ wie er gewonet war/ in Krieg vnnd Schlachten zu
thun/ denn es galt seiner Jungfrawen Gloriant Ehre/ durch seinen eignen Leib. Da
bat Olger den Soldan/ er wolte verschaffen
daß jhm nicht solche Verräterey begegnet/
wie jm denn zuuor auff derselben Wisen be-
schehen/ da er gefangen ward/ darumb gebot Soldan stracks vber alle sein Heer/ daß
kein Türck/ Saracen oder Heyde jhnen ne-
her kommen solte/ wann sie im Kreiß zu hauff
keimen/ dann man mit einem Pfeil schiessen
kundte/ bey verlust leib vnd ehre.

Als sie auff die Wisen kamen/ da kam ein
Frantzoß zu Olgern/ vnd bat jn heimlich/ er
solte zu dem Keiser auff die ander seitten des
Wassers fliehen/ vnd nicht mit Burmand
kempffen/ dann er wer vber massen starck.
Olger antworte: Ich wil lieber ehrlich in
diesem Kampff sterben/ dann ich fliehen vnd
mein trew/ ehr vnd glauben brechen wil/ reit
nur hin zum Keiser/ vnd grüsse jn/ vnnd alle
F iij   seine

seine guten Mann von meintwegen. Da er
so mit jhm redet / da kam König Burmand
reittend / auff einem obermassen starcken
Pferde / das hieß er Brifort / vnd sprang jeden sprung dreissig schuch mit jm / wiewol er
in vollem Küriß auff jn saß.

In dem stiessen sie in die Trommeten /
Da rennten die beide zusammen / wie zween
grimmige Löwen / vnd brachen beide Speer
auff einander / daß die stücke gen Himmel sto-
ben / blieben doch beyde auff jren Pferden sitzen. Darnach schlugen sie schwerlich auff
einander / daß das wilde Fewer auff beiden
jhren Harnischen vnnd Schwertern flohe /
sie wehrten sich beide lang mannlichen / daß
keiner wund ward / dann sie beide gute Fech-
ter waren / des verwunderten sich alle / so da
herumb hielten / vnnd zu sahen. In dem hieb
Olger auff Burmand / der meinung / daß er
jhm seinen kopff zerspalten wolte. Er buckte
sich aber vor jhme nider / daß er nicht mehr
dann das oberthcil an seinem Helm traff /
vnnd einen Güldenen krantz / den er darauff hette / den hieb er jhm gar ab / auch ein
stück

tt wegen. Dae
nig Burman
massen starck
st/ vnd sprang
mit jm wieder
ck.

i die Tromme
ammen wie zu
rachen beide Ex
icke gen Himel
uff jren Pferden
en sie schwerlich
e Fewer auff be
Schwertern
mg mannlichen
in ju beede gut
werten sich alle
jm sahen. In der
der meinung
wen wolte. Er
er daß er nicht
zu seinem Helm
en trans/den
ber jhm gar ab

stück von seinem Harnisch auff der Achsel/
vñ schlug jn ein wenig wund / darumb ward
König Burmand zornig / schlug wider zu
jm ein / vñ hieb jm ein groß stück von seinem
Schildt. Olger hieb so schwerlich wider auff
seinen Helm/vnd schlug jm ein Wunden in
sein Haupt/daß er schwerlich blutet. Da sa-
gete König Burmand zu Olgern: Der dir
das gute Schwerd gab/hat dich lieber/denn
sich selbs.

In des hieb er so hart auff Olgern/daß er
jm seinen Schildt all zu stücken schlug. Olger schlug auch so schwerlich auff jn/daß jhm
das Schwerdt auß den Henden fiel. O
wie grosse Sorg vnd Betrübnuß empfiengen da alle Olgers Freunde/ da sie sahen jn
weder Schildt noch Schwerdt haben/ da er
sich mit kundte wehren. König Caruel vnd
seine Diener gehuben sich vbel/ Jungfraw
Gloriant vnnd jhre Jungfrawen weineten
sehr/denn sie forchten alle/er würde vnderli-
gen/ daß sein Feind König Burmand war
jhm zu resch. Keiser Carl sorget auch schwerlich für jn/denn er war jhr einiger trost vnnd

F iiij   hoff-

hoffnung wider alle jre Feinde / darumb bat
er alle sein Volck / vor jn zu bitten / die Türcken / Saracener oder Heyden / dorffte jhm
keiner einige Hülffe thun / vmb der schwere
Gebot / so der Soldan vorhin hett lassen auß
schreyen.

In des rennte Olger auff jn mit seinem
Streithammer / warff den für / biß er jn vn-
derkam / vnd schlug jm sein schwerd auß sein
henden / da ließ Burmand sein Pferdt drey
oder vier sprünge fort thun / meinende / er
wolte jn wenden / jn vber einen hauffen rennen / denn sein Pferdt war vbermassen resch
vnnd starck. Aber Olger sprang schnell von
seinem Pferdt / hub beide jre Schwerd auff /
vnnd warff König Burmands Schwerdt
in das Wasser / vnd sagte / er solte absteigen /
oder er wolte sein Pferdt vnter jm erstechen /
Burmand antwortet: Spare mein gutes
Pferdt: Ich wil zu dir absteigen. Als sie nun
beide zu fuß waren / da schlug jhm Olger ein
groß stück von seinem Helm. Er erwusche
Olgern in arm / vnd rang mit jhm so lang /
daß er jhn vmbwarff. Olger hielt gleichwol
                                            sein

sein Schwerdt fast in der rechten Hand/vnd riß sich lang mit jhm / lag jetzt vnden / dann oben. Burmand zog sein Dolchen auß/vnd stach jn wol drey oder vier mal auff den halß/ vnd wolte jm die Kelen abstechen. Aber Olgers guter Helm vnd Harnisch bewarte jn/ daß jm kein schade widerfuhr. Zu letzt riß sich Olger von jhme/ vnnd schlug da schwerlich auff jn/ biß er jm den Helm vnd Haupt biß auff den Halß zerspielt/ vnnd er todt zu der Erden fiel. Da wardt der Soldan fro/ daß seiner Tochter Ehr vnnd glimpff mit König Burmands todt errettet wardt/ der jhr dann die Verräterey zugeleget hatte. König Caruel vnd Jungfraw Gloriant/ auch alle jhre Freunde vnnd Gönner waren frölich/ daß jr Kämpffer den Sieg gewonnen hette. Keiser Carl/ auch alle Christen/ so auff der andern seitten des Wassers lagen /freweten sich auch größlich vor dem Preiß vnd Ehr/ so Olger da empfieng/ dieweil er den mechtigen Helden König Burmand todt schluge/ auch Jungfraw Gloriants Ehre beschirmete.

J v　　Wie

Wie Olger zu dem Keiser vbers

Wässer kam / vnd der Keyser in die Statt
Rom fiel / den Soldan sampt allen
Heyden erschlug.

Arnach stieg Olger auff König
Burmands Pferdt / das war mech=
tig schnell vnd starck / vnnd rennte so
nach des Keisers Läger / vnd ließ sein Pferdt
vber die Tyber schwimmen. Als der Keiser
solches sahe / da reit er jhm entgegen / Olger
grüsset jn / vnnd dancket jhm fleissig vor alle
seine Wolthaten / vnd bot jm ein gute nacht /
wolte auch stracks wider zu rück reitten.

Der Keiser sagte: Bleib hie bey vns / weil
du hie bist / wir wollen dich ehrlich begaben /
für die grosse Mannheit / so du jetzt getrieben
hast. Olger antwortet: Lieber Herr / das
mag nicht gesein / denn ich wil meine Ehr /
trew vnd glauben halten / zum Soldan reit=
ten / vnnd König Caruel seiner Gefengnuß
erledigen / so da Gisel für mich worden / dar=
nach wil ich kommen / so bald ich von dem
Soldan kan ledig werden. Der Keiser ant=
wortet: Bleib nur hie bey mir / ich wil euch
bald

Keiser oben
~ser in die Statt
~ sampt allen
~lug.

~lger auff Kö-
~del / das war me~
~uck. vnnd renne
vnd ließ sein Pfe~
~nen. Als der Kö~
~jn entgegen Ol~
~ ihm fleissig ver a~
~et jm ein gute na~
~e zu rück reitten.
Bleib hie bey vns ~
~ich ehrlich beg~
~et so du jetzt gern~
~ten: Lieber Her~
~an ich wil meine~
~ten zum Soldan~
~urci seiner Gefen~
~g für mich worden~
~ten so bald ich wie~
~ra xc. Der Keiser
~fer bey mir / ich we~

bald beide ewer Gefengnuß ledig machen.
Olger wolt gleichwol gen Rom reitten/vnd
sein Gelübde halten) Da bat jhn der Keiser
freundtlich/gebot jm auch bey seim Christlichen glauben/daß er bey jm blieb/dñ er wole
stracks für Rom ziehen/den Soldan zu bele-
gern/weil aber das geschahe/da theten König
Burmands Volck von Egypten / auch die
Tattern /so er mit sich bracht hat / ein grosse
Schlacht/mit Soldans/auch König Caruels Volck / daß jr Herr von Olger Denen
vmb Jungfraw Gloriant willen erschlagen
war. Als sie nü so jnwendig der Statt Rom
sich schlugen/ da kam der Keiser in die Statt
an eim ort/da ein Thor offen stund/hatte da
mit sich alle sein besten Kriegßleute/vnd ließ
gleichwol ein grossen theil seins Volcks vber
die Mawren einsteigen/auff allen seitten/vñ
bestellet alle Thor / daß die Feind an keinem
ort entrinnen mochten. Da Soldan vnnd
sein Sohn Danemon vernamen/ daß Keiser Carl vnnd die Christen in der Statt wa-
ren/da bat er die Könige/Helden/vnnd alles
Volck/ sie wolten Mannlich stehen / vnnd
kecklich

kecklich streitten/ wie sich des gebürete/ denn
es betreff all jr Leib vnd Gut/ so reüte er vnd
sein Son von jrem Pallast. Als sie nun kamen auff Campflor/ welchs ein grosser platz
in Rom ist/ da begegnete jnen. Olger Dene
erstlich/ der reit für dem Keiser/ vnd rennete
stracks auff König Danemon/ vnd stach jn
durch mit seinem Speer/ daß er todt zu der
Erden stürtzte.

Soldan sein Vatter rennete auff den
Keiser/ vnnd meinete seines Sohnes Todt
an jnie zu rechen. Aber der Keiser war vor be-
reit/ stach jhn durch den Halß/ daß er todt zu
der Erden fiel/ darnach wurden zweintzig
Könige mit alle jrem Volck erschlagen von
Türcken/ Saracenern vnnd Heyden/ auch
all Soldans vnd König Burmands volck/
Tatter/ Morianer vnd Egypter/ die alle vnzehlich waren/ so da auff jhren seitten todt
blieben.

Es waren auch vil von Denen/ so die an
dern Thor suchten/ vermeinten dauon zu
fliehen/ Aber des Keisers Volck/ das denn
dahin verordnet war/ schlugen alle todt/ so
da

da außkamen / etliche fielen vber die Mawren / die wurden auch empfangen / denn sie
warteten auff sie an allen orten / Keiſer Carl
verlor in der ſelbigen Schlacht ſechs tauſent
Mann in der Statt Rom.

Wie Keiſer Carl die Statt Rom
eingenommen / darnach König Caruel bat /
auch Jungfraw Gloriant den Chriſtlichen Glauben an zu nemmen.

ALs der Keiſer dieſen Sieg gewonnen
hette / gieng er in die Kirchen / dancket
vnd lobet Gott / daß er jhm oberhand
vber die Feinde des heiligen Chriſtlichen
Glaubens vergönnet vnnd verlichen hette /
darnach gieng er in Soldans Pallaſt / da
fand er König Caruel / vnd König Sandonius / ſo da für Giſel da lagen / für Olgern /
Jungfraw Gloriant auch / der Keiſer empfieng ſie alle freundtlich / nam ſie mit ſich
zu Tiſche / er ſetzte König Caruel neben ſich /
Jungfraw Gloriant gegen jhm vber / vnnd
Olgern neben ſie / nechſt ſaß König Sandonius / darnach die andern Könige vnnd
Hertzogen / ſo dem Keiſer folgeten. Als die
Malzeit

Maltzeit beschehen / nam Keiser Carl Kö=
nig Caruel auff ein ort / riethe jhm freundt=
lich / daß er vmb seiner Seelen seligkeit wil=
len/ den falschen Glauben / da er jnnen ver=
blindet were/ vbergeben wolte/ vnd den rech=
ten Glauben mit tauff vnd Christenthumb
annemmen. Sagte auch weitter zu jm : wilt
du dich lassen täuffen/ so will ich dir hie in der
Christenheit so gute Land vnd Reich geben/
wie du in groß Indien gehabt hast. König
Caruel antwortet: Gewaltiger Herr/ Ich
dancke dir deines guten erbietens/ deßgleich
für alle deine wolthaten/ ich kan doch nichts
da zu thun/ ich habe mich denn mit meinen
Freunden berahten/ du hast mein Leben in
deinen Henden/ das will ich lieber verlieren/
ehe ich mich will täuffen lassen/ Aber ich ge=
lobe dir auff meine Trew vnd Ehre/ schwere
das auch bey meinem obersten Gott Maho=
met/ daß ich dein trewer Diener will sein/ so
lang ich lebe/ auch Olgers zu gleich/ wann
vnd wo jr mein bedörffet. Keiser Carl wardt
halb zornig vber König Caruel / daß er sich
nicht wolte täuffen lassen/ darumb gieng er
vo.

von jm auff die ander seitten des Saals/vnd
ließ jungfraw Gloriant zu sich beruffen/bat
sie wolte sich täuffen lassen, vnd jm gen Pariß in Franckreich folgen / da wolt er jhr den
obersten vnd besten Kämpffer geben/so in der
Christenheit lebte / nemlich Olger Denen/
des Königs Son auß Deñemarck/der nun
deine Ehr vnnd Glimpff errettet/auch sein
leben für dich gewagt hat/ich wil jm Schlösser vnd Stätt geben/auch Hertzogthümme
mit andern grossen Reuthen/daß jr sollt genug haben/euch damit zu erhalten. Jungfraw Gloriant antwortet/vnd sagte:O ge-
waltiger/mechtiger Fürste/Ich dancke dir
freundtlich vor deinen guten willen/doch bit
ich demütiglich/du wollest mich dessen vber-
heben. denn du weist wol/daß rechte Liebe nit
wol außleschen/noch balde vergessen mag
werden/Ich kan keinen andern lieben/denn
König Caruel meinen Breutigam/solt ich
auch mein Leben darfür lassen,ich weiß wol
daß Olger Dene ein besser Kriegsfürst vnd
stärcker Held ist/denn er/auch jetzt sein leben
für mich gewagt/vñ mir mein ehr erlöst hat/
dafür

dafür wil ich seine Dienerin sein so lang ich
lebe / stürbe auch König Caruel / oder würde
mir in Kriegen vnd Schlachten erschlagen /
das mein Gott Mahomet verbiete / so wil ich
keinen andern Mann nemmen / one Olger
Denen alleine /so lange ich lebe.

In des kam Olger ein/vnd danckte jung
fraw Gloriant in des Keisers beywesen/daß
sie jn freundtlich gehalten/als er jhres Vat
ters Gefangner war / da er vernam/ daß sie
sich nicht wolte täuffen lassen/bat er den Kei
ser/er wolte sie jren weg in Jndien lassen fa
ren.   Der Keiser ließ König Caruel vnnd
Jungfraw Gloriant für sich beruffen / vnd
sagte: Ich gib euch beide frey vnnd loß/ vmb
Olgers bitte willen / auch für die trew vnnd
ehre/so jr jme bewisen/daß jr zu ewrem Lan
de möget faren / doch mit dem bescheidt/daß
du König Caruel keinen Krieg oder vhede
mehr gegen der Christenheit nach diesem ta
ge füren solt.

König Caruel danckt jhm fleissig/vnnd
schwur bey seinem Gott Mahomet/er wol
te sein vnnd Olger Denen Diener sein/so

lang

lang er lebte / damit bereitet er sich auff die
fahrt. Olger ward sehr betrübet/da sie schei=
den solten / darumb gelobte er jnen beiden/er
wolte baldt in Jndien Landt kommen/da sie
wohneten/ damit schieden sie ab. König
Sandonius zuch auch mit jhnen / denn er
war seiner Ge███duß auch loß.

Wie Keiser Carl dem Bapst Rom
vbergab/ vnd in Franckreich kam/da er denn
Olgern ehrlichen begabte.

Als der Keiser alle ding zu Rom nach
seinem willen geordnet hett / beruffet
er seine Rähte/ vnd fragte die/wen sie
meineten / daß er die Statt Rom befehlen
solte / weil er wider in Franckreich wolte.
Turpin der Ertzbischoff antwortet jm: Es
wer das beste/ daß er sie dem Bapste vber=
antwortet / zu regieren vnd verwalten. Da
sendet der Keiser stracks Brieffe nach dem
Bapst Leo/der war in einer Statt hieß Su=
sa hart bey Rom. Als er die empfieng / da
fuhr er stracks gen Rom/der Keiser gieng jm
entgegen mit allem Volck/vnd führte jn in

Sanct Peters Kirchen/ vnd setzte jn in sein
Stuel. Da laß der Bapst vil schöner Gebet
vber jhn vnnd alle sein Volck/ Sie danckten
vnd lobeten Gott alle fur den grossen Sieg/
den sie von seinen grausamen Feinden/ Tür
cken/ Heyden vnnd Saracenen gewonnen.
hetten. Da der Keiser g█████ariß kam/ da be=
rufft er für sich alle Herr██ vnd Ritterschafft
im Reich/ vnd lobete vnd preisete Olger De
nen/ vber alle andere/ für die grosse Mann
heit/ so er getrieben hatte in demselbigen
krieg/ gebot jnen allen/ jn in ehren zu halten/
für den grossen sieg vnnd preiß/ so er gewon=
nen hatte von den Feinden des heiligen Chri
stlichen Glaubens/ darnach gab er Olger
Denen vnnd seinen Erben vier Schloß in
Franckreich/ mit alle jren Rennten vnd zu
gehörungen/ zu ewigen Zeitten/ Er gab jhm
auch ein Hertzogthumb/ mit des Reichs raht
willen in Picardi/ so da heisset auff Frantzö=
sisch Beawsens/ gab jhm auch ein Graff=
schafft in hoch Burgundien/ vber Pariß ge=
gen Schampanien Beawmont genannt/
darnach gab er jhm vil Gold vnnd Silber/
auch

auch Edle vnd thewerbare Steine. Als nun
Olger in Pariß war/ da schrieb seine Bul-
schafft Belisana jhm auß Picardi/bittende/
er wolte zu jr kommen/vnnd seinen schönen
Son sehen / mit namen Balduin. Olger
ward sehr fro/als er vernam/daß er ein Son
vnd Erben bekommen hette / darumb sendet
er jr vil köstliche gaben vñ kleinot/auch schöne Kleider von Damasck/ Sassiat vnd gülden stücken/vnd schrieb jr/er wolte bald kom-
men/vnd sie vnd seinen jungen Son besehe.

Wie die Reussen vnnd Tattern in
Dennemarck fielen/ dasselbe verheerten vnd
verderbten/vnd die Königin dem Keiser
vmb hülffe schrieb / weil es der König nicht thun wolt.

ZV der zeit/ kam vnzehlich Volck von
Reussen vnd Tattern in Dennemarck/
die schendten vnnd brennten / was sie
kundten vberkommen/ Erschlugen Mann
vnnd Weib/schoneten weder jung noch alt/
rissen die Kirchen vnd Klöster nider/ richte-
ten jhre Abgötter auff/ hetten auch König
Gottrick Olgers Vatter belegert / daß er
nirgends kommen kundte/ auch keine entse-

G ij hung

tzung bekommen / denn sie jhme den meisten theil seines Volcks vnd die besten erschlagen hetten. Als die Königin vernam / daß er seinen Feinden nicht widerstehen kundte / da riete sie dem Könige / er solte zu Keiser Carl vmb hülff vnd trost schreiben / denn er allzeit die Christen gerne vor den Heyden beschirmete. Der König antwortet: Ich will mich lieber den Reussen vnd Tattern vndergeben / denn jn vmb hülff bitten / weil ich jhm zuuor so grossen Hochmut bewisen hab. Die Königin gedachte wol / es wer Gottes Rach / daß den König solch vnglück vbergienge / denn niemand von seinem Geschlecht oder Freunden / jhme einige entsetzung beweisen wolte / Sie wißt auch wol / daß er zuuor alle Lande zu rings vmb / mit Heeres krafft vberwandt / vnd kundt nun sein eigen Lande vnd Reich vor außwendigen Feinden nicht beschirmen / Darumb glaubte sie gewißlich / dz jn Gott offenbarlich für seine mißhandlung straffte.

Als sie jhn nun nicht kundt vberreden / hülffe vom Keiser zu bitten / nam sie jm eins nachts

nachts sein Secret heimlichen/vñ ließ heimlich einen Brieff an den Keiser schreiben/ in
des Königes namen/ also lautende:

König Gottrick zu Dennemarck/sendet
dir Allmechtigsten vnd Gewaltigsten Herren Keiser Carl / seinen demütigen Dienst
vnd Gruß. O Edler Hochgeborner Fürste/
deine grosse Miltigkeit vnnd Barmhertzig-
keit/ so du allezeit allen Christen Menschen
pflegst zubeweisen vnd mit zu theilen/bewegt
mich auch/ jetzund hülff vnd trost von di..zu
bitten/ vnd begeren/gegen meinen Feinden/
so mein Landt vnd Leuth verheeren vnd ver-
derben/ Ich habe dir zuuor so grossen schaden gethan/ vnnd damit deine Huldt vnnd
Freundtschafft verloren/ darumb darff ich
jetzund vmb hülffe vmb meiner Person willen nicht bitten. Aber ich bitte demütiglich/
für meine arme Vnderthanen/ so da Christi-
sten Menschen sein/ daß du vermittelst deiner grossen macht/ dir von Gott dem Allmechtigen verlichen/jnen wollest helffen wider jre Feinde/ Reussen/ Tattern vnd Hey-
den/ daß sie nicht alle erschlagen vnd ermer-

G iij   Det

det werden / hiemit dich dem Allmechtigen
GOtt zu ewigen Zeitten befohlen.

Da nun die Königin diesen Brieff ge-
siegelt hette / schickte sie einen jren Freundt
damit zum Keiser / dem Könige vnwissent /
der zog flugs fort / vnnd gab dem Keiser
den Brieff / als er den gelesen / vnnd König Gottricks Namen darinn gesehen hatte / da wardt er sehr zornig / vnnd verwan-
delte seine Farbe mancher hand in seinem
Angesichte / das mercket Hertzog Neymis /
König Gottricks Freundt / darumb nam
er denselben Botten / vnd führet jn auß dem
Saal / vnnd bat jhn zu warten / biß andern
tages / ob der Keiser eins andern sinnes werden wolte. Diger war nicht da / als der
Bott kam / seine Stieffmutter dorffte jhn
auch nicht vmb hülffe bitten / denn sie war
zuuor allezeit jm zu wider. Morgens gieng
Hertzog Neymis zum Keiser mit dem Botten / vnnd bat jn / er wolte sich vber die armen Christen in Dennemarck erbarmen /
daß sie nicht so schendtlich von den Reussen
vnd Tattern ermordet vnnd erwürget würden. Wie

Wie der Keiser König Gottrick nit zu hülffe kommen wolte/doch Olger erlaubte hin zu ziehen.

ER Keiser antwortet: GOtt günne jm so grosse not vnd plage/als m̃ es lüstet von jm zu sehn vñ hören/ auch ich jm allezeit mit einem guten willen gönen will/ daß er hie auff Erden recht pflicht vnd buß thun möge/ vor dem grossen Hochmut/ den er mir an meinen ehrlichen gesandten beweisete/ vernim ich/ daß einig Christen Herr oder Fürst/ jhm einigen trost/ hülff oder beystandt beweiset/ dem will ich sein Haupt abschlagen lassen. Ein tag oder zween darnach kam Olger zum Keiser/ der sagte zu jhm: Olger es thut nun wol not/ daß du deinem Vatter wider seine Feinde zu hülffe kommest/ so jm sein Landt gar verderbet haben/ darumb ist es das beste/ daß du zu jhm heimzichest. Olger antwortet: Lieber Herr/ Ich wills gern thun/ nach deinem willen vnnd raht/ Denn vnser HErr Gott hat vns gebotten/ wir sollen vnsere Eltern lieben vnd ehren.

G iiij   Als

Als der Keiser vernam / daß Olger bereit
war zu ziehen / dorfft er seine wort nit wider
zu rück ziehen / wiewol er es nur in einem
scherz zu jm gesagt hatte / da gab er jm vrlaub
zu ziehen / doch mit dem bescheidt / daß er kein
Volck von seinem Hoff oder auß Franckreich mit sich neme / denn sein eigen Volck
alleine. Da er nun in Dennmarck kam / da
war sein Vatter König Gottrick / von seiner
eignen Diener einem / in seinem Zelt vnnd
Betth / als er lag vnd schlieff / erwürget worden. Es ist wol zu gleuben / daß derselb Verräter von seinen Feinden dazu erkaufft war /
wer Olger bey zeit ins Landt kommen / wer
sein Vatter kaum so erwürget worden / Den
alle Ritter vnnd gute Hofleute / so auff dem
Wege zwischen Franckreich vnnd Dennemarck waren / da Olger hinzoge / die folgeten jm frölich one Soldt / Kleider oder Gelt /
allein vmb seines guten Leymuts willen / daß
sie gut Hoffwerck vnd ehrliche stück von jm
möchten lernen / so sie hernacher in kriegen
vnnd vheden brauchen möchten / wo die zu
Herren vnd Fürsten kemē. Er gab jn gleichwol

wol miltiglich kleider vnd gelt / darumb vber=
kam er teglichen mehr.

Wie Olger mit seinem Volcke in Dennemarck kam / die Feind vberwand / vnd sich König in Dennemarck krö= nen ließ.

Arnach vbersahe Olger sein Volck /
so er bey sich fandt / vnd ordnet sie in
ordnung vñ spitzen / daß jeder möchte
wissen / wo er stehen vnnd bleiben solte / Dar=
nach schlug er sich mit den Feinden / vnnd
thet jhn vber grossen schaden / ob jener schon
vil mehr waren / denn jr. Er schlug jhr grau=
sam vil todt / bezwang sie zu fliehen / vnd ver=
folgete sie schwerlich / so daß jrer nicht vil le=
bendig dauon kamen. Diesen grossen sieg
vnd preiß gewan er mehr mit guten anschle=
gen vnnd dristigkeit / denn mit macht vnnd
Volck / so er da mit jm im Streit hatte. Dar
nach zohe er im Land vmb in zwölff wochen /
tag für tag / schlug todt alle Feinde / wo er die
kundte außspüren oder finden / wie viel oder
starck die waren / so daß keiner mehr im Lan=
de blieb.

G v   Darnach

Darnach ließ er sich krönen/ vnd blieb in
Dennemarck fünff Jar lang/ ließ auch viel
Stätt vnnd Schlösser wider auffbawen/ so
von des Reichs Feinden nidergerissen wa-
ren/ vnd setzte Amptleute/ so da Land vnnd
Leute in seinem abwesen regieren solten/ biß
er wider auß Franckreich keme. Da er nun
alle ding nach seinem willen geordnet hatte/
zog er wider in Franckreich zu Keiser Carl/
vnd hatte mit sich manchen jungen stoltzen
Mann auß Dennemarck / so da wol gute
Hofleut vertretten kundten / wo sie solten
reitten oder fahren/ in kriegen oder vheden.

Wie Olger wider zum Keiser kam/
jme sagte/ wie es jm ergangen wer / auch
sein Son Baldewin an des Keisers
Hoff kam.

Ins mals saß der Keiser zu Tisch an
einem Pflugstage/ da kam jm Olger
in sinn/ da sagt er zu seinen Dienern:
Wie mag es mit Olger Denen zu gehen/ dz
er nit wider kompt/ wie er mir gelobte. Weil
er diese wort noch redet/ da kam Olger in
den Sal gegangen. Alsin der Keiser gewar
ward/

m/vnd blick
g/ließ auch a
r auffbawen
idergeriſſen a
ſo da Land:
gieren ſolten :
ene. Da me
en geordneth:
ß zu Keiſer C
gen jungen ka
ck / ſo da ma
ten / wo ſu
iegen oder vh
zum Keiſer:
gen zen wer..
en des Keiſers
an.

r Keiſer zu Ja
ß da kam im O
z zu ſeinen Dr
r Denn zu gir
ter mir gelobt..
xt da kam O
xt Vater Keiſer
z

ward/ſagt er zu jhm: Ich redet erſt von dir/
vnd wunderte mich größlich/ wo du ſo lange
bliebeſt/ daß du nicht wider kemeſt. Olger
antwortet: Lieber Herr/ jr ſolt euch nicht ver-
wundern / denn die zeit verlleff ſich bald/ ehe
ich meine Landt vnnd Reich vor außwendigen Feinden freien kündte/ auch mein ding
nach meinem freyen willen ſchickte. Nun
bin ich her zu dir kommen / dein trewer Diener zu ſei: / in kriegen vnd vheden/ wider die
Feinde des heiligen Chriſtlichen Glaubens/
ſo lange ich lebe/ da küſſet er den Keiſer/ als
denn deß mals ſitte war zuthun/ wann man
einem Dienſt zuſagte/ darob ward der Keiſer ſehr fro/ daß er dieſen mechtigen ſtarcken
Helden vnd klugen Fürſten in ſein dienſt bekommen hatte / den er brauchen mochte in
kriegen vnd ſchlachten/ wider alle ſeine Feinde. Als nun Olgers Son Balduin verno-
men/ dß ſein Vatter wider komen war/ kam
er zu jm/ vnd ſagt dem Keiſer dienſt für einen
Kammerjungen zu. Des Keiſers Son Car
lot gewan guten Luſt zu jhm/ denn er war
ſchön/ demütig vnnd züchtig/ auch war jhm
jeder-

jederman günstig / dazu war er auch subtiel
vnnd lustig in seinen reden / auch sehr künst-
reich in allerley Spiel / darumb wolte des
Keisers Son allezeit mit jhm spielen. Eins
tags spielten sie im Schachbret / da begundt
Baldeuin / wie er denn gewonet war / kurtz-
weilige Reden zu treiben. Letzlich sagt er zu
des Keisers Son: Schach vnnd matt / darumb ward er zornig / vnnd sagte: Er solte
schweigen / denn er ließ sich duncken / er kündt
das Spiel so wol als er. Da antwortet Baldeuin: Lieber Herr werdet nicht zornig / daß
ich also rede vnnd schertze / denn man hat offt
mehr Lust vnnd Freud von reden / denn von
dem Spiel. So spielten sie fürder / in dem
sagt Baldeuin wider auß gutem Hertzen zu
jme / vnnd meinte es nicht arg: Herr / jhr hett
wol anders vnd besser ziehen mögen / denn jr
gethan. Carlot sagte wider zu jm: Schweig
du verlauffener Huren Son / ich will von
dir vngestraffet sein. Baldeuin antwortet:
Ihr saget nicht war / denn meine Mutter ist
keine Hur / auch keine gemeine Fraw / Denn
sie hat nie kein andern Mann gehabt / denn
Olger

Olger Denen meinen Vatter/ hett ein ander so meines gleichen were / solche wort zu
mir geredt/ es solte gewißlich seinen Leib kosten.

Wie Carlot des Keisers Son / Ol-
gers Son Balduin mit dem Schachbret
zu todt schlug/ vnd es Olgern zu
wissen kam.

Darüber wardt Carlot zornig/ vnnd
nam das Schachbret/ so da mit gold
vnd Edelgestein gezieret war/vnnd
schlug das Balduin auff seinen kopff/daß
jm das Hirn vnd Augen auff die Brust fie-
len/daß er stracks todt zu der Erden fiel. Carlot flohe stracks auß dem Schloß / denn er
forchte sein Vatter würd jn greiffen lassen.
Als solchs der Keiser erfuhr/ ward er sehr be-
trübt/ denn er besorgte/Olger würde solches
rechen werden/darumb sendet er bald zu Carlot seinen Son / er solte sich verbergen/ daß
Olger jn nicht krieget. Olger war auff dem
Gesegd als das geschach/vnnd hatte einen
köstlichen Falcken gefangen/ den er dem Keiser wolte geben. Als er nun auff dem wege
war/

war/vnd wolt jm den bringen in seinen Pa-
last/da fragte jn einer von seinen Freunden/
wo er hin wolte? Zum Keiser/sprach er. Der
ander sagte: Wart ein wenig. Vnnd sagte
jm/wie sein Son erschlagen were. Als er das
vernam/gieng er stracks zu jhm/vnnd küsset
seinen todten Leib. Darnach fraget er/wer
das gethan hette / Sie antworten: Carlot
des Keisers Son hat es gethan. Olger sagte
da wider sich selbs: O weh vnd ach/ Ich ar-
mer vnd elender Mann / was soll ich hierzu
thun/soll nun das mein Lohn sein/für meine
grosse Leibs gefahr vnd trewen dienst/so ich
dem Keiser vnd seinem Son bewisen/in dem
daß ich offt vnd dick jhr Leib vnnd Leben/in
kriegen vnd Schlachten erlöset/das ist nicht
das erste verderbliche stück/so Carlot vorhin
wider mich gebraucht haben wolte/ wiewol
er seinen willen noch nicht hat können vol-
bringen/ biß jetzundt. Ich schwere das bey
mein Trawen vnnd Glauben/das soll jhm
seinen Leib kosten/ als bald ich jhn kan fin-
den/ich will auch so auff jhn warten/daß er
mir nicht entkommen soll. Hertzog Neymis
wolte

en in ſeinen ſ
anen Freunde
er ſprachen ſ
enig. Vnnd ſ
en were. Aber
zu jhm vnnd
mach fraget er
antworten: Es
gethan. Olger
wehend ach ſ
was ſoll ich
a Lehn ſein für
ſo trewen dienſ
Son bewieſen ſ
jr Leib vnnd Le
en erlöſet das ſt
ſtück ſo Carlote
e haben wolte
h nicht hat könn
t. Ich ſchwere
d Glauben das i
alsbald ich ſol
o auff jhn warten
en ſoll. Herzog

wolte jhn gern getröſtet haben/darumb ſagte er zu jm: Lieber Freund/gib dich zu frieden/ denn das iſt leider nun geſchehen/der Keiſer iſt ein kluger vernünfftiger Herr/darumb wird er dir wol gnug thun für deines Sons Todt vnd groſſen Hochmut. Als ſie alſo mit einander redten/da kam der Keiſer in Saal/vnnd ſagte zu Olgern: Mir iſt ſehr leidt/daß dein Son todt iſt geſchlagen wor- den/darumb bitte ich dich/du wolleſt dich zu frieden geben/denn ich will dir darumb ge- nug vnd volleiſt thun/auch für den groſſen Hochmut/ſo dir geſchehen.

Wie der Keiſer Olgern für ſeines Sons Todt büſſen wolt/Er aber keinan- dere Buß/denn Carlots leben wolt haben.

Olger antwortet: Ich will keine an- dere Buß für jn haben/denn deines Sons Leib. Von den worten warde der Keiſer zornig/vnnd gebot jhm bald bey ſeinem Leib vnnd Leben/er ſolte ſein Landt raumen/vnnd ſtracks hinnauß gehen/auch nimmer vor ſein Angeſicht kommen.

Darüber

Darüber wardt Olger noch zorniger/
denn vor. Darumb sagte er: Soll ich denn
nun raumen/ so will ich auch darzu verbre-
chen/ welchs ich noch nicht gethan/ zog also
sein Schwerdt auß/ vnd schlug gegen dem
Keiser/ in dem sprang ein Herr für den Keiser jn zu beschirmen/ dem spielte Olger sein
Haupt/ biß an die Schultern/ daß er todt
für des Keisers Füsse fiel/ da sprangen viel
Herrn für den Keiser jn zu beschirmen/ von
denen schlug Olger wol viertzig todt/ vnnd
verwundet also drey hundert gar sehr/ ehe er
auß der Thür kam.

Weil aber das geschach/ da brachten etliche seiner Knechte sein Pferdt vnd Harnisch
für die Pforten/ als baldt er hinauß kam/
sprang er auff sein Pferdt/ vnnd rennet gegen dem Waldt/ so eine Meil dauon war.
Der Keiser bat alle sein Volck/ sie solten jm
nachfolgen/ auff das schnelleft sie kündten/
vnd jhme den todt oder lebendig bringen/ er
rennte jm auch selbst nach/ auff einem gantz
schnellen Pferde.

Als er nun nahe zu jhme kam/ kennet jhn
Olger

Olger bey seinem vergülten Harnisch/ darumb rennet er schnelliglich auff jhn mit seinem Speer / daß er jhn mit sampt seinem
Pferdt zu der Erden stach /er hette jhn auch
gewißlich todt geschlagen/ vnd seines Sons
Todt an jm gerochen/weren jm nicht so viel
stoltze Helden zu hülffe kommen / vnnd nam
Olger den Waldt an die Hands. Als nun
der Keiser wider in dz Schloß kam/ da straffet er sein Volck härtiglich/ daß sie alle nicht
einen Mann kundten fahen oder erschlagen. Er sagte auch/ daß Olger Dene die
macht vnd auß dermassen grosse krafft/von
dem Teuffel vnd keinem natürlichen Menschen hette.

Wie Olger (nach) dem er von dem
Keiser kam) auff sein Hertzogthuñ zoch/
da er dem Keiser mit rauben vil schaden thet/ vnd zu letzt da auch
vertrieben ward.

Lger kam auff sein Schloß vñ Her-
tzogthumb/ so jm der Keiser gegeben
hatte/ da war er so lang / biß er alle
seine Cost vnnd Victalien verzehret hatte/

H   at eñ

Dennmarckische

auch all das Gelt vnd Silber/so er dahin ge=
bracht hett / darumb wardt er zu letzt durch
hunger gezwungen / auff seine Nachbauren
zu Rauben/so vmb jn waren/das kan armut
zu wegen bringen / sie zwingt offt manchen
Mann / vngehörte stück zu brauchen/daß er
sonst nicht thete/ Sie nötigte auch nun die=
sen edlen tugenthafften Fürsten / ein offent=
licher Rauber zu werden / er hatte sechs hun=
dert seiner Mañ mit sich/so da auch namen
was jnen werden mochte. Der Keiser ver=
nam/daß er also raubete in seinem Reich/dar
umb sendet er vil Volcks auß/vnnd ließ den
meisten theil von Olgers Gesinde fangen/
die ließ er hencken/köpffen/vnd vil von jnen
von tag zu tag todtschlagen / so daß Olger
von not wegen das Land must raumen. Als
er nun flohe/gab er sich in Lombardi.

Wie ein Hertzog Beronius genañt/
Olgern zu dem König Desiderio gen Pi=
ctania bracht/ dem er das Hertzog=
thumb Meyländt er=
obert.

Eines

so er dahin:
er zu letzt da:
ie Nachbar
/das kan am
g offt man
brauchen d
ge auch nun
ssten ein one
r hatte sich
so da auch z.

Der Keis
seinem Reic
aus/ vnnd G
Gesinde z
a vnd vil ver
en/ so daß
muß raumen
a Lombard.

ronius jm
...seme...
...Hertz
...
n.

Ines tags reit er in ein Waldt/da begegnet jhm ein mechtiger Herr/ der hieß Hertzog Beronius/ der fragete Olgern/ wer er were/ daß er so allein ritte/ vnd so ein guten vnd schönen Harnisch führete. Er antwortet: Ich heiß Olger Dene/ vnd bin jetzt des Keisers Feind/ darumb daß sein Son Carlot meinen Son todt schlug. Hertzog Beronius sagte: Warte mein ein wenig allhie/ biß ich mit meinem Volck rede. Als nun Olger so allein auff seinem Pferde hielt/ da begundte er zu bedencken/ wie ehrlich er vorhin vnder allen Fürsten vnnd Herren/ vmb seine grosse Mannheit gehalten war/vnd nun so veracht vnnd verarmt war/ daß er nicht einen Knecht oder Diener bey sich hette/ vnd darzu auß seinem Landt von dem Keiser verjaget war/da fieng er an zu verfluchen vn verschweren den tag/ in dem er in kundschafft mit Belisana kam/ daß er nun so grosse not vnd sorge für seines Sons todt tragen vnd bestehen muste/ darumb setzt er jm strenglich für/ seinen todt an des Keisers Son zu rechen/solt es auch sein leib vnd leben kosten.

In des kam Hertzog Beronius wider zu
Olgern/vnd fraget jn/ob er jm zum Könige
in Lombardi folgen wolte/so wolten sie jhme
Dienst zu sagen / vnnd geschworne Brüder
sein vnd bleiben/ in kriegen vnnd schlachten.
Olger antwortet: Er wolte es gerne thun/
da rittē sie zu einer Statt Pictauia genaßt/
da funden sie den König Desiderium/der
nam sie als bald in seinen dienst/ da fraget
Olgern/ warumb er vom dem Keiser kom-
men/vnd wie er so einig were/denn er hett allezeit gehört/daß alle des Keisers wolfarth/in
kriegen vnd vheden / allein an jm hienge. Er
antwortet: Sein Son schlug meinen Son
todt/ das wolte ich rechen/ darumb triebet
mich so spöttlich auß dem Lande / darumb
bitt ich dich O gewaltiger König/ du wollest
mich beschirmen ein zeitlang/ denn ich will
nicht wider in Dennemarck ziehen/ da ich
ein König jnnen bin/ biß mein Glück besser
wird. Der König antwortet: Ich will mein
Landt vnnd Leuthe für dich wagen/vmb des
guten Gerüchts willen / so ich von dir gehöret hab. Darnach sagte der König zu Olgern:

gern: Ich habe grossen Krieg mit dem Her=
tzoge von Meylandt/darumb bitte ich dich/
du wollest gegen jhm in Krieg ziehen/vnnd
mein Volck ordnen in Streit vnnd spitzen/
auch mein Hauptpanner für jn füren. Ol=
ger antwortet: Er das gerne thun wolt. So
ritte er hin in den Streit/vnnd schlug so viel
von den Feinden todt/daß sie sich alle darü=
ber verwunderten/Er fieng auch den Her=
tzog von Meylandt/vnnd fünff vnd zwein=
tzig von seinen besten Herren/die führte er
alle mit sich zu rücke. Als König Desiderius
diese Gefangenen kriegt/vnd hörte von dem
grossen Sieg/den jm Olger gewonnen hat/
da gab er jm zwey köstliche beste Schloß/mit
alle jren Zinß vnnd Renthen/vnd sagte: Er
wolte jn beschirmen vor dem Keiser/so lange
er König in Lombardi were.

Wie Keiser Carl vernam den gros=
sen Sieg/so Olger gewonnen/darumb
schrieb er dem Könige/er solt jm
Olgern gefangen schi=
cken.

H iij   Etlich

Tlich zeit darnach/ vernam der Keiser den grossen Sieg/ so Olger gewonnen hette / daß auch sein Name vber
alle Welt/ von wegen seiner grossen Mannheit gepreiset wardt/ berufft er seinen Rahte/
klaget jnen den grossen schaden/ so jm Olger
gethan/ da er jn seine Herren vor seinen augen todt schlug. Er klagt auch vber den grossen Hochmut/ so er jhm bewisen/ in dem/ daß
er jn selbst wolte todt schlagen/ darumb wolte
er dem König in Lombardi schreiben/ er solte
jhm Olgern gefangen senden / oder er wolte
von stund an offenbar krieg vñ vhede gegen
seinem Landt vnnd Reich führen. Des Keisers Räthe wolten nicht verwilligen / daß er
den König vmb Olgers willen bekriegen
solte/ denn sie beförchten sich / daß er darüber
sein Volck vnd gute Leute würde verlieren.
Als der Keiser vernam/ daß sie nicht daran
wolten/ wolte er gleichwol seinen willen vor-
bringen/ als er jhnen angezeiget hatte/ da er
bote sich Hertzog Neymus/ dem König solche
Brieffe zu bringen. Der Keiser sagte nein/
er solte nicht dahin reitten/ aber seinen Son
Bertram solte er lassen reitten/ dem wolte er

einen

einen guten vernünfftigen man Pontius ge=
nant/mit geben/er war des zu frieden/da sen=
det sie der Keiser hin. Sie kamen eins mals
am Abend spat für ein Statt in Hoch Bur=
gundien/die hieß Digon/vnd klopfften hart
an die Pforten / vnd kundten nicht einkom=
men/da ward Bertram zornig vnnd schlug
gar hart an die Pforten / da thet der Pför=
ner ein klein Thürlin an der Pforten auff/
vnd sagte / sie solten sich vnd jren Brieff se=
hen lassen/wo sie her kemen / oder er wolte sie
nicht einlassen. Bertram ward zornig/daß
er jn so lang mit worten auffhielte/schlug jn
bald todt/vnd ritte so in die Statt zu einer rei=
chen man/als er nun in die Herberg war ko=
men/machte das Volck einen auflouff/vnd
vmbgaben das Hauß/da er jnne war/daß er
jren Pförtner todt hett geschlagē. Der man
fragt/warumb sie jn so vberlieffen/sie sagten
er hett den Pförtner erschlagen. Da fragt er
Bertram warumm er solches gethan. Er ant=
wortet: Der Pförtner gab mir spöttische
wort/darumb schlug ich jn todt. Der Wirth
sagte / gehe auß meinem Hause du loser ver=
räter vnd Mörder.   H iiij   Da

Dennmarckische

Da begunte die Fraw vnd alles Gesinde im
Hause vber jn schreyen/ vnd hiessen jn einen
Mörder/ darumb ward er zornig/ vñ schlug
sie alle todt/ als vil jr da waren/ vnd lieff auff
das Hauß/ vnd wartff so fast mit steinen/ das
niemand zu jhm kommen kundte.

In des ward Pontius sein Gesell gefan-
gen/ vñ für den Hauptman in dem Schloß
gefühert/ vnd das Volck ruffte vñd klagte den
schaden/ so Bertram vñ sein Gesell die nacht
gethan. Der Hauptman gelobt jnen/ sie solten beide jr Recht drumb stehen/ vnd jr leben
dafür geben/ sie wolten nur zu frieden sein.
Pontius antwortet: Lieber Herr/ du solst
wissen/ daß wir des Keisers Gesandten sein/
vnnd sollen zum König in Lombardi/ allda
merckliche Werbung thun/ so da Land vnnd
Leut antreffen/ darumb hoffe ich/ du werdest
vns nicht hindern an dieser Reise/ wiewol
wir vns gröblich vbersehen haben/ wir begeren gnade von des Keisers wegen/ Lessestu
vns richten/ so reisset der Keiser Schloß vnd
Statten grundt. Als der Hauptman diese
wort höret/ gab er sie beide loß/ vnnd sagt/ sie
solten jren weg reitten.   Wie

alles Gesinder
ab hie sten jne
zornig bisse
ren/vnd nest
last mit seinen.
a kunde.
is sein Ecksser
nan en dem Ex
ruffe vnd stam
is ein Ec ilder
m gelobt jnen
bstehen vnd
a nur zu friste
licker Herr/e
isers Gesande
ig in Lombarst
jthun so da lant
ab hoffe ich nu
a dieser Reise
nissen haben mr
Keisers wegen lo
n der Keiser Loͤr
Uster Hauen
se betele loß rins
nen.

Wie Bertram dem König Deside-
rio den Brieff vberantwortet/ vnnd jhm
ein Pferdt entritte.

Als sie nun für des Königs Schloß kamen, da sagt Olger zum König: Nun bekomme ich gewisse Zeittung von dem Keiser/ deñ hie komipt Bertram mein freüd/ so jm dienet. Darnach begundte Bertram des Keisers wort vor dem Könige zu reden/ so lautende:

Der allermechtigste Fürst Keiser Carl/ sendet dir seinen gruß/ vnd lest dir sagen/daß du jm diesen Verräter vnd Mörder sendest/ nemlich Olger Denen/ der hie stehet/Oder er will dein Land vnd Leut verheeren vnd verderben. Olger verwunderte sich/ wie er so vbel von jm redet/ darumb sagt er zu jm: wie verleumbdest du mich so/in des Königes gegenwertigkeit/ der ich dein Freund bin?Bertram antwortet:Du bist nicht mein freund/ ich verschwere dich hie vnnd an allen orten/ denn dein Vatter setzte dich zu Gisel für sein Gefengnuß/ vnnd lösete dich nicht/darumb gelobtest du dem Keiser ewige Dienst/ bist

H v auch

Denmmarckische

auch jhm dein trewe dienst pflichtig/dieweil
du lebst. Hertzog Beronius von Jenua Ol=
gers Geselle sagte zu jhm: Wer mein Herr
König nicht so nahe/ du auch nicht Olgers
Freundt/ich wolt dich stracks todt schlagen.
König Desiderius sagte zu Bertram: Sag
deinem Herrn dem Keiser/ich wolle Olgern
verantworten/ so lang ich Land vnd Leuthe
hab. Bertram antwortet: Da magst du dich
auch wol zuuerlassen/ daß solch dein Landt
auch bald geschendt vnnd gebrennt wird/ da
reit er auß dem Schloß/da waren des Köni=
ges Pferde im wasser gewesen/da nam Ber=
tram das beste / so vnder dem hauffen war/
vnd rennte seinen weg nach dem holtz. Als
der König solches vernam/bat er sein Volck
jm nach zu folgen. Da nun Olger hart
bey sie kam/ ruffte er Bertram nach/ vnnd
sagte: Du hiessest mich jetz ein Rauber/vnd
nun raubestdu selbst/ vñ nimpst des Königs
Pferd vor vnsern augen/in dem rennet Ol=
ger so fast auff jhn mit seinem Speer/daß es
zu stücken brach. Aber Bertram blieb gleich=
wol auff seinem Pferde sitzen/ Hertzog Be=
ronius

ronius stach so hart auff Pontium / daß er
todt vom Pferde fiel. Aber Bertram kam
mit des Königes Pferdt in Walt / denn es
war sehr resch vnd behend/vnd Olgers Sat=
tel gut brach entzwey/weil er jm nachrennet.
Da Olger zu rück kam / sagt er dem König/
wie Bertram entkam/ des ward der König
betrübet/vmb das Edel Pferd/so er da verlo
ren hette.

Wie Bertram dem Keiser die Ant=
wort von dem König brachte / vnnd der
Keiser jhm mit grossem Heer ins
Landt zoch.

Als Bertram wider kam / sagte er dem
Keiser die antwort/ so er von dem Kö=
nige empfangen hatte / da begundte er
fast bedencken / welcher gestalt er jhm sein
Landt auff das beldest möchte verderben/die=
weil er jm Olgern nicht wolte gefangen schi=
cken/ so rieth jm des Reichs Raht/ er solte ein
hauffen Volcks auff die Grentz gegen Lom=
bardi legen / daß jhm Olger nicht ins Landt
zöhe / weil er selbst in des Königs Land were.

Dar=

Darnach verſamlet der Keiſer alle ſein
Volck vnd macht zuſammen / vnnd zohe ſo
in Lombardi bald nach Oſtern. Als Olger
vernam / daß er im Reich war / da wachet er
nacht vnnd tag / denn er forcht Verräterey/
wiewol er glaubte / der König wer jhm gut
vnd trew / denn Hertzog Beronius hatte jm
zuuor geſagt / daß alle Lombarder gern falſch
weren von jhrer rechten natur / darumb be-
ſorgte er / der Keiſer möchte des Königs ſin-
ne mit trawen oder mit Golt vnnd Silber
vmbwenden/daß er jn jhm vbergeben möchte.

Als Hertzog Beronius vernam/daß Olger ſich vor Verräterey des Keiſers beſorge-
te / ſagt er zu jm : Sorge nicht / dir ſoll nichts
ſchaden/ denn ich hab Goldt vnnd Gelt genug / ich will dir 12. tauſent Mann ein jar-
lang zu deinem behuff behalten / vñ will nun
als bald darnach / will auch in fünff oder 6.
wochen wider hie ſein / mein Bruder Hertzog Guerin von Florentz ſoll dein Geſelle
ſein / biß ich wider zu dir komme.   Als der
König Deſiderius vernam / daß der Keiſer
die

die Statt belegern wolte/da wolte er hinauß
fallen/ ehe ſie das Läger ſchlugen/ darumb
zog er hinauß mit all ſeiner macht/ vñ ſchlug
mannlich auff des Keiſers Volck. Der Keiſer war da vorn im Hauffen/ ſein Volck in
die ſpitz zu ordnen/ als jhn Olger erſach/ da
rennte er eilents auff jn/ vnd ſtach jn vñ ſein
Pferdt gar ſchwerlich zu der Erden/daß ſie
ſchier beide todt blieben/vnd rennte da in des
Keiſers Heer/ vnnd ſuchte faſt nach Carlot
des Keiſers Son/da er jn nicht finden kund/
da ſchlug er die ſtoltze Helden todt/ nemlich
Hertzog Egidium von Pitauie/ Hertzog
Anthonium von Buruaſen/Hertzog Ange-
rin von der Statt Taloſa/vnd andere mehr
Hertzogen vnnd gute Mann/derer Namen
nicht beſchrieben ſein .

Des Keiſers Volck ruffte da alles vber
Olgern/vñ ſagten: Es wer groß ſchande/oz
er allein ſo manchen Mann ſolte todt ſchla-
gen/ die Lombarder ſtritten auch mannlich
wider die Frantzoſen/ Hertzog Dietrich auß
Flandern/vnd Hertzog Reichard auß Nor-
mandi/ halffen dem Keiſer wider auff ſein

Pferdt/

Pferdt/da er darauff kame / vnnd hörte/daß
mancher Heldt todt war geschlagen/ da reü=
te er vnder die Feinde / vnd schlug gar man=
lich vmb sich/er rennte zum König von Lom
bardi / vnnd stach jm den Sattelknopff ab/
Darnach zoch er sein Schwerdt auß / vnnd
hieb auff jn/er hette jm auch den Kopff abge=
hawen / hette nicht Hertzog Guerin sein
Schwerd fürgeworffen/ in dem kam Olger
gerennt/ vnd erlöset jn von seinen Henden/
darnach stritten sie lange mit einander / the=
ten auch einander grossen schaden/da wardt
der König vmbringt von viel Frantzosen/
hetten jn auch schier todt geschlagen/ das er=
saße Olger/rennet stracks hinzu/ vnd erlöset
jn Mannlich von jren Henden/schlug auch
den meisten theil von jhnen todt/ da wurde
des Keisers Volck bezwungen zu fliehen.

Wie der König abließ/vnnd wolte

nicht mehr vmb Olgers willen streitten / auch
wie Hertzog Beronius mit viel Volcks
kam/vnnd auff ein newes gestrit=
ten ward.

Es

ES verwunderte alle / Olgers groſſe
Mannheit / ſo er in dieſem Streit be-
gieng. Deſiderius ward betrachten /
den vber groſſen ſchaden / ſo er an ſeim volck
in dieſer Schlacht empfangen hatte / auch dz
er ſelbſt offt ſchier wer todt geſchlagen worden / darumb ſetzte er jhm für in ſeinem Hertzen / nicht mehr wider den Keiſer vmb Olgers willen zu ſtreitten / jhn rewet auch
gröſßlich / daß er ſolchen Krieg wider den Keiſer angefangen / auch Olgern in ſeinen
ſchirm genommen hette / denn er forchte /
ſein Landt vnd Leuth würde darumb gar ver-
derbt werden.

Als er nun gegen der Statt zoch / begegnet jhm Hertzog Beronius / mit 12. tauſent
guter Kriegßleut / ſo er in ſeinem eigen Her-
tzogthuiñ geholt hette da er vernam / daß der
König vor dem Keiſer ſich förchtet / ſaget er
zu jhme: Lieber Herr / mich wundert / daß
jhr Olgern nun verlaſſen wolt / der euch
das Hertzogthumb Meyland gewonnen
hat / auch all ewer wolfart hanget aller
meiſt an jhme alleine / wendet wider vmb
vnd

vnnd laſt vns auff ein newes ſtreitten / wir
wollen nun ſehen / was der Keiſer im ſchilde
füret. Da Olger ſahe / daß der König vnnd
Hertzog Beronius mit friſchem Volck kamen / da ward er fro / vnnd ruffte laut in die
Lufft / vnnd ſagte: Hilff nun Gott / nun ſoll
jederman ſehen / daß ich von dem rechten
Denniſchen Blut geboren bin / vnnd renne
in des Keiſers Heer / vñ ſchlug Hertzog Reichard auß Normandi todt / auch Hertzog
Naman / Er ſchlug auch Hertzog Gert todt /
vnd den Ertzbiſchoff von Reim in Picardi /
als der Keiſer das ſahe / ſagte er: Er wolte
lieber ſein Reich verlieren / den er da ſolt von
dem König vberwunden werden / darumb
bat er ſie alle jhren Patron S. Dioniſium
anzuruffen / vnnd mannlichen zu ſtreitten /
ſo ſchlugen vnd ſchoſſen ſie ſehr auff einander / daß die Pfeil in der lufft flohen / als der
Hagel vnnd Schnee / da ward Hertzog Beronius Volck den meiſten theil erſchlagen /
die andern flohen auß dem Feld / der Streit
hette auch ſein ende genommen / wer Olger
allein nicht geweſen / ſie verfolgeten jhnen
auch

wes streitten:
r Keiser wie
aß der Kenig
frischem Vol
nd ruffielauta
in un Gott na
ich von dem re
ren bin/vnnd
äschlug Hertz
todt:/ auch a
ich Hertzog zu
von Vienn in
ie/sagte er: Ei
ren den erda
iden werden/
Patron S. Di
annlichen zu
offen sie sehr au
t der lufft flohe
e/da ward Her
meisten theils
auß dem Feld be
be genommen e
sen. Hertz

auch allermeist mit schiessen vnnd schlegen/ doch gab er in allen zu schaffen gnug/ihnen grawet allen für ihnt / daß er allein gegen so manch tausent dorffte streitten. Hertzog Regnolt auß Flandern rennte auff Hertzog Gwerin Beronij Bruder/vnnd durchstach in mit seinem Speer/daß er todt zu der Erden fiel/das ersahe Olger / darumb spielte er in entzwey biß auff den Nabel. Da rennte Hertzog Endonius vnnd Hertzog Gerart von Vieñe beide zu gleich auff Olgern mit iren Speern/vnnd stachen ihn von seinem Pferde. Hertzog Bent kam Olgern bald zu hülffe/vnnd gab ihm ein ander Pferdt. Des Keisers Volck renvte fast nach seinem köstlichen Pferde Brifort / es schlug vnnd biß mehr denn dreissig Mann von inen todt/vñ lieff gleichwol seinen weg im Feld ver in allen/nach seinem rechten Herrn Olgern.

Als Hertzog Beronius seinen Bruder Hertzog Guerin fandt todt ligen/ sagt er zu Olgern: Lieber Bruder/ sihe hie ligt mein Bruder todt/vnnd hab darzu mein schönes Volck verloren in diesem Streit / was soll

J ich

ich darzu thů. Olger antwortet: Ich will jren
Todt mannlichen rechen / auch mein leben
allezeit für dich wagen / da gab sich Olger in
des Keisers Heer / vnnd schlug da manchen
stoltzen Helden todt.   Da kam Hertzog
Bertram / vnnd stach Hertzog Veronium
todt mit seinem Speer.

Als Olger das vernam / da schwur er auff
sein trew vnd ehr / er wolte seinen Todt hör-
tiglich rechen / vnnd schlug Graff Baldewin
todt von Auion / auch Hertzog Regnart von
Dalanson / vnnd Graff Lampert von Sa-
phoien / in dem kam sein eigen Pferd gelauffen zu seinem grossen Glück / da sprang er
bald darauff / vnnd ward Hertzog Bertram
gewar / darumb rennte er bald auff jn / vnnd
spielt jn entzwey / biß auff den Sattel / darumb
daß er seinen geschwornen Bruder todt
schlug.

Als Keiser Carl Hertzog Bertram ligen
fandt / sagt er zu seinem Vater / Hertzog Ne-
pmis von Bayern: Sihe wie Olger dir für
deine Wolthaten gelohnt hat. Er antwortet: Ich will meines Sones Todt an jm rechen /

ren: Ich will r.
/ auch mein leb
gab sich Olger
schlug da mit
Da kam Her
tzog Rem
en / daß hewren
die seinen Text
ng Graff Beh
Hertzog Reyn.
§ lampert von
eigen Pferd /
Gluck / da für
vd Hertzog Re
a es bald auff si
auff den Sattel d
seinen Bru:
Hertzog Bertra
en Vater/ Herr
Schwer Olgec
schat hat. Gn
gnat hat. Gn
a König Text

chen /solte es auch mein Leben kosten. Darauff bat der Keiser einen mechtigen Heldt/
Olgern nach zu folgen / ihn auch zu todt zu
schlagen. Als nun der Keiser vnnd Hertzog
Neymis hernach kame / hat Olger ihn todt
geschlagen / auch andere mehr so ihm folgeten / da begundte dem Keiser sehr grawen/ vñ
verfluchte den tag vnnd stund / da er Olgers
Feindt wardt/ er begundte auch zuuerzweif-
feln / daß er jn oberwinden mochte.

Wie Olger in die Statt kam / die
jungen Helden zu Rittern schlug / auch
wie der König jn verraten wolt.

A nun Olger in die Statt kam/ da
wusch er das Blut von jhme / so von
den Helden / so er im Streit erschlagen hett/an jn gesprungen war. Da er nun
zu dem Könige kam/ da klaget er / daß er viel
von seinen Edlen vnd besten Kämpffern ver
loren hette. Olger antwortet: Sie versahen
sich sehr selbst / denn sie wolten nicht bey einander bleiben / auch mannlichen stritten/
als sich denn gebürte.

J ij　. Die

Die andern guten Mann/ſo da noch lebten an des Königs Hoff/ wolten lieber von
Olgern zu Rittern geſchlagen werden/denn
von dem König ſelber/vmb der groſſen manl
heit willen/ſo ſie von jme in dem Streit geſehen. Der König bedachte faſt heimlich bey
ſich ſelbs/welcher geſtalt er Olgern auffs beſte ins Reiſers Hend vberantworten möch-
te/die Königin hatte Olgern ſehr lieb/vnnd
dauchte ſie wol/ wie er jn verraten wolte/dar
umb ſagte ſie zum König des nachts/ auff dj
ſie ſeines Hertzen grundt erfahren möchte:
Lieber Haußwirth/ mich wundert größlich/
daß jr nun mehr vber Olgern halten wollet/
vnd habt ſo manchen ſtoltzen Heldt vmb ſeinet willen verloren/vnnd mag leicht geſche-
hen/jr verliert ewer Reich dazu/wo jhr jn nit
bald vbergebet. Der König antwortet: Ich
hab einen Brieff geſchrieben/ den will ich
morgen dem Reiſer ſenden/daß er mir baldt
ein groſſe anzal Volcks ſchicke/ die Olgern
gefangen zu jm führen können. Sie ſagt/es
wer gut. Sie meinte es aber nicht von Hertzen.

Wie

wolten lieber
gen werden d
t der grossen
ein dem Sire
ste fast heimch
er Olgern auß
rantworten
Agern schr lich
n verraten
g des nachts
nd erfahren
ich wundert
Olgern halten
stolzen Helde
und mag leicht
reich dazu we
König antwo
schriben / den
senden / daß ers
effe schick die
gen können. Si
so es aber nicht

Wie die Königin Olgern zu wissen thet / daß jn der König verraten wolt.

ES andern tages/ als der Bott hinweg wolte / ließ sie jhn fangen / nam den Brieff von jm/ vnd warff jhn in Thurn/ des Abends gieng sie zu Olgers kammer / so im Schloß war/hatte nicht mehr/denn zwo Jungfrawen mit sich / sendet die eine zu rück/in jrer kammer zu warten/ ob etwan ein Bott nach jr keme/daß sie es jr ansagte / der andern befahl sie/ für Olgers Thür zu stehen/jr zu sagen/wo jemand keme/vnd klopffte sie leise an Olgers Thür/ Er forchte bald Verräterey / drumb zohe er bald seinen Harnisch an/nam sein Schwert in seine Handt/vnd thet die Thür auff. Als er die Königin sahe/bewise er jr grosse Reuerentz vnd ehre/verwundert jn auch größlich/ daß sie so spat am abend allein zu jhm keme/ sie bat jhn seinen Harnisch ab zu legen/vnnd sich auff das Bette zu jhr zu setzen/ da thete er nach jrem begeren.

J iij   Da

Da saget sie zu jm: Aller liebster Olger/
der du aller Mann preiß vnnd ehr bist/ alle
Menschen in der Welt loben dich vmb deine
grosse Mannheit/ darumb hab ich dich lieb
auß gantz meinem Hertzen/ vber alle Men=
schen/ so in der Welt sein/ darumb bitte ich
dich freundtlich du wollest mein Bule wer=
den/ sonst sorge ich mich balde todt. Olger
antwortet: O gewaltige Fürstin/ das kan
nicht sein/ denn dein lieber Haußwirth hat
mich lange geliebt/ auch sein Leib vnd Reich
vor mich gewagt/ gedenckt auch noch vor
dem Keiser mich zu beschirmen. Sie ant=
wortet jm: Aller liebster Freundt/ er ist nicht
also klar/ als du meinst/ er will dich endtlich
in des Keisers hende verraten/ das wer auch
nun geschehen/ were ich demselben nit vorko=
men/ sihe da ist sein Brieff/ so er dem Keiser
deinthalben geschrieben. Da Olger den ge=
sehen vnd gelesen hette/ wendet sich sein hertz
vnd gemüt von dem Könige/ vnnd sprach zu
der Königin: Der so sein trew vnd glauben
bricht/ wird auch offt wider betrogen/ gieng
darauff mit jr zu Bette/ begundt auch gegen
tag

tage zu schlaffen / denn er lang zuuor in dem krieg gewacht hat.

Da er wider auffwachte / sagte er zu jhr: Ich förchte sehr / daß ich oder jhr hie beruffen werden / denn es beginnt zu tagen. Sie antwortet: Förchte dich nit mein lieber Freund / denn mein trewe Jungfraw wart auff mich mir zu sagen / ob es von nöten : hut / darumb stehe auff / zeuch deinen Harnisch an / vnnd folge mir nach / denn ich habe denn in dem Gefengnuß / so dich verraten soll. Darnach sendet sie Olgern in die Statt / zu einem mechtigen Herren / so jhr Freundt war / jhn heimlich zu bewaren / auch von jhrent wegen wol zu tractieren vnnd gieng sie darnach in acht tagen alle Nacht zu jhme / in Manns kleidern / daß sie niemandt kennen kundte / In des ließ der Keiser ein groß Volck in der Nacht vor die Statt ziehen / vnder der Mawren ein zu graben. Der König Desiderius gieng auff die Mawren / vnd sagte zu des Keisers Volck: Mich wundert / daß der Keiser nun lenger wider mich

J i.ij   streit-

Denmmarckische

streitten will/ denn ich schreib jm mit einem
gewissen Botten/ daß ich jm Olgern gefangen schicken wolte/ als bald sein Volck keme/
jn zu holen. Als des Keisers Capitan Gottfried genannt. so auch da war / solches hörte/
sagte er zu dem König: O du loser Verrä-
ter/ wilst du den edlen Fürsten Olger Denen /so alle sein Hoffnung vnnd trost zu dir
setzet/ so schendtlichen verraten.

Wie der Keiser die Statt bestritte/
vnd der König vnd Olger herauß fielen/
letzlich Olger dauon ritte.

Ottfried ritt eilents zum Keiser/ vnd
sagt jm/ wie der König mit jhm geredt hette/ wie er dem Keiser Olgers
halben geschrieben solt habē. Der Keiser sagt:
nein/ er hett kein Brieff empfangen/ Darauff
rieth jm Gottfried/ er solt als bald für die stat
ziehen/ mit alle seiner macht/ welches er denn
auch thet. Da jn der König sahe komen/ zohe
er auff der andern seitten auß der Stat/ vnd
kam so vnuersehend/ auff des Keisers Heer/
schluge jm auch vil Volcks ab/ ehe sie in jhre
Ordnung vñ spitzen kommen kundten. Als
sie

ab jm mitt:
m Olgern ge-
ſein Volck le-
rs Capitan &
war ſolches jſt
O du loſer Ve-
fürſten Olar-
my vnnd treiſ-
verraten.

Statt be-
Olger her-auß in
vauon eitet.
ker ts zum Keiſ-
der König nun
er dem Keiſer?
k tati. Der Kai-
ffempfanxen w
rieit als bald far-
tmacht. welches
König jhe heiin
men auß der Er-
e auff des Keiñ
Voick jſt chei-
en kommen ſur-

ſie nun ſo mit einander ſtritten / gieng die
Königin zu Olgern/vnd ſagte: Mein Herr
iſt nun hinauß / vnnd ſtreit wider den Keiſer
vmb deinet willen /darumb bitte ich dich/du
wolleſt jm helffen. Er ſagte : Ja.Da zoch ſie
jm ſeinen Harniſch an /vnnd band jhm den
Helm auff/ er danckt jhr fleiſſig für alle wol-
thaten/ verhieß jr auch/ er wolte ſo mannlich
für den König ſtreitten/ daß ſie Zeittung dauon vernemmen ſolte / ehe er wider zu jhr keme.

Als er in Streit kam/da war König Deſiderius von ſeinem Pferde auff die Erden
geſchlagen. Olger ſchlug flugks den Ritter
todt/ſo den König abſchlug/ſetzte den König
wider auff ſein Pferdt/vnd ſagte zu jm: Ich
halff dir jetzt/vnd errett dein leben/vmb meiner eigen Ehren willen / vnd auß gutem hertzen / darumb reit dein weg heim zum ſchloß/
vnd warte dich fürhin vor mir / in krieg vnd
vheden / daß du mich haſt ſo ſchendtlich in
des Keiſers Hende verraten wollen /da reſtet
Olger wider in des Keiſers Heer/vnd reñte
34. mechtige Mann von jhren Pferden/als

J v   Turpin

Denmmarckische

Turpin den Ertzbischoff Hertzog Dirick/
Hertzog Reichard von Normandi/ vnd an=
dere mehr/ so hie zu beschreiben zu lang wer.

Der Keiser sahe seine mechtige Herren
so schwerlich stürtzen/ da vbergab er den Kö=
nig/ vnd verfolget Digern allein/ ruffte auch
vber alle sein Heer/ vnd sagte: Verfolget alle
Olger Denen allein / oder er schendet alle
meine guten Mann. Da Olger das höret/
sprach er: Armen manns Glück/ entweder
böse oder klein/ darumb ist es nun besser zu
fliehen/ denn zu fechten/ vnnd schlug sich so
mitten durch den Hauffen/ vnd rennet sein=
weg nach dem Walde/ da findt er ohn ge=
fehr zween Pilgram/ die waren sehr mech=
tig vnnd reich/ der eine hieß Hertzog Mils/
vnnd war des Keisers Schwager/ denn er
hatte seine Tochter zum Weib. Der ander
hieß Hertzog Amis/ vnd war sein Freundt/
vnd oberster Raht. Olger kennet sie sehr
wol/ vnd fragte sie wo sie her kemen. Sie sa=
geten: Von Sanct Jacob/ vnnd haben da
vnsere Sündt gebeicht/ vnnd pflicht vnnd
Buß vor die empfangen/ auch vnser Poeni=
tentz

Hertzog Dirt
emandt/ vnd
eiben zu langer
mechtige Her
vbergaben den i-
n allein ruſtten
agte: Verfolgen
oder er ſchmden
ba Olger daß
ns Glück vam
iß iſt es nun vm
t/ vnnd ſchluge
aſſen vnd vme
q da fa daniel
/ die waren ſche
k hieß Hertzog
s Schwager ve
zum Weib. Den
/ vnd war ſein ſu
Olger fennad a
ro ſie her kamen
i Jacob vnnd he
bel vnnd erſchlu
vegen/ auch vere

tentz volbracht darumb bitten wir dich/wol-
leſt vns vnſer Leben gönnen.   Olger antwortet: Jhr künd nimmer in beſſerer Statt/
denn jr nun ſeit. ſterben/weil jr ſo newlich ge
beichtet/vnd von den heiligen Stätten kom-
met/vnd ſchlug ſie beide todt.   Jn dem kam
jm der Keiſer nach gerennt/vnnd fandt dieſe
todte Pilgern/kennte ſie bald/vnd ſagt zu denen ſo jhm folgeten: Jhr rahtet mir/ich ſoll
Olgern vbergeben/vnd jn faren laſſen. ſehet
hie hat er meinen ſchwager vnd freund todt
geſchlagen/er ſpart niemandt/ſo mir zu ge-
höret/wie kan ich jn denn vbergeben/verfol-
get jn alle nach alle ewrem vermöge/welcher
jhn todt ſchlecht/oder gefangen bringt/den
will ich zu einem mechtigen Herrn in Franckreich machen/jm auch ſo vil Gold vnd Silber geben/als Olger wegen kan. Als Olger
zu Hertzog Beronij ſchloß kam/ Schetteaw
fort genaiſt/da kamen jm etliche von des Kei
ſers Volck nach/ſo jm wol acht Welſch meilen gefolget hetten/die ſchlug er alle todt/vnd
ritte ſo in das ſchloß zu des Hertzogen Beronij Son/der hieß Gelin/er empſing Olgern
freundt-

freundtlich/bat jn/er wolte jn zu einem Ritter schlagen/das thet Olger/vnd bat Gott/es wolte ihm so gelücken/daß er seines Vaters todt an dem Keiser vnd an seinem Volcke rechen möchte/welche jn zuuor erschlagē hetten.

Wie der Keiser für das Schloß/darinne Olger war/kame/dasselbig härtiglich belägert.

DEr Keiser folgete Olgern flugs nach/als er zu dem Schloß kam/da fand er viel seiner guten Mann todt ligen/so Olger erschlagen hette/da sagte Hertzog Neymis zum Keiser: Lieber Herr/vbergebt nun Olgern/vnnd ziehet heim in ewer Reich vnd Landt/denn jhr sehet wol selbest/daß er ewer Leuth so vil todt schlecht/als er vberkommen kan/vnnd gleichwol allezeit on schaden in sein gewarsame kommet. Der Keiser antwortet: Ich will jhn nicht verlassen/ich hab jhn denn lebendig oder todt bekomen/so belägerten sie das Hauß/mit aller macht/darnach begerte er/Olger wolte mit jm

im sprach halten/auff gut Geleith. Olger
wolte nicht antworten/auch nichts mit jhm
reden/verbot auch allen andern/so auff dem
Schloß waren/daß keiner ein wort mit den
Feinden reden solte/sonder thun/als ob kein
Volck auff dem Schloß were/ein nacht dar
nach ruckt Olger vmb mitternacht auß dem
Schloß mit 600. Mann/vnd suchte fast in
des Keisers Heer nach Carlot des Keisers
Son/da er jhn nicht finden kundt/da schlug
er dem Keiser vil Volcks/thet jm auch grossen schaden/daß er so vnuersehens in das
Läger kam. Als nun Olger wider in das
Schloß kam/ward der Keiser sehr betrübet/
daß er jhn nicht bekommen kundt/er schwur
bey seiner Ehr/er wolte nicht von dem schloß
ziehen/er hett denn Olgern gefangen/oder
das Schloß auff dem grundt zerreissen.

Wie der Keiser ein mechtige Wa-
genburg vmb das Schloß schlagen ließ/
vnd Olger die mit gewalt ver-
brannt.

ZB

VB der zeit kam ein künstreicher Zim-
merman zu dem Keiser/ vnnd sagete/ er
wolte jm ein mechtige Wagenburg ma-
chen/ so groß vnd fest/ das er tausent gewapneter Mann auff ein mal kündte dar ein le-
gen/ auch dieselbe nach dem Schloß treiben kündten/vnd wenn sie wolten/ vnd fewer kugeln vol Fewer in das Schloß werffen
möchten. Der Keiser bat jn dieselb wol balde
zu bereitten/ er wolte jhm Gold vnnd Geld
genug vor seine Arbeit geben.

Als er nun daran arbeitet/ thet Olger
manchen einfall in des Keisers Läger/ jetzt
bey nacht/ denn bey tag/ vnnd schlug jhm
vil Volck ab. Als nun die Wagenburg fertig war/ da trieb er sie den Berg hinan/vn-
der das Schloß/vnd warffen Fewerkugeln
in das Schloß auff die Häuser/ vnnd ver-
brennten die. Olger sagte/ sie solten in die
Keller lauffen/ daß sie nicht verbrennten/
vnnd ließ mehr Keller graben daß jhnen das
Fewer keinen schaden thun kundte.

Als nun Olger sahe/ daß er der Wagenburg keinen schaden mit seinem Geschoß
thun

hun künde / da zog er mit seinem volck auff
der andern seitten auß / vnd strict mannlich
mit des Keisers Heer / er schlug selbst 6. mech=
tige Herren todt / on andere gute man / so da
künde nicht beschrieben worden / er hett auch zuuor
bestellet / ehe er auß dem Schloß zoch / daß ein
parth von seim Volck / Fewr in die Wagen=
burg steckten / weil er mit des Keisers Heer
stritte / das geschach auch nach seinem Be=
fehl. Als der Keiser zu rück kam / vnd sahe daß
sie verbrennet war / da ruffte er zu Olgern /
vnnd sagte: Das soll entlich deinen Leib ko=
sten / ehe du in das Schloß kommest. Olger
achtet seiner drawwort gar klein / vnnd spielt
flugs einen seiner guten Mann / so von Pa=
riß bürtig war / den kopff entzwey / daß er dem
Keiser todt für die Füsse fiel. Da ruffte der
Keiser ober alle sein Heer / gebot jn bey jhren
Ehren mannlich zu streitten / vnnd allein
Olger Denen nachfolgen / daß sie jhn todt
schlüg schlagen / in der Schlacht verlohr
Olger drey hundert von seinen besten / ehe
er in das Schloß mit den andern kommen
kunde.

Wie

Dennmarckische

Wie die Königin vor dem König
Desiderio verklaget ward / von dem / so sie in
Thurn geworffen / Auch wie sie Olger
durch Hertzog Bent erlösen ließ
durch einen Kampff.

IN demselben gedachte König Deside
rius an seine Haußfraw / so er vmb
Olgers willen in Thurn geworffen
ließ sie für sich kommen / fragt sie / ob es war
were / so sein Diener von jr gesagt hette / Sie
verantwortet sich des best sie kundte / daß es
nicht so were / der Diener zeugete vñ schwur
es wer also iñ warheit / erbote sich auch dar
umb zu kempffen / gegen einem jeden so da
lust hette / vnd sein leben daran zu wagen / der
König begundt zu zweiffeln / was er dazu
thun solte / so kam jhm in sinn / er wolte vor
hin Botten zu dem Keiser senden / ob er bes
ser die sach erfaren möchte / ehe er vrtheil vber
sie geben wolte / er ließ den Keiser vmb huld
vnd freundschafft bitten / erbote sich / Victa
lien vnd Prouianth seinem Volck zu geben
auch gegen jm zu büssen / daß er wider jhn ge
than /

than/vnnd jhm Olgern vorgehalten/ so von
jhin schendtlich geflohen were/ wider seinen
willen/darin verdechte er niemandt/den sein
eigen Haußfraw/ dz sie jm dauon geholffen
hette/ als sie vernommen/ daß er jm jn vberantworten wollen/ als der Bott solchs dem
Keiser sagte/ war ein Kundischäffter von
Olgers Parthei da/ der hörte solches/ vnnd
war Hertzog Bents Diener/ er ritte des
nachts zu Olgern auff das Schloß/ vnnd
sagte jm/ was er von König Desiderij Botten gehöret hette/ vnnd daß er die Königin
wolte verbrennen lassen/ wenn sie vberwunden würde. Ob diesen Zeittungen ward Olger betrübt/ denn er die Königin gerne wolte
erlösen / Er wuste nicht/ ob er sich selbst in
kampff geben solte/ oder ob er einen andern
senden solte. Letzlich kam jm in sinn/daß Hertzog Bent vnnd Gißlew sie erlösen solten/ob
sie kündten.

    Da sie zu des Königs Schloß kamen/
sagten sie/ sie weren von Olgern geflohen/
weil sie vernommen/ daß seine sach vnrecht
were. Der König empfieng die beide willig-
                           K   lich

lich/bewise in grosse Ehr/denn er meinte es
were war/das sie sagten. In dem als er also
saß/begundt er schwerlich zu seufftzen/vnnd
sagt zu jnen: jr habt wol gehort/wie ich Olger Denen in meinen schirm nam/dafür
schlug mir der Keiser mein gut Volck todt/
vnd verderbet mein Land vnd Leuth. Als ich
jm Olgern wolte gefangen senden/da versteckt ihn meine Haußfraw vor mir/daß sie
mit jm nach jrem willen bulen möchte/vnd
ließ meinen Diener/so dem Keiser den
Brieff bracht solt haben/in Thurn werffen/
die hab ich nun beide gefangen/biß ich gewiß erfaren kan/wie die sach ein gestalt habe/
wirdt sie schuldig darinn befunden/will ich
sie verbrennen lassen.

Bent antwortet: Lieber Herr/nach diesen ewren worten kompt mir nun in sinn/
daß ich Olgern hörte sagen/des ersten er zu
vns kam/daß zu der zeit/als er von dem
Schloß gangen von ewer gnaden/wer einer
von ewern guten Mannen zu jm kommen/
vnd zu jm gesagt: Olger ich hab vernommen/
wie dich mein Herr dem Keiser woll gefangen

gen obersenden/ wil auch nun Brieffe dahin
schicken / wenn er dich holen soll / hett Olger
geantwortet: Lieber Freund / thu das best/ daß
du den Botten verhindern könnest/ so wil ich
dir zwey meiner besten Schloß / so ich in
Dennemarck habe / mit alle ihrem zugehör
vnnd Renthen geben / wo du mir dahin wilt
folgen. Darauff nam der gute Mann den
Botten beim Halse / warff in in Thurn/ vñ
gab Olgern den Brieff. Als der Bott / so
auß der Königin befehl in Thurn gelegt war
worden/ solches hörte / sagt er zum Könige:
Herrich will meinen Halß daran setzen / wo
nicht dieses zween Specher sein/ vnd von Olgern außgesendt / zu erfahren, was macht ir
habt.

Bent antwortet: Du leugst auff vns/ nie
wie ein gut Geselle / hast auch dieser ehrlich-
en Fürstin diese Lügen auffgedicht / darumb
will ich mich mit dir schlagen in einem offnen kampff/ so setzten sie beide Bürgen / daß
sie morgens in einem offnen kreiß mit einander kämpffen wolten.

Als die Königin diesen fundt / so Bent

K ij vr

vor dem Könige gesagt / hörte / ward sie von
gantzem Hertzen fro / denn sie merckte wol /
an seinen worten / daß jhn Olger Dene hett
außgesendt / jhren Leib zu erlösen / vnnd kam
heimlich zu jnen / mit jhnen zu reden / da gab
jr Bent den gülden Ring / den sie Olgern zu
uor gegeben hett / daß sie gewiß were / daß er
sie jhren Leib zu erlösen / gesendet hette. Sie
ließ sie ehrlich vnnd wol tractieren / vnnd bat
Hertzog Benten / ein frisch gemüt zu haben /
denn sie hoffte gewiß / er würde den kampff
gewinnen / weil er seinen Leib so williglich
durch rechter Liebe willen / wagen wolte / wie
wol er wuste / wie es zwischen jr vnd Olgern
sich verlauffen hett / Morgens ließ der König Meß für jhn halten / als sie kempffen solten / vnnd bat den Bischoff / er wolte sie auff
das Buch schweren lassen / daß sie vmb rechtfertige Sach fechten wolten / jeder auff seiner seitten / des Königes Bott thet sein Eydt
vor / vnnd schwur / daß jhn die Königin in
Thurn hett lassen werffen / vnd des Königs
Brieffe von jm genommen.

Hertzog Bent sagte / er wolte nit schweren /

ren / denn es jn ſelbſt nit antreffe / da ſchwur
die Königin für jn/daß ſie der ſach/ſo jr auff
gelegt/ vnſchuldig were.

. Als ſie nun in kreiß kamen/da rennten ſie
hart zu ſammen / daß beyde jhre Speer zu
ſtücken ſprungen / darnach ſchlugen ſie gar
ſchwerlich auffeinander mit jhren Schwertern / daß ſie alle ſich verwunderten. Bent
ward ein wenig wundt / daß jm das Blut in
die augen lieff / dauon ward er ſehr zornig/
vnnd ſchlug auff den Lombard / auß aller
macht vnd vermögen / hieb jhm ſein lincken
Arm ab / daß er auff die Erden fiel / daran
wolte er ſich nicht laſſen genügen / ſondern
ſchlug jhm als bald den kopff ab/ daß er nicht
mehr von der Königin / was er wuſte/ſagen
ſolte.

Darnach machte der König ein groß
Pancket/vnd bat die Königin in beyſein guter Herrn / ſo denn allda waren/ ſie wolte jm
verzeihen / was er jhr von hören ſagen vn-
ſchüldiglich auffgeleget hett.

Wie Hertzog Bent den Kampff ge-
wonnen/die Königin erlöst/darnach vrlaub vom König nam/wider zu
Olgern kam.

ETlich zeit darnach/begerten Hertzog
Bent vnnd Gißlew vrlaub vor dem
König/der gab jhnen grosse Gaben.
Aber die Königin gab Benten vil mehr/daß
er jhren Leib vnnd Ehre erlöset hette/sie schicket auch Olgern so vil Goldt vnnd Silber/
als zwey Pferdt tragen kundten. Als sie zu
dem Schloß/da Olger auff war/kamen/dz
lag Keiser Carl auff der andern seitten mit
alle seinem Heer/vnnd sie hatten fünff hundert gute Mann mit sich/da meinten sie ein
Ritterspiel zu treiben/ehe sie in das Schloß
zohen/vnnd sehen/ob sie ein gute Beut ero-
bern kundten/vnnd rennten in sein Heer/
nachts vmb eilff vhrn/da empfiengen sie v-
ber grossen schaden/denn jhr kamen nicht
mehr deñ dreissig von fünff hundert Mann/
verloren auch all das Golt vnnd Silber/so
sie mit sich hatten/es wer auch keiner dauon
kommen/wer nicht die nacht so finster gewe-
sen/

sen/ vnd sie durch Morast/ so bey dem schloß lag/ dauon kommen weren. Morgens als es taget/ gaben sie sich zu Olgern in das Schloß/ vnnd sagten jhm alle ding/ wie es gangen war. Da ward Olger sehr fro/ daß Bent der Königin Leib vnd Ehr erlöset vnd errettet hatte/ vnd achtet des Golds vnd silbers so verloren war/ gar nichts/ noch des Volcks so verloren war.

Wie des Keisers Schwester Sohn jhm zu hülff kam / vnd er jhm zugefallen ein Thurnier anrichte/ wie auch Olger herauß fiel / vnd sehr grossen schaden thet vnd empfienge.

Als Hertzog Bent vernam / daß der Keiser die Belegerung nicht verlassen wolte/ bat er Olgern/ etwan gute that oder fundt zu finden/ damit sie dem krieg seine endtschafft machen möchten/ denn er vnd Gißlew wolten gern jr Leib vñ gut/ golt vnd Silber/ vmb seinet willen wagen/ daß sie jhme möchten in seine gewarsame helffen.

K iiij　　Olger

Olger antwortet / vnnd tröstet sie also:
Lieben Freunde / gebt euch zu frieden / denn
der Keiser ist nun der belägerung müde / gedenckt auch baldt heim in Franckreich zu
ziehen / in dem kam ein König zu Keiser Carl
mit viel Volck / der war seiner Schwester
Son / dem ließ er ein Thurnier zu gefallen
anrichten / vnd befahl vielen von seinen besten Helden zu rennen vnd stechen / in seinem
einziehen.

Als Olger jhr Ritterspiel sahe / da sorget
er / daß er nicht Volcks gnug / jhnen etwas
Hochmütigs zu beweisen / hette / er ward mit
Hertzog Bent vnd Gißlew eins / sie wolten
mit dreyhundert Mann außfallen. Olger
gab sich fornen an die spitzen / da er in des
Keisers heer kam / da sahe er / wo Keiser Carls
Son Carlot in seinem Zelt stund / er rennte
eilents auff jn / vnnd hieb so schwerlich nach
jhm / daß sein Schwerdt in der Thür stecken
blieb / in des kam Carlot hinweg / weil er es
wider auß der Thüren zohe. Darnach ward
ein grosse Schlacht auff beiden seitten. Hertzog Bent brauchte sich gantz männlich /
Gißlew

Gißlew deßgleichen. Da kam ein Rise hieß Rambalt/vnd stach jn durch seinen Leib mit seinem Speer/daß er todt vom Pferd fiel/vnd blieb das Eisen im Leib stecken. Olger schlug den Rambalt stracks todt/daß er auff der stett bleib.

Als der Keiser das sahe/wundert jhn seh-seiner dristigkeit vnnd mannheit/daß er wider so manch tausent zu gleich dorffte streiten/er hette die Beldgerung gern verlassen/hett er nicht geforcht/schand vnnd nachrede dauon zubekommen/jn verdroß auch/daß er der Edlen vnd guten Leute todt/so er in dem krieg verloren hette/nicht rechen mochte/darumb bat er sein Volck/masilichen zu streiten/des ward Olger zu letzt genötigt/in das Schloß zu weichen/vnnd ward Gißlew da begraben/so Herr auff dem Schloß war/sie traweten alle für jhn/denn er war ein edeler junger Mann/auch keck gegen seine Feinde. Der Keiser ließ da Schleudern vnnd andere Waffen auffrichten/vnd warff da grosse Stein zu jhnen/dz sich niemand im schloß dorffte sehen lassen.

K v   Als

Als Olger das vernam / da gieng er in
die Keller / vnd stahl sich heimlich auß durch
eine verborgene Thür / mit all seiner macht /
vnd schlug alle die todt / so er bey den Schleu=
dern vnd Wagenburg fandt / vnd verbrennt
die alle / in dem kam ein Hertzog von Bri=
tannien rennen / hieß Hugo / der stach Her=
tzog Bent stracks todt / das verdroß Olgern /
Drumb rennet er jm nach / vnd hieb jn mit=
ten von einander. Als das die Frantzosen sa=
hen / da rennten sie jhm alle nach / seinen todt
zu rechen / vnnd drungen Olgern in das
Schloß zu weichen / mit gar wenig Volcks /
so er da bey sich hatte.

Wie Olger sein vnglück beklagte /
vnd seine Diener jn in des Keisers Hende
wolten verraten / welche er alle
erschlug.

Ls er nun wider in das Schloß
kam / da begundt er zu bedencken /
das vnselige böse Glück / so er
hie auff der Welt hette / vnd ge=
habt / fieng an bey sich selbs zu beweinen / so
manchen stoltzen Helden vnd Kämpffer / so
da

da jr Leib vnd Leben vmb seinet willen verloren hetten/ vnd er nun jren todt nicht/wie er
wol gern thete/ rechen kundte/ sonder durch
vnseligkeit vnd vnglück wurd er bezwungen/
alles zu vbergeben/ den er hett keine Freund/
so jm helffen kundten/ dagegen hett er viel/ja
vnzeliche Feinde vor der Pforten/so jn mor-
den vnd tödten wolten. Sie weren jhm auch
starck gnug/ wo nicht das Glück sich ver-
wendete. Er hatte lange zeit nichts geschlaf-
fen/ darumb begundte er zu schläffern/auch
Sorg vnnd betrübnuß so er hat/ vnd im sein
Hertz krenckten/ machten jhn schwach vnnd
mat/darumb legt er sich auff die Erden/vnd
nam sein Schwerdt in Arm. Als er nun ein
kleine weil geschlaffen hette/ da war seiner o-
bersten Diener einer/ hieß Herr Quembalt/
der berüffte die andern alle zusammen/vnnd
sagt zu jnen: Jhr sehet wol alle/daß wir nicht
lang hie auff diesem Schloß leben können/
wollet jr alle wie ich/so wil ich Olger Denen
mit dem Schloß dem Keiser verraten/vnnd
vns Goldt vnd Silber gnug dafür bekom-
men/ so daß wir alle reich werden.

Sie

Sie sagten ja/sie woltens alle mit jm halten/vnd baten/er wolte das beste thun/damit es auff das erste geschehe. Er reit eilends gegen des Keisers Lägers. Als er auff dem wege war/begegnet jhm einer des Keisers Diener/hieß Hardren/der fraget jhn/wer er were/vnnd wo er so eilents hin wolte. Er antwortet: Jch heisse Herquambalt/vnnd will zum Keiser reitten/vnnd Olger Denen in seine Hend vberlieffern. Hardren sagt: Folge mir/du solt willkommen sein/ich will dir Gold vnd Silber genug verschaffen/wo du das/so du gesagt/volbringest.

Als er für den Keiser kam/vnd sagte jhm seine meinung/verhieß er jhm vnnd seinen Gesellen so vil Gold vnd Silber/als sie selbs begerten/wo sie jhm Olgern lebendig oder todt vberantworten. Er antwortet: Er wolte das gewißlich thun/vnd bat den Keiser jm ein halb hundert Mann zu zu geben/so Olger Denen gefangen mit jnen führten. Da befahl der Keiser demselben Hardren/er solte jm folgen/vnnd mit sich nemen wie viel er wolte/weil das geschahe/da dauchte Olgern

im

alle mit jn=
che thun=de
r reit eilende
s er auff dem
des Keisers?
zet jhn were
n wolte. Er
umbalt vn=
Olger Der
)ardren=?
m sein vnd
verschaffen=
naest.
kam / vnd sa=
er jhn vnd=
(Silber als=
lagern leben=
antwortet=
nd bat den Ke=
i zu zu geben=
ti jnen führe=
ken Harden=
ich neulenwe=
z das auch=

im schlaff / wie er in grosser fahr were / des er=
wachet er / vnd sahe daß seine knechte all vol
sorgen waren / vñ gleich zornig / wolten auch
nicht mit einander reden / wie sie gewont wa
ren zuthun / darumb sagt er zu jnen: Ist einer
hie vnder euch / so in dieser Belegerung nicht
sein will / oder nicht lust hat mit mir zu leben
oder sterben / dem will ich vrlaub geben / daß
er mag reitten / wo jn lüstet / auch mit sich ne=
men alles was er hat / beide Beut vnd Raub.
Sie antworten alle: Sie wolten bey jm blei=
ben. Da ließ er eine Fackel anzünden / vnnd
nieben sich setzen / vnnd zohe seinen Harnisch
an / vnd nam sein Schwerdt in seine Handt /
so begundt jhn wider zu schläffern / darumb
legt er sich wider auff die Erden zu schlaffen.

Da er ein kleine stundt geschlaffen hett /
da dauchte jhn durch Gottes besonder schi=
ckung vnnd gnade / wie er in der aller grösten
not vñ fahr were / da sprang er auff auß dem
schlaff / da fandt er seiner knecht keinen bey
jm / da nam er die Fackel / vnnd suchte vmb=
her / da fandt er einen von jhnen / dem hieb er
ein arm ab / vnd fragt jhn / wo die andern we=
ren

ren/ vnnd was sie für hetten. Er antwortet:
Lieber Herr/ du bist aller verraten/ denn Herr
Quambalt hat dich ins Keisers Hendt ver-
kaufft/ vnnd kompt bald mit seinem Volck/
die dich holen sollen/ vnnd die andern deine
Diener sein vnden im Schloß/ vnd legen jr
Golt vnd Silber/ vnd was sie erbeut haben/
zu hauff/ vnd wollen stracks reitten on dein
willen.   Olger gieng bald hinunder/ vnnd
schlug sie alle todt/ so viel der waren/ vnnd
gieng hin/ beschloß das Thor wider.

In des kam Herr Quambalt wider/ vnd
Hardren mit jhm / der des Keisers Volck
hatte/ er klopfft: sachte an die Pforten/ vnnd
meinte der stünd noch dabey/ dem er vorhin
befohlen hatte/ auff jn zu warten.

Olger verwendet seine Sprach / daß er
jn nicht dabey kennen solte/ vnnd sagt heimlich zu jhm: Wer klopfft da? Er antwortet:
Ich bin Herr Quambalt/ vnd komme von
dem Keiser/ was thut Olger nun? Olger
antwortet: Er schlefft noch/ wir haben sein
Schwerdt von seiner seitten genommen/
komm nur frölich herein/ vnsere Gesellen haben

ben schon alle jre Pferdt gesattelt/wir wollen nun mit jm thun was vns gelüstet.

Als Herr Quambalt in die Pforten kam/ vnd solte ein Trappen nider gehen/da spiel-te Olger sein Haupt biß auff den Halß/ daß er todt zu der Erden fiel/ darnach sprang er auff sein Pferdt/ vnnd jagte Hardren /auch die andern des Keisers Mann/ so daß jr nicht vil lebendig in das Läger kamen/ er schlug ei-nem Hertzoge von Hoch Burgundien das Haupt ab/ vnnd reit stracks zum Schloß/ vnd henckt alle seine todte Knechte/ so er er-schlagen/ vber die Mauren/ je für ein Loch einen/ rings vmb das Schloß/nam darnach jhre Harnisch vnnd Helm/ henckte die auff Stöcke/ vnd stellte die darnach auff die zin-nen der Mauren/in alle Löcher/ vnd bandt schnür vnd leinen daran/ daß er weit er wol-te/einen nach dem andern rücken kondt/ daß sie sich bewegeten/ als ob sie lebten.

Dieser subtilige kluge fundt/ verblendte aller seiner Feinde augen /dz der Keiser auch alle sein Volck/ so das sahe/gewißlich glaub-ten/ er hette frisch Volck zu sich bekommen/
weil

weil jhr so viel vber die Mauren hiengen/
gleichwol alle Zinnen vnnd Löcher auff der
Mauren wol besetzet waren / wie vorhin/ es
ist vnmüglich/ daß einer könne beschreiben
die subtiligen klugen stücke/ so der Edele kluge Fürste wider seine Feinde/ in derselben belegerung brauchte.

Darumb verzweifelt der Keiser gar/ was
er dazu thun solte/ Carlot sein Son rennte
da drey oder vier mal gegen dem Schloß/ vñ
schoß gegen den verkleideten Stöcken vnnd
Steinen/ jhn verwundert größlich/ daß sie
sich nicht bucken oder weichen wolten / für
seinen Schüssen vnd Pfeilen/ sonder blieben
dristerlich vnd vnerschrocken in den Löchern
stehen/ darumb sagt er zu seinem Vater dem
Keiser: Es ist vnmüglich/ in einiger zeit das
Schloß zu gewinnen/ oder Olgern zu fan-
gen/ denn er hat solch frisch Volck bekoñen/
so vor keinem Schusse weichen will/ jr habt
nun sieben Jar lang krieg vnd vheden gegen
sine geführt/ vnd gar wenig preiß vnd ehr ge-
wonnen/ Jhr kommet auch nimmer zu einem guten ende damit/ darumb rahte ich
euch/

euch / jr vbergebet es gar / vnd ziehet mit ewe-
rem Heer wider in Franckreich / denn jr em-
pfanget hie noch mehr schaden / denn Olgern gelüstet nun erst zu streitten. Der Keiser antwortet: Ich will hie nicht weg / ich
hab denn Olgern lebendig oder todt bekommen / vnd solte es mein halb Königreich kosten / in des ließ er seine obersten Capitan vñ
Ritter zu sich zu tisch beruffen.

Wie der Keiser seine Ritter mit sich
zu tisch hett / vnd Olger sie vber der Malzeit vberfiele.

ALs sie ein klein weil vber tisch saffen / da
kam Olger allein zu jhm gerennt / des
Keisers Son Carlot sahe / daß er so
richt auff jhn mit seinem Speer rennet / da
fiel er rückling vber die Banck / vnnd Olger
stach vber jn hin / vnnd reichte jn nicht / aber
den Tisch rennte er vmb mit allem Essen vñ
trincken / vnd schlug des Keisers Schencken
todt für seinen Füssen. Darob ward der Keiser vnd alle sein Volck sehr erschreckt / daß er
so vnuersehens zu jnen ein kam / alle verwunderten sich auff diese seine grosse dristigkeit /

L   v.el

vil von des Keisers Volck machten sich auff
auff jre Pferde / vnd veruolgten jn / von alle
jhrer macht / doch alles vergebens / denn er
kam in das Schloß on allen schaden.

Der Keiser heite gern die Belägerung
vbergeben / hett er nicht die schand vnd nachrede geforcht / Olger war nun allein in dem
Schloß / vnnd hatte nichts zu essen / denn
dürr Brodt vnd Pferdt fleisch / vnnd Wasser zu trincken / darumb sorgte er gar schwerlich / wuste auch nicht / ob er sich lenger mit
seinen Feinden schlagen / oder in sein gewar-
sam fliehen solte.

Als er nun eins nachts auff der Mauren
gieng / vnnd diese wort wider sich selbs sagte /
da waren zween heimliche Kundtschäffter
vnder der Mauren / vnd hörten das / da gien
gen sie als baldt zu des Keisers Son Carlot /
vnnd sagten jhm solches. Er meinte baldt
Olgers Freundtschafft zu bekommen / weil
er so mit Hunger vnnd Durst geplagt war /
auch kein Volck bey sich hatte.

Wie

Wie Carlot vername / daß Olger kein Speiß noch Volck bey sich hatte / darumb er vermeinte seine gunst zu erlangen / was er mit jm redet.

DES morgens reit Carlot mit viel Volck's für das Schloß / vnd ruffte zu Olgern / vnnd sagte: O Edler Fürst Olger Dene / ich bitte dich nun demütiglich / du wollest vmb Gottes willen mir deine Freundtschafft geben / auch mir verlassen / daß ich deinen Son in meinem zorn todtschlug / ich will dir das halbtheil von meinem Reich geben / nach meines Vatters Todt / ich will auch zu dem heiligen Grab gehen / vnnd da pflicht vnd buß vor jn empfahen / will dir auch meines Vatters Freundtschafft / auch dein Schloß vnd Lehen / so er dir genommen / wider bekommen / vnd mit allen guten Fürsten vnd Herren / so denn hie zu gegen sein / jn erbitten / ich weiß gewiß / daß du das Schloß nicht lang für vns halten kanst / weil du weder Volck noch Victalien hast.

Da Olger das hörte / nam jhn wunder /

K ij   wie

wie er solchs zu wissen bekommen/daß er weder Volck noch Victalien auff dem schloß
hette. Er antwort jm/vnd sagte: Ich hab es
zuuor gesagt/vnnd geschworen/so thu ich
auch noch/daß ich kein Buß oder gnugthu-
ung für meinen Son nemmen will/den du
todt schlugst/denn dein leben/da magst du
dich nach richten/vnd soll ich mein leben darüber verlieren. Des Keisers Son Carlot
antwortet wider: Kan es nicht anders sein/
so lebe wol diese zeit.

Olger sagte: Reit deinen Weg wider zu
rücke/den du her kamest/werest du nicht auff
guten glauben her kommen/so wolt ich dir
schencken/ehe du hinweg kemest. Da Carlot
zu seinem Vatter dem Keiser kam/sagt er jm
Olgers wort/da wunderte jn vnd alle andere seines dristigen mannlichen Hertzen/dz er
so stettig in seinem sinn vnd gemüt war/vnd
jhm nicht wolt sagen lassen/wiewol er allein
auff dem Schloß war/ohne Prouianth/sie
preiseten vnd lobten jn alle vmb seine grosse
Mannheit/auch für seine kluge subtilige
Fünd/daß er sie alle mit offnen augen/mit
den

den verkleideten Stöcken vnd Steinen ver=
blendet vnd genarret hette/daß sie das schloß
nicht stürmen hetten dörffen. Sie wurden
da alle eins/sie wolten morgens als bald es
taget/vber die Mauren zu jm einfallen/jhn
auch stracks todt schlagen/wo er sich nicht
wolte gefangen geben.

Dieselbe nacht/da sie aller best schlieffen/
da reit Olger in des Keisers Sons Carlots
Zelt/vnd fandt da ein köstlich Bett/mit gül=
den Stücken vberlegt vnd gedeckt/darumb
meint er/Carlot leg darinn/vnd stach zwey
oder drey mal darein mit seinem Speer/der
meinung/des Keisers Sohn zu erstechen/
aber er ward betrogen/denn Carlot lag nicht
im Bette/sonder im Stro/denn er forcht/er
würde kommen/vnd ließ ein Plock ins Bett
legen/darein stach Olger so hart/das sein
Speer zu stücken brach. Von dem gepolder
erwachten die Herren/zohen bald jhre Har=
nisch an/vnd suchten jn. Er kam gleichwol
in sein gewarsam/denn die Nacht war fin=
ster.

C iij   Wie

Wie der Keiser das Schloß stür-men wolte / vnd Olger jnen (nach dem er grossen schaden gethan) entkame.

ES morgens als die Sonne auff
gieng / da zoch der Keiser für das
Schloß mit alle seinem Heer. Als
Olger jn an der spitzen sahe kommen/vnnd
kennte jhn bey seinem Harnisch / da rennte
balb auß dem Schloß auff jn / vnd rennt jhn
vnnd sein Pferdt zugleich auff die Erden/
daß er schier todt ware.   Olger zohe sein
Schwerdt/hette jhn auch gewiß todt geschlagen / wer nicht Hertzog Neymis von Bayern mit andern viel Herren jm zu hülff vnd
entsetzung kommen. Sie verfolgeten da Olgern alle auffs newe/darumb rennte er gegen einem grossen Wasser / vnnd ließ sein
Pferd mit jm hinüber schwimmen/vnd reit
auff der andern seitten des Wassers/so best
er kundte. Der Keiser vnd sein Volck rennten an der einen seitten des Wassers/vnnd
dorfft keiner zu jm hinüber schwimmen / den
das Wasser lieff gar strenge/in des ruffte ci-
ner

ner zu dem Keiser / vnnd sagte: Es lege eine
Brück vber das Wasser/ein Meil von dan=
nen/da bat er auffs newe/sie solten dahin ren
nen.

Als Olger solches vernam / gab er sich v=
ber den Weg in das Landt/ nach einer Ha=
be / da kam er vber mit seinem Pferdt in
Welschlandt.

Als der Keiser vernam / daß er entrun=
nen war / straffet er sein Volck härtiglich/
vnd sagte: Sie hetten gegen jhme als Ver=
räter gehandelt / daß sie Olger Denen also
mit dem Leben dauon hetten kommen las=
sen / vnnd jhr so viel war / daß sie jhn wol
hetten fangen oder erschlagen können.

Carlot sein Sohn sagte zu jhm: Ich
wolte darumb geben alle das Goldt vnnd
Silber / so ich in der Welt habe / daß Ol=
ger nicht entrunnen were / denn ich mag
mich nun wol hüten / auch darnach rich=
ten / daß ich nicht lang lebe / denn er köme
wol baldt wider/ wenn ich am minsten an
jn gedencke / vnnd nimpt mir mein Leben.

Der Keiser antwortet: Ich weiß wol/daß
er viel Freund vnnd Gönner hie in meinem
Heer hat/so im alles Guts gönnen/vernim
oder erfare ich/ daß jemand jhm hülff oder
trost beweiset/ hauset oder herberget in meinem Landt vnnd Reich/ den will ich lassen
richten/ als einen Verräter/vnd sein Gut
zur Kronen legen/ich gebiete euch allen/arm
oder Reichen/ Herrn vnd Fürsten/ auch alle
andere/ wer jr seit/daß jhr bey ewrem Christlichen Glauben Olger Denen fanget oder
todtschlaget nach diesem tage/ wo jr jhn fin-
det/ vnnd fasset das nicht/weder durch Bitt
noch Gabe.

Wie der Keiser sich (als er das schloß
beschen) verwundert/ der klugen list/so
Olger gebraucht/ vnnd das Schloß
auff den grund zerriß.

Arnach zohe der Keiser in dz schloß/
da fandt er nichts jnn/ denn die todt-
ten Mann/ so er für die Zinnen ge-
henckt hette/ als sie sahen/ wie subtilig er die
Stöck vnnd Steine mit Harnisch gekleidet
hette/die auch zu gleich rüren kundte/wann
man

man die schnur zoch / da sagten sie zu einander: Es wer groß schade / daß ein solch klug
mannlich Fürst vmbkommen solte / da alle
Helden sich mit zu fechten / entsetzten / der
auch alle gute list vnd raht in kriegen vñ vheden zu finden wuste. Sie suchten fast in dem
Schloß nach essen vnd trincken / sie funden
aber weder Wein noch Brodt / auch nichts
anders / denn ein wenig Pferdefleisch / darüber verwunderten sie sich noch mehr / daß er
das Schloß so lang on Prouianth gehalten /
auch gleich mannlich dabey blieben / sich
auch nichts mercken lassen / des grossen hungers / so er gelitten / vnnd also allein gewesen /
auch gar niemand bey sich gehabt hette.

Als der Keiser das Schloß vnd alle gelegenheit gesehen / ließ er das Schloß in grund
nider reissen. Darnach versamlet er alle sein
Volck auff einen weitten Platz / vor dem
Schloß / mustert sie / daß er erfaren möchte /
wie viel er noch im leben hette / von seinen gu
ten Leuthen vnnd Helden / so er mit sich auß
Franckreich geführt / auch nachmals biß in
das achte Jar auß andern Landen vnd Rei-

L v   chen

chen zu sich bekommen hette / seit daß er erst
mit Olgern begundt zu kriegen. Darnach
sendet er seine beyde Sön Carlot vnd Lud=
wig in Welschlandt mit einer grossen anzal
Volcks / das zu stewren vnnd regieren / auch
vor außwendigen Feinden / in seinem abwe=
sen zu beschirmen / biß er selbs Persönlich da=
hin kommen köndte / vnd zohe er selb heim in
Franckreich mit dem Volck / so er bey sich
hatte.

Wie der Keiser (als er zu hauß kam)
einen Ertzbischoff mit andern gen Rom schi=
cket / seine Sünd dem Bapst zu Beichten /
vnd Absolution zuempfahen / von
denen Olger gefangen
ward.

Es er nun ein kleine zeit in sei=
nem Reich gewesen war / be=
dacht er bey sich selbs / wie
schwerlich er seinen Gott vnd
Schöpffer erzürnet / in dem / daß so manch
redlich Mann arm vnnd reich / ir Leben in
diesem Krieg vnd vhede / durch seinet willen
verloren hetten / auch daß manch schöne
Jungfraw

schc
te / seit daß er
iegen. Dar-
, Carloi vnd
iner grossen
vnd regieren
n in seinem
elbs Persön-
) zoh: er selbst
Volck · so ver-

er zu hau-
ndern gen Ba-
Erpstzu Boge-
remotiben in
r gefangen
en.

a ein kleine pa-
ch gewesen m
: den sich sel-
k er seinen Ot-
'n dem das er
vndtrug re
ce durch seinen
k daß mer-

Jungfraw / auch ehrliche Matronen / von
seinem Kriegßvolck beschedigt / beschwert vñ
geschendt weren worden hin vnd wider / wo
die hin gezogen weren / darumb wardt er zu
raht / er wolte seine Bottschafft gen Rom zu
dem Bapst senden / daß er möchte Buß vnd
Ablösung seiner Sünden empfahen / er wüst
auch niemand / so das besser werben vñ außrichten köndte / deñ Turpin der Ertzbischoff
von Reins auff der Schampanien / vnd der
Abt von S. Pharaonis Closter in Franckreich / denn sie waren beide mechtig klug in
allem wesen vnnd thun / die sendet er hin / solches zu volbringen.

Ihr habt nun gehört / gesehen vnnd gelesen / wie milt vnd willig das Glück gegen diesem mechtigen klugen Fürsten Olgern bißher sich erzeiget vnd beweiset / daß er vil grosse Herrn / Könige vnd Fürsten vberwandt /
auch vnzehliche redliche Mann / vnd mechtige stoltze Helden todt schlug / vnnd in allen
Kriegen vnd Schlachten groß Preiß vnnd
ehre gewan.

Nun wil ich beschreiben / wie böse vnd gar
vngünstig

vngünstig das Glück ein zeitlang gegen jm
sich erzeiget/daß niemandt/wie mechtig er
sey/zu vil Hoffnung zu jhm/noch der Welt
oder Menschen setzen solle/ob er Exempel
von Olger Denen nemmen will/denn weil
einem das Glück sich am besten erzeiget/so
wendet sich sein Rad auff das schnelleft vmb.

Als Olger ein zeitlang auff dem Meer
gewesen/da kam er letzlich in Welschlandt.
Als er nun eins tags auff dem Wege reit/da
begundte jn zu schläffern/denn er war müde
von dem Meer/hatte auch in langer zeit zu
uor nicht geschlaffen/da fandt er letzlich ein
schönen Anger/darauff war ein küler lusti=
ger Brunn/da gedacht er ein weil zu ruhen/
biß sein Pferdt ein wenig grasete/vnnd zog
seinen Harnisch auß/legt sich nider zu schlaf=
fen. Als er nun etliche stund geschlaffen hat=
te/da kam der Ertzbischoff Turpin/vñ wol=
te nach Rom/einer von seinen Dienern reit
zu vor gemeltem Brunnen sein Pferdt zu
trencken/da er dahin kam/sahe er Olgern li=
gen/vnd schlaffen/des rennt er bald zu rücke/
vnd sagte: Herr/Olger Dene ligt bey dem
Brun=

Brunnen/vnd schlefft gar hart/ wolt jhr jhn
fangen/ das habt jhr nun macht/ denn sein
Harnisch hengt an einem Baum bey jhm/
ein Schildt vnd Speer ligt auff der andern
seitten.

Als der Ertzbischoff solchs hörte/ ward er
sehr betrübt/ denn Olger war sein Freundt/
er dorffte jhn aber nicht verlassen/ als er wol
lich zern gethan hette/ denn sie alle so jm folgten/
wusten wol/ daß der Keiser allen Herrn vnd
Fürsten/ auch jederman zuuor gebotten het=
te/ daß sie bey jren Ehren Olger Denen fan=
gen oder todt schlagen solten/wo sie jn antref
fen kündten/ darumb berieth er sich mit dem
Abt/ so mit jm war/was sie gazu thun solten.
Er war selbst ein weyser Mann/ vnd forcht/
der Keiser würde jn richten lassen/ so er jn be=
keme/ da wurden sie eins/ daß sie jhn fangen
wolten/ vnd giengen jre Diener hinzu/ vnd
namen jm sein Schwerdt von seiner seitten/
sein Pferdt/ Speer/ Schildt vnd Harnisch
namen sie jm auch hinweg/in dem erwachet
Olger von dem Gepolder/ so vmb jhn war
von den Pferden/ er griff balde nach seinem
Schwerdt/

Denmmarckische

Schwerdt/ da war es hinweg / als er das ver=
nam/ da sprang er auff / vnnd schlug einen
Münnich mit einer Faust in das Angesicht/
daß er todt von dem Pferdt fiel / da nam er
des Münnichs Sattel/ vnnd schlug jhr viel
todt damit / er schlug auch ein Parthschent=
lich in die flucht / er schlug auch so lang mit
dem Sattel/ daß er nit mehr denn ein steig=
bogel in der Handt dauon behielte.   Als er
nun Turpin den Ertzbischoff sahe/ da traw=
et er jhm/ vnnd sagte: Hett ich nun mein gut
Schwerdt/ da solte keiner lebendig von mir
kommen/ da wolt er auff des Münnichs
Pferdt gesprungen sein/ da glitten jm seine
Füß vnder jhme / daß er auff die Erden fiel/
da fielen jr gar vil auff jhn/ vnnd bunden jm
Hendt vnd Füsse/ vnd führten jn also gefan=
gen gen Reins auff der S . . panien.

Wie der Keiser Olgern wolte töd=
ten lassen/ doch von den Fürsten vnd Her=
ren erbetten ward /daß er in einen
Thurn gelegt ward/ darinn
er sein leben solt
enden.

Els der Keiser vernam/ daß Ol=
ger gefangen war/ da wardt er
auß der massen fro/ vnd schrieb
dē Ertzbischoff Turpin/ er solte
ohn verzogen gen Pariß bringen/ denn er
wolte jm das Haupt abschlagen lassen/ dar=
nach seinen Leib an Pariser Galgen (mont
falkon genannt) hencken lassen. daß die Ra=
ben vnd andere Vögel jhn auffressen solten/
für den grossen Hochmut/ so er jhm bewisen
hatte. Als nun Olger dahin kam/ da gab der
Keiser baldt vrtheil vber jn/ des Keisers Son
Ludwig vnd Carlot/ auch alle andere Für=
sten vnd Herren/ so da zu gegen waren/ ba=
ten alle für Olger Denen/ daß er sein leben
behalten möchte/ das kundt jn aber nicht ge=
helffen. Da Herr Turpin der Ertzbischoff
solchs vernam/ da sagt er zu dē Keiser: Lieber
Herr/ wie bist du so gar streng gegen diesem
edlen Fürsten/ daß du jn wilt richten lassen/
jn auch gar nicht begnadigen/ durch alle die=
ser guten Fürsten vnd Herren bitt willen/be=
denckst du nicht die grosse Wolthaten/ so er
dir erzeiget/ in dem daß er dein Leben so
offt

offt vnd dick in Kriegen vnd Schlachten/er
rettet/dich auch gewaltiglich auß deiner fein
de Henden geführet/ da du gefangen warest/
er erlösete auch des Babstes / auch anderer
Fürsten vnd Herren/auch vnzehlicher Chri=
sten Menschen leben / da er König Bur=
mand todt schlug / der Soldans oberster
Kämpffer war / wo ist der Mensch in der
Welt/ so solche grosse Mannheit bewisen/
oder so mannlich für den heyligen Christli=
chen Glauben gestritten / als Olger Dene
gethan /wer errettet dein Land vnnd Leuthe/
dich selbs/auch alle dein volck / on Olger al=
leine/Kompt das Gerüchte für den Soldan
oder Türcken / daß Olger todt sey/so koñen
sie baldt wider/ vnd verbrennen dein Lande
für deinen augen / verderben auch die gantze
Christenheit/wer verwundert sich auch dar=
ob/ daß er seins Sohnes Todt gerne rechen
wolte. Darumb bitte ich dich/ O gewaltiger
Herr/ du wollest deinen sinn vnd gemüt mil
tern/vnnd jn sein leben gebrauchen lassen/es
wer grosser schade/ daß ein solch mechtiger
König vnnd Heldt/ so jämmerlich solte ge=
tödtet

werden/vnd ſeinen Leib verlieren/wilt du jn
nicht zu Bürgen henden kommen laſſen/ da
hab ich Geſengnuß vnd Thürne gnug/jhn
darein zu ſetzen/biß er den Hohmut an dir be=
weiſet/büſſe/wilt du jhn dazu nicht kommen
laſſen/förchte ich gröſlich/daß ein groſſe ver=
kerung in deinem Landt vnd Reich vmb ſei=
net willen werde / denn deine gröſte Herren
ſein alle den meiſten theil ſeine Freunde/vnd
von ſeinem Geſchlechte.

Als Herr Turpin der Ertzbiſchoff ſeine
redt geendet/fiengen alle ſo da herumb ſtun=
den/an zu ſagen/gleich wie er zum Keiſer ge=
redt hatte / Hertzog Neymis von Beyern/
bat auch faſt vor jhn/wiewol er ſeinen Son
Hertzog Bertram zuuor im Streit todt ge=
ſchlagen/vnnd ſagte/es wer vnerhört/einen
ſolchen mechtigen Helden mit macht oder
gewalt zu würgen vnd vmb zu bringen.

Als der Keiſer jre wort vnd bitten gehört/
da milterte er ſeinen ſinn/vnnd befahl Herr
Turpin dem Ertzbiſchoff/er ſolte jhn ſtreng
vnd hart in eiſen vnd Thurn verwaren laſ=
ſen/daß er nicht entkeme. Als der Ertzbiſchof

Ni   heim

heim gen Reins kame / ließ er baldt einen
mechtigen starcken hohen Thurn bawen/an
eine Kirchmawer von grossen Quaderstei-
nen/mit gar dicken Mawren / darnach sagt
er zu Olgern: Lieber Freundt / du weist wol
selbs/daß der Keiser dich verurtheilte/daß du
dein Haubt verlieren soltest/ daß du Krieg
wider jhn geführet. Nun haben die andere
guten Herren vnnd Jch dein Leben erbet-
ten/doch mit dem bescheidt/daß ich dich in
Gefengnuß vnd Eisen verwaren solle/ die
zeit deins Lebens/ dir auch wenig zu essen vn
trincken geben/daß du dich gar genaw erhalten köñest.Der Keiser befahl mir auch stren-
ge / ich solte dir tags nicht mehr geben lassen/
denn den vierdten theil von einem kleinen
Brodt / vnnd ein Schale Wein / dazu ein
klein stück Fleisch/ dir auch bey deiner ehr ge-
botten/daß du auß derselben Gefengnuß nie
gehen solst/dieweil du lebest.

Als Olger hörte / daß er so gewißlich im
Thurn verschmachten solte / da erbleichte
er in seinem Angesichte/ vor grosser Sorge
vnd Betrübnuß. Da der Ertzbischoff das
sahe/

fahe / da sagt er wider zu jhm : Gib dich zu frieden/ ich will die Brot so du haben solst/ so groß backen lassen / daß du wol genug an einem vierdten theil haben solst dein Schalen auch machen lassen / daß ein gute Kanne Wein darein gehen soll / will dir auch alle tage ein halb Schaf geben lassen / für das Stück fleisch / so du haben solst. Olger dancket jhm / daß er bedencken wolte/ daß er ein groß Mann von Person were/ vnnd mit so ringer Speise nicht leben kündte.

Darnach wardt er in den tieffen finstern Thurn gelegt / in welchem er sieben Jar war/ lidte darinn groß Hunger vnnd not/ auch andere Armut / der Ertzbischoff ließ jn gleichwol tractieren auff das beste / so er dorffte / ließ jhn bißweilen herauff auff den Thurn ziehen / vnnd spielte im Schachtafel mit jm/ ließ jn auch alle Jar berichten/ so offt er wolte.

Wie die Fürsten vñ Herrn den Keiser für Olgern baten/ vnnd er zornig ward/ derhalben verbote / daß niemand seinen Namen nennen dorfft.

M ij   ·Drey

Rey oder vier Jar darnach/ bedach-
ten die obersten Herrn in Franck-
reich/ daß der Keiser Olgern keine
andere gnade beweisen wolte/darumb erbarmet es sie gar sehr/ vnd giengen alle zu gleich
für den Keiser/ vnnd Hertzog Gerhart von
Ronsilon / thete das wort von jhrer aller wegen /sagende: Wir bitten dich gewaltiger
Herr alle demütiglich / daß du vmb vnser
trewen vñ willigen Dienst willen / dich vber
Olger Denen erbarmen wollest/ vnd jn seiner Gefengnuß loß geben/ denn er hat nun
groß pflicht vnnd Buß in dem Thurn ge-
than/daß er schier von Hunger vnnd Durst
verschmachtet ist. Als der Keiser seinen Namen hörte / da ward er gar zornig/ so daß er
weder sitzen noch stehen kundte/darumb sagt
er zu jhnen: Ich schwer das auff mein trew
vnd ehre/ daß/ wer seinen Namen nach diesem tag nennen wirdt/ der soll endtlich sein
Leib vnd Leben verlieren/ wie meehtig vnnd
reich er ja sey/ Er ließ auch als baldt zu Pariß in der Statt/ auch in allen Stätten/in
seinem Landt außruffen/wer da Olgers namen

nen nennte/ſolte ſeinen Leib verlieren/es were Mann oder Weib/ Derhalben ward Olzer bald gar vergeſſen/daß jederman glaubt/
er wer todt.

Wie der Soldan Kundtſchaffter in Franckreich ſendet / dadurch er vernam / wie Olger todt were / derhalben er mit Heers macht in Franck= reich zohe.

Etliche zeit darnach ſendet der Soldan zu Babylonien / mit namen
Brühe/ etliche Verräter in Franckreich vnd Picardi/zu erfaren/wo Olger Dene wer hinkommen/auch mit was macht rñ
Volck der Keiſer ſich in Krieg rüſten ſundt/
als die Botten wider kamen/ ſagten ſie dem
Soldan /daß Olger Dene gewißlich todt
were. Sagten auch / wie ſie zu Pariß gehört
hetten/ daß der Keiſer lange zeit zuuor gebotten hette/ daß niemand Olgers Namen nen
nen ſolte.

Als der Soldan das hörte/ward er gantz
fro/vnd berufft bald alle Könige/Herrn vnd
Fürſten / ſo vnter jhm waren / zuſammen.

M iij   Als

[marginal column:]
rr darnach le
Herrn in Fi.
Keiſer Olger:
volte darumb
giengen allen:
Hertzog Groß
ort von jhren
itten dich gra
p/ daß der
renſtirrde Mi
gen wolſt.ſi
gegen denne
daß im dem L.
n Hungern re.
ls der Keiſerl.
er gar zornig
ken kundte da
ger das auffr
ſenen Namen
vder der ſollen
heren wie me
daß auch als km
auch in alle re
ruffen werde

Denmmarckische

Als die kamen / auch König Caruel mit der
denn seiner besten Helden vnd Kämpffer ei=
ner war. Da sagt er zu jnen: Ich will nun in
Franckreich ziehen / vnnd mich allda krönen
lassen / denn ich für ein warheit erfaren hab /
daß Olger Dene todt ist / so hab ich vorhin
gehört vñ erfaren / von den weisen Doctorn
der Astronomey / daß kein Mensch in der
Welt mich todt schlagen könne / ohn Olger
Dene allein / den der Keiser in einem Thurn
verschmachten ließ. Nun förchte ich nie=
mands auff Erden mehr / darumb will ich
kecklich wider den Keiser streiten. Als Kö=
nig Caruel hörte / daß Olger Dene todt we=
re / da wardt er sehr betrübt / denn er hatte jhn
gar lieb. er schwur baldt bey seinem Königli=
chen Eydt / er wolte seinen todt an des Kei=
sers eigen Leib rechen / sagt auch dabey: Hett
Olger mir bey zeit Botischafft gethan / ich
wolte jm hundert tausent Mann auff mein
eigen Costen vnd besoldung gesendet haben.

Der Soldan ließ bald vnzehlich vil schif=
fe groß vnd klein zu bereitten / vnd zohen mit
jm dreissig Könige / mit alle jrem Volck, es
wa=

waren auch fünfftzehen andere mechtige Für
sten mit alle jrem Volck mit jm / er hatte seinen Son hieß Jsarius mit einer grossen zal
Volcks / er hatte auch seinen Bruder Justamundt mit sich. König Caruel führte sein
Hauptpaner. Als er nun in das Teutschlandt kam / ließ er alle Stätt vnnd Schloß
zerreissen / triebe da grossen mordt / ließ auch
Cöllen nider reissen / vnd jren König / so der
Keiser dahin gesetzt / hencken / zohe darnach
durch Hennegaw / vnd Lottringen / schendt
vnnd brennte alleo hinweg. Als der Keiser
das vernam / versamlet er alle seine macht zu
hauff / vnnd zohe jm entgegen. Soldan sendet zu jm / vnnd ließ jhm sagen / er solte zehen
seiner besten Kämpffer gegen jm allein schicken / mit jm zu kempffen / vberwünde er sie /
so wolte er den Keiser hencken lassen / vber-
wünden sie jn / so wolt er als bald wider heim
in Babilonien ziehen / vnnd den Christen
keinen schaden mehr zu fügen. Der Bott
machet sich auff den weg / vnnd nam einen
Olzweig in seine Handt / zum zeichen daß er
ein Bott war.

M iiij　　Wie

Wie des Soldans Bott Olgers
Namen für dem Keiser nennte / der
in darumb todtschla=
gen ließ.

Als der Bott seine Bottschafft außge=
richt / fragte jn der Keiser / wie groß vñ
starck Soldan wer / wie er auch an sei=
nem Leib vnd Gliedern geschaffen wer. Er
antwortet: Er ist fünffzehen Schuch lang/
auch ein fuß breit zwischen seinen Augen/
sein Zeen sein lang / daß sie drey finger breit
auß seinem mund reckt / wie ein alt schwein/
seine augen rot glüend / wie ein Carfunckel
stein / sein Bart reicht jhm auff den Gürtel/
seine Arm sein vbermassen starck / denn da ist
nichts an / denn Adern vnd Bein / seine hen=
de sein so hart / als ander eisen klotze / kein
Pferdt ist so groß noch starck / dem er nit den
Rücken mit der Handt entzwey schlage / so jn
dessen lüstet / er forchte zuuorn keinen Men=
schen auff Erden / denn Olger Denen allei=
ne.

Als der Keiser Olgers Namen hörte nen=
nen / ward er zornig / vnd sagt zu seinen Die=
nern:

nern: Schlagt diesen Schalck todt/ denn er
mein Gebot gebrochen/ vnnd meines Feindes Namen hie offenbar genennet hat. Sie
theten nach seinem Befehl/vnd legten jhn in
ein Schleuder/warffen jn todt vber die mauren in Soldans Heer.

Wie der Keiser außzohe mit den
Türcken zu streitten/vnnd König
Caruel gefangen ward.

Er Keiser legt bald seinen Harnisch
an/ vnd zohe auß der Statt mit alle
seinem Volck/ wider den Türcken
zu streitten/ meinte den Soldan zu vberei-
len/ehe er sein Volck zu hauff brechte. Da er
nun sahe/daß Soldan so ein vnzehlich groß
volck hette/dasselbe auch in drey grosse hauffen getheilt/da grawet jm sehr dafür/in dem
ersten hauffen war König Caruel/vnd füret
sein Hauptpaner/der hette hundert tausent
Mann mit sich/den andern Hauffen führte
Justamund Soldans Bruder/ der hatte
achtzig tausent Mann/den dritten Hauffen
führte Brüher Soldan selbst/ vnnd sechtzig
tausent Mann vnder seinem Paner/ auch

M v   viertzig

viertzig Könige vnnd Fürsten / mit alle jhrer
macht bey jhm / der Keiser gedachte / er kündte das vnzehliche Volck in einem freyem
Streit nicht bestehen / darumb ließ er in die
Trummen stossen / vnd ließ das Volck auff
einen Berg / so an einem Wald lag / rucken /
auff daß sie / so sie in die flucht geschlagen
würden / in das Holtz lauffen kündten.

Als der Soldan vnd die Türcken sahen /
daß die Christen begundten vor jnen zu weichen / meinten sie / sie wolten fliehen / darumb
folgeten sie jnen mannlich nach / vnd schlugen sehr auff sie / die Christen wendeten sich /
schlugen auch auff die / so jnen nechst waren.
Als aber König Caruel / so das Hauptpaner
führt / solte außreitlen / bat jhn seine Haußfraw Gloriant / er solte den Keiser gefangen
mit sich bringen / darumb daß er Olgern so
jämmerlich ließ verschmachten / der jr guter
Freundt war / sagt auch weitter : Bekomme
ich jn / will ich erger mit jm handeln / denn er
mit Olger Denen gehandelt hat / denn ich
will jn in einen Thurn für Würm vn Kröten werffen. Als nun König Caruel in streit
kam /

kam / da wolte er wider die Christen nicht
streiten/wiewol er vil vnd grosse streich vnd
schleg empfieng/ denn er hatte vorhin dem
Keiser/Olger Denen vnnd dem Bapst zu
Rom geschworen / daß er keinen Christen
mehr schlagen wolte / aber als er den Keiser
sahe / da wolt er Olgers todt gerne an jhme
allein gerochen haben / darumb rennet er
auff jhn mit seinem Speer / aber der Keiser
stach jn von seinem Pferdt/vnd kamen bald
fünfftzig Mann/die führten jn mit dem Keiser gefangen in die Statt/ vnd hett der streit
den tag ein ende.

Wie Rubion König Caruels Bru-
ders Son jn auß neidt vor dem Soldan verklaget / daß er wider die Christen nicht gestritten hette.

König Caruel hat ein Bruder Son
hieß Rubion/der trug König Caruel
heimlich neide vnd haß/ denn er hette
gern sein Land vnd Reich/ auch seine schöne
Königin Gloriant gehabt/ darumb ward er
nun sehr fro/ als er sahe/ daß König Caruel
nicht auff die Christen schlug/ daß er jetzt ein
vrsach hett/ jhn zuuerunglimpffen/ vnnd be-
liegen/

liegen/ auch zu einem Verráter zu machen/
vnd auß seinem Reich zu schupffen/ darumb
gieng er zu Soldan/ vnd sagte: O gewaltiger Herr/es ist nicht wunder/daß du den Kei
ser/auch all sein obersten Herrn auß Franck-
reich/ jetzt nicht gefangen kriegest/ als du wol
hettest thun können/ weil er so wenig Volck
im Felde hatte/ hett nicht der lose Verráter
König Caruel meines Vatters Bruder dein
Hauptpaner so schendtlich vnd verráterlich
vnder die Christen geführt/ vnd wolte weder
schlagen noch hawen auff die Christen/ sonder ließ sich willig von jnen fangen/ auff daß
er dich vnd dein Volck verrathen kündt.

Soldan glaubt seinen worten/ darumb
gab er jm sein Landt vnnd Reich/ auch seine
Haußfraw die Königin Gloriant damit/
im aller König vnnd Herren beitresen/so da
waren. König Rubion nam Gloriant baldt
in seine Arm/ vnnd wolte sie geküsset haben/
da schlug sie jhn mit der Faust auff seinen
Mund/ daß jm zween Zeen in den Halß fie-
len/ vnnd sagte: Ich hab meinen Eheman/
der mich küssen soll/ wenn er herwider kombt/
darumb

darumb will ich von dir Verräter vngeküſ=
ſet ſein / ſo jhm ehr vnd glimpff ablegen will/
des nachts darnach / da gieng die Königin
Gloriant zu der Statt/ da jhr Hauſwirth
jnne war gefangen/ wolte gern mit jm gered
haben/vnd jm geſagt/wie König Rubion jn
auß ſeinem Landt vnd Reich geſchupfft hett/
aber ſie kundte nicht in die Statt kommen/
darumb gieng ſie morgens gegen tag nach
dem Läger wider/hett niemand bey jhr/denn
zwo Jungfrawen. König Rubion wardt jhr
gewar / vnd nam ſie baldt bey der Statt ge=
fangen / frewet ſich / daß er dieſe vrſach beko=
men hett/für die Zeene/ ſo ſie jm außgeſchla=
gen, auch daß ſie jn einen Verräter geſchol=
ten hatte / in des Soldans gegenwertigkeit/
Er führet ſie für Soldan / vnd ſagte / wie er
ſie vor der Statt/ da der Keiſer jnnen wer/ge=
griffen / da ſie denn geweſen/ vnnd jhn/auch
ſein Heer verraten wollen/wo er nicht ſo balt
jr nachgeeilet hette. Er hett auch etlich ſchäl=
cke mit jm/ ſo jm zeugen halffen/ ſolches war
zu ſein. Sie leugnet faſt/daß es nicht alſo we=
re/aber es halff nicht / denn der Soldan fel=
lei ein

Dennmarckische

ket ein vrtheil/daß sie morgen solte verbreñt
werden/vnd die gefangnen Christen/deren
bey 50. waren/solten alle gehencket werden.

Wie Keiser Carl König Caruel loß
gab/daß er mit Rubion kempffen/vnnd
die gefangnen Christen ledig ma=
chen solte.

ALs er diß vrtheil gab/war da des Rei=
sers Kundtschäffter einer/der diß alles
hörte/der reit eilends zum Keiser/vnd
sagte jhm diese Zeittung. Da die guten Her=
ren auß Franckreich solches hörten/baten sie
alle den Keiser vor König Caruel/daß er loß
kommen/vnd seiner Haußfrawen leben er=
retten möchte/da gab jn der Keiser seiner ge=
fengnuß loß/doch mit dem bescheidt/daß er
die gefangenen Christen alle ledig machen
solte/oder in sein Gefengnuß willig sich wi=
der stellen solte.

Da er zum Soldan käm/verantwortet
er sich/vnnd erbote sich mit Rubion seines
Bruders Son/so jhm solche Verräterey zu
geleget/zu kempffen/verlühr er den Kampff/
so solten sie seine Haußfraw verbrennen/vñ
die

die gefangene Christen hencken/verlöhr aber
König Rubion/ solte er allein hangen/vnnd
alle Christen frey in jre gewarsame kommen/
darauff verhiessen sie einander den kampff/
in einem Thal/zwischen Soldans vnd des
Keisers Heer/ daß sie zu beiden seitten möch=
ten zu sehen.

    Als sie nun zu hauff solten/ da zohen jhre
Harnisch an/alle so zu sehen wolten/denn sie
forchten zu beiden seitten vor vbereilen. Als
sie nun in den Kreiß zu hauff kamen/da ren=
te König Caruel so hart auff Rubion/ daß
sein Speer zu stücken sprang/ vnnd Rubion
stach jm seinen Helm vom Haupt. Als die
Königin Gloriant das sahe/ vnd die gefan=
genen Christen/ da begundte sie zu seufftzen
vnd weinen/ denn sie forchten/ sie müsten jr
leben verlieren/so er verlör/sie baten zu Got=
te/ daß er diesen kampff gewinnen möchte/
Rubion rennte wider auff jhn mit seinem
Speer/ König Caruel hieb jm das zu stücke/
da wolte König Rubion sein Schwerdt auß
ziehen/in dem hieb jn könig Caruel sein rech=
te Handt ab /daß sie in das Feldt fiel.   Da
                             wolt

wolt er das Schwerdt mit der lincken hande
außziehen/da hieb jm König Caruel den lin=
cken Schenckel ab / daß er von dem Pferde
fiel. Da ſagte König Caruel zu jm : O du lo=
ſer verzweifelter Verräter vñ Huren Son/
mein Bruder war dein Vatter nicht/ſonder
ein ander verzweiffelt onmechtig Schalck/
da ſich deine mutter mit belude / dem ſchlegſt
du auch nach / da du mir mein Ehr vnnd
glimpff/ auch mein Landt vnnd Leuth ablo=
geſt / ich will das nun rechen an deinem eige=
nen Leibe / ehe ich hie von dem Kreiß reitte/
ſag nun her die Warheit offenbar vor jeder=
man/ ehe du ſtirbeſt.

Da König Rubion vernam/ daß er nicht
lenger leben möchte / ſagt er zu König Car=
uel: Ich bekenne/daß ich auff dich vnd deine
Haußfraw gelogen habe / darumb bitt ich
dich demütiglich / du wolleſt mir ſolches ver=
geben / durch vnſers Gottes Mahomets
willen.

Er antwortet: Er wolte das gerne thun/
da bat jhn Rubion widerumb / er wolte von
ſeinem Pferd ſteigen/ vnd jn küſſen/ zum zei=
chen

chen/dz er jm gewißlich verziehen hette / was
er jm zu wider gethan.

Als ſich nun König Caruel nider buckte
jn zu küſſen/ da ſtach jm Rubion nach der ke‐
len mit ſeinem Tolchen ſo er heimlich in der
lincken Handt hette / hette jn auch gewiß er‐
mordt / wer nicht ſein guter Pantzerkragen
geweſen ſo den ſtich abtruge. Als Caruel das
vernam / da riß er jhm den Tolchen mit ge‐
walt auß der Handt / vnd ſtach jm beide au‐
gen auß / vnd hölte ſie auß biß in den nacken /
darnach berufft König Caruel den Soldan /
bat jhn / er wolte ſelbſt auß Rubions eigen
Mundt ſeine vnſchuldt hören / ehe er ſtürbe /
als er dahin kam / bekannte Rubion offent‐
lich / daß er auff König Caruel vnnd ſeine
Haußfraw Gloriant gelogen hette / darumb
ließ jn Soldan hencken / vnd gab alle gefan‐
gene Chriſten frey / vnd ſagte / ſie ſolten jhm
anzeigen / daß er morgens zehen ſeiner beſten
Helden gegen jm allein in den kreiß ſolte ſen‐
den. Hertzog Dietrich ſo vnter den gefange‐
nen war / antwortet jm: Es iſt nicht von nö‐
ten / ſo vil gegen dir zu ſenden / ich will alleine
mit dir kämpffen.　　　　N　　Wie

Wie Hertzog Dietrich mit Soldan kämpffte/doch verlor/auch andere mehr/ deren doch keiner dem Soldan kund= te angesiegen.

Als sie nun des andern tages zusammen kamen/da stach jhn Soldan von dem Pferde/wolt jhm auch das Haupt ab= schlagen lassen. Aber König Caruel errettet sein Leben/daß er gefangen ward. Des an= dern tages kam König Achar auß Engel= landt gegen Soldan in kreiß/als er jhn sahe/ fraget er jhn/wer er were/daß er so keck wer/ allein wider jhn zu kämpffen. Er antwortet: Ich heisse Achar/vnd bin König in Engel= landt. Soldan sagte: Spare deinen Leib/ vnd reit zu rücke/vnnd hole vil mehr zu dir/ oder du sichst Engellandt nicht mehr. Er antwortet: Ich will allein wider dich reiten/ da stach jn Soldan durch vnd durch mit sei= nem Speer/daß er todt von dem Pferde fiel/darnach rennten vier mechtige Hertzo= gen vnnd mechtige Helden zu gleich auff Soldan/mit jhren Speeren/vnnd waren Hertzog Lon von Natuel/Hertzog Gerhard
von»

d mit Ech von Ronfilon / Hertzog Morant von Clo-
uen / vnnd Hertzog Rouim von Dardem/
aber sie kundten jn in seinem Sattel nicht bewegen / darumb warffen sie jhre Speer hinweg / vnnd griffen zu jhren guten Schwertern / schlugen auch auff jhn auß alle jhrer
macht vnd vermögen.

In des kam Soldans Bruder Justamund / mit einem grossen Hauffen Volcks
zu hülff / als sie die vernamen / rennten sie wider zu dem Keiser / vnd sagten jhm / wie groß
vnd starck er were / auch daß sie jhn nicht hetten bewegen können in dem Sattel / wiewol
sie alle vier zu gleich auff jn gerennt hetten.

Als der Keiser solches hörte / begundte jhm
fast zu grawen / vnnd forchte / er würde keinen Kämpffer in alle seinem Heer finden /
so den Soldan allein bestehen würde / fing
an zu gedencken / an Rolandt vnd Oliuier
seine guten Kämpffer / so er auff dem Run-
zeual verlohre / vnnd verfluchte Ganelon/
der sie verraten hatte / er trawerte auch sehr
für den mechtigen Helden König Achar
auß Engellandt / den er nuhn verlohren
N ij hatte/

hatte / darumb stecket er ein Zeichen des frie-
des auff / vnnd ließ seinen todten Leib holen /
vnnd ließ jhn in der Statt ehrlich begraben /
sendet auch stracks seinen Botten in Engellandt nach seiner Tochter / die solte zu jhm
kommen / denn er wolte sie da ehrlichen ver-
sorgen / weil sie Vatterloß were / vnnd hette
niemand so sie vertrette.

Wie die Herren vnd Fürsten zu
Raht giengen / dem Reiser liessen anzeigen / daß er Olgern loß ließ /
daß er mit Soldan
kempffte.

Etliche zeit darnach giengen des Keisers Rähte / Herrn vnd Fürsten / Bi-
schoffe vnd andere gute Leuth zusammen in ein Raht / wie sie es mit dem Krieg
solten anfahen. Sie waren sehr betrübet / den
sie hetten jhre Freundt verloren. Sie sahen
auch vnd wusten / daß Soldan vnzehlich vil
Volck hatte / kundte auch da Soldan keinen
Kämpffer allein vberwinden / weder mit
Speer oder Schwerdt. Da stund Hertzog
Neymis vnder jnen auff / vnnd sagte: Ich
hört

hört einen mechtigen Heyden sagen / daß
Soldan zu seinem Raht gesagt hette / daß jn
niemand kündte todtschlagen /   ohn Olger
Dene allein/ Er wer auch nicht in das Land
kommen /wo er gewust/ daß Olger noch im
Leben were/ darumb wer es sehr nützlich/daß
es der Keiser zu wissen kriegte/sie lobten seinen guten Raht alle/vnd sagten/ man müste
glimpflich damit vmbgehen/ damit der Keiser den nicht ließ tödten/so ansagte/da stundt
ein Ritter auff/ vnd sagte: Wolt jhr mir ein
resches Pferdt geben/mir auch für mein vngemach lohnen / so will ich dem Keiser diese
wort sagen/ des wurden sie mit jn zu friede.
Eins tags als der Keiser in sein Heer gieng/
da reit er zu jhm/ vnnd sagte: O gewaltiger
Herr/mich wundert größlich/was du gedenc-
kest/ daß du lenger wider Soldan streitten
wilt/ es ist alles vergebens/ du vberwindest jn
nimmer/ du nemmest denn Olger Denen
zu hülffe.

Als der Keiser Olgers Namen hörte/da
ward er zornig/befahl seinen Dienern jhn
todt zu schlagen/dieweil er sein Gebot gebro-

N iij   chen

chen / vnd seines Feindes Namen genennet
hette. Sie theten ob sie jhm von aller macht
nacheileten / begehrten jhm doch nichts zu
thun.

Als sie wider zu rücke kamen / sagten sie / er
wer jhnen entrennet / Hertzog Neymus gieng
herfür / vnd sagte : Herr verzeih mir / daß ich
ein wort oder zwey zu dir rede / du möchtest
wol gefragt haben / warumb er also von deinem Feinde redet / weil er wuste / daß du jederman solches verbotten hast / seinen Namen zu nennen. Ich gleube nicht / daß er es
ohne vrsach gethan / denn er ist ein frommer
Mann / auch hie in dem Reich geboren / ist
auch alle seine tag dein trewer Diener gewesen.

Der Keiser ward zornig / vnd antwortet
nichts. Da ließ Hertzog Neymus zu sich beruffen / alle des Keisers kleine Jungen / auch
andere kleine Kinder in der Statt / befahl jhnen / sie solten alle zu gleich / wenn sie den Keiser sehen kommen / uffen vnd schreyen : Olger Dene / Olger Dene / Olger Dene / ligt
nun schädlich in einem Thurn gefangen.
Als

Namen gen
wo von allen
jhm doch nu

kamen sagte
erbog. Nemus
verzeihung
du mit dem
wumb er aber
als er trauste in
men hast. In
juleub mit dir
denn er spraß,
dem Reich un
us unser Dene

jemig/ und zu
gegen. Nemus
jere keine Junse
an der Sum und
ja euch traußig
rest und sichert
Der Mann so
einem Thurn

Als nun der Keiser kam / da rufften sie alle :
Olger Dene / wie sie denn gelehrt waren.
Als der Keiser solchs hörte / blieb er stille ste-
hen / vnnd wunderte jn größlich/was das be-
deuten were/ daß alle die kleinen kindt Olger
Denens Namen rufften.

Als er also in den gedancken stundt/da
sagte Hertzog Neymis zu jhm: Lieber Herr /
ich glaube gewißlich / daß der Allmechtige
GOtt dieser kinder sinn vnd Hertzen geöff-
net habe / daß sie zu erkennen geben / daß du
Olger Denen auß dem Thurn lassest/denn
der Soldan hat gesagt / daß jhn kein Mann
vberwinden könne/ denn Olger Dene. Ist
das also/so ists besser/du denckest ehr auff deines Lands / Reichs vnnd gemeinen Volcks
Nutz vnnd bestes / denn auff den Haß vnnd
Neidt / so du zu jhm tragen thust/ denn du
weist selbs wol/ daß er der Oberste vnnd beste
kämpffer ist. so nun in der Welt ist/ hat auch
grosse Mannheit bewisen dem Roland/ Oli
uier / oder die andern zwölff Helden gethan/
Er vberwindet auch den Soldan wol/ wilst
du jn anders begnadigen.

N iiij   A e

Wie der Keiser fro war/daß Olger noch lebte/ vnd wolt jn auß dem Churn lassen/ mit dem Soldan zu kempffen / welches er nicht thun wolt/ er hette sich denn zuuor an Carlot gero= chen.

DEr Keiser begundt in seinem gemüt milt werden/ vnnd sagte zu Hertzog Neymis: Jch glaube nicht daß Olger noch lebe/ denn er saß in einem tieffen finstern Thurn/ da er weder Sonn noch Mon sahe/ vnd kriegt sehr wenig zu essen vnd trincken/ darumb glaub ich/ er sey verschmacht. Der Hertzog antwortet: Herr jr solt gewiß wissen/ daß Olger noch lebet/ denn Herr Turpin der Ertzbischoff/ ließ jm alle tag ein halb Schaf für das stück fleisch/ so er jhm solt geben/reichen. Er gab jhm auch den vierdten theil von einem Brodt/da ein halb Scheffel Mehl zu war/ damit auch ein grosse Schal Wein/darumb lebet er noch. Der Keiser sendet baldt nach seinem Raht. Als sie nun zu jm in sein Gemach kamen/ sagt er zu jhnen: Lieben Freundt / jhr seidt alle pflichtig/ des

Reichs

Reichs nutz vnd besten/ vnd mein Ehr zu bedencken / darumb bitt ich euch vmb guten
Raht/ wie wir vns halten sollen gegen dem
Soldan/daß er nicht die gantze Christenheit
verderbe. Sie antworten jm alle eintrechtiglich:

Wir wissen dir keinen bessern raht/ denn
daß du Olger Denen wider bekommest / der
ist wol starck vnd dristig dazu/Soldan/auch
alle Kämpffer todt zu schlagen. Der Keiser
befahl baldt zwey hundert Mann sich zu rü-
sten/ nam Hertzog Neymis mit sich/ vnnd
ritte dahin. da Olger gefangen lag. da sendet
er denselben Hertzog Neymis vnnd Turpin
den Ertzbischoff mit etlichen andern guten
Herrn zu Olgern / ließ jn fragen/ ob er Carlot seinem Son seine huld vnd freundschafft
geben wolte/ jm auch dienen/ wie er den vorhin gethan.

Er antwortet: Er wolte den heiligen
Christlichen Glauben beschirmen/ nach alle
seinem vermögen / aber er wolte sich zuuor
an Carlot des Keisers Son rechen/ darumb
daß er jm seinen Son todt schlug.　Als der
　　　　　　　N v　　　　Keiser

Keiser diese antwort vernam/ da bat er sie wi
der zu jm zu gehen. Sie baten jn alle auff ein
newes/aber sie bekamen kein ander antwort.
Sie giengen zum dritten mal hin / vnnd zo=
hen jn auß dem Thurn/vnd führten jn zum
Keiser/der fraget jn selbs / ob er sein Freunde
wolte sein/ vnnd seinen Leib für den heyligen
Christlichen Glauben wagen. Olger ant=
wortet: Er wolte nimmer in keinen Krieg
ziehen / er hette sich denn zuuor an seinem
Son gerochen/ die andern Herrn vnd Für=
sten baten/er wolte jm rahten lassen. Er ant=
wortet: Er wolte nicht anders thun / solte es
auch seinen Leib kosten/ damit ließ jn der Kei
ser wider in den Thurn. Sie verwundert al=
le seines harten sinnes vnd stettigkeit/darumm
giengen die vorgeschriebene Herren wider
zum Keiser/vnd sagten: Lieber Herr/wir bit=
ten dich/du wollest andern Raht finden/ daß
nicht der Soldan die gantze Christenheit ver
derbe. Er antwortet: Gehet wider zu Ol=
gern/ vnd fraget jhn / ob er dörfft allein mit
Brüher dem Soldan zu Babylonien käm=
pfen .

Als

Als Olger hörte/daß Brüher in der Chri
stenheit vnd im Land were/da ward er mech=
tig zornig/vnd in dem zorn recket er sich in
dem Thurn/da er jnnen lag/vnd stieß zwen
grosse Stein von der Mauren/so daß die
Mawer dardurch reiß. Er sagte zu jhnen:
Ich will mit jhm kämpffen/nut dem ge=
ding/daß ich mich vorhin mag an des Kei=
sers Sohn rechen. Sie giengen zu rück/
vnnd sagten dem Keiser/wie er die Steine
von der Mawren gestossen. Als er gehört
des Soldans Namen nennen/vnnd daß er
sich mit jm schlagen wolle/doch mit der will=
kür/als er denn zuuor gesagt hette.

Als der Keiser das hörte/da saget er:
Verfluchet sey der Soldan zu ewigen zeit=
ten/daß mein Sohn sein Leben vmb sei=
net willen soll verlieren/Es ist schade/daß
er nicht in seiner Mutter Leib starb/GOtt
genade mir armen Mann/soll ich nun ent=
lich meinen Son lassen tod schlagen/Sei=
ne Räthe trösten jn des best sie künden/doch
auff das letzt sagten sie zu jm: Es ist besser/jr
ant=

antwortet ewren Son in Olgers Hende/
denn daß jr vnd alle Chriſtenheit verderbet.
Der Keiſer gelobt jnen/daß er das thun wolte.

Sie giengen wider zu Olgern/namen jn
auß dem Thurn / vnd ſagten: Du haſt nun
macht vber des Keiſers Sohn/ſolt auch frey
ſein von aller Gefengnuß noch dieſen tag.
Olger antwortet: Hette mich der Keiſer nit
ſo höchlich von nöten / er hette mich wol laſſen ſterben in dem Thurn. Aber ſintemal er
mir ſeinen Sohn vbergeben/ ſo gebt mir her
mein Pferdt vnd Harniſch/ auch mein gut
Schwerdt. Herr Turpin der Ertzbiſchoff
antwortet jm: Dein Schwerdt vnnd Harniſch will ich dir vberantworten / ſo ich wol
verwaret hab / ſeither du gefangen wardeſt/
zu deim Pferdt aber weiß ich keinen raht/deñ
es ward verloren im Felde/ vnnd ich kundte
ſeither nie erfahren / wo es hin kommen ſey/
ich will dir ein anders dafür geben / ſo ich für
drey hundert kronen kauffte. Als Olger ſich
darauff ſetzte/ da fiel es nider auff die Erden/
vnnd hett ſich nicht ein mal vnder jhn vmb-
wen-

den können. Als solches der Keiser sahe/ da
ließ er des Königes Pferdt von Lombardi
bringen/ so Bertram zuuor seinen Dienern
genommen. Olger legt seinen Sattel dar=
auff/ vnnd druckte hart auff seinen Rücken/
da fiel es auff alle vier knie/ er stieg gleich wol
darauff/ aber es kundt nirgend mit jm kom=
men. Da Olger das vernam/ da sagt er zu
jnen allen: Ich kan kein Ritterspiel treiben/
gegen dem Soldan / ich habe denn ein gut
Pferdt/ Gott begnade mich / daß ich nun
mein gut Pferdt nicht habe/ das ich verlohr/
da ich gefangen ward da stund ein Münich
dabey von Sanct Pharaonis Kloster / der
hörte diese wort/ vnd sagte zu jm: Olger wir
haben dein Pferdt nun sieben Jar in vnserm
kloster gehabt/ vnnd hat teglich schwere stein
zu des klosters Baw getragen. Olger ant=
wortet: O jhr vnuernünfftige/ wanwitzige
verzweiffelte Münch habt jr mein gut Edel
Pferdt zu solcher schlimmer grober arbeit ge
braucht. so da nit werth seit / daß ewer Mü=
nich jungen/ jre Hende auff jhn legen sollen/
Ich gelobe euch/ daß ich auff einen taa so vil
Stein

Stein von ewrem Kloster reissen / als mein
Pferdt in diesen sieben Jaren dazu getragen
hat/weil ich gefangen war/ bringet mir bald
mein gut Pferdt/ daß ich mit dem Soldan
zu kämpffen komme.

Als das Pferdt für jn kam / da war es so
schwartz vnd beschissen/ daß es Olger kaum
kennen kundte / aber das Pferdt kennet jhn
wol. Als bald er darauff kam / da begund es
zu springen vnnd tantzen vnnd zu schreyen/
warff die Ohren hin vnd her/ war auch sehr
fro / daß es nicht wuste/ welchen Fuß es erst
auff die Erden solt setzen / es sprang auff vnd
nider/ wendet sich auff alle seitten/ daß jederman
darab sich verwundert/ gleich als es sagen
wolte/ ich hab nun meinen rechten Herren
wider funden.

Wie Olger Carlot des Keisers Son
wolte tödten / vnnd ein Engel vom Himmel
kam/ vnd jm solches wehret.

ES nun der Keiser zu seinem
Volck kam / da sagte Olger zu
Hertzog Neymis : Du weist
wol/ was der Keiser mir gelobet
hat/ ich will mit Solda nit streitten/ ich hab

mich deß an seinem Son gerochen. Hertzog
Neymis sagte solches dem Keiser/der sagt zu
seinem Sohn : Verfluchet sey deine vnuer=
nünfftige thumheit/daß du Olgers Sohn
todt schluegest/er will nun endtlich dein leben
von dir haben / ehe er wider Soldan will
streitten/wir haben nun vber alle Land vnnd
Reich gespürt/vnd können keinen Kämpffer
finden/ der sich vnterstehen dörffte wider den
Soldan zu kämpffen/ohne Olger Dene al=
lein / er förcht auch niemand denn jn allein/
Denn es jhm geweissagt ist/daß jhn niemand
todt schlagen soll/denn Olger Dene allein/
Darumb wir gezwungen werden/jhm macht
vber dein Leben zu geben.

Carlot antwortet: Lieber Vatter/auch alle
andere gute Herrn vñ Fürsten/ich bitt euch/
Ihr wollet alle vor mich bitten / daß er mir
mein Leben fristen wolle / ich will jhm alles
was ich in dieser Welt habe/vbergeben/will
auch beide landt vnd reich verschweren/auch
nimmer kommen/da ich jn sein weiß/ich wil
auch elend bleiben/vñ zu den heiligen stätten
gehen/vnd für seinen Son, so ich erschlagen/
so

so lang ich lebe/bitten. Sie baten da alle vor
jn/aber bey Olgern wolte kein bitten helffen.

Da sagte der Vatter wider zu jm: Lieber
Son/Olger will kein ander Buß haben für
seines Sons todt/denn dein Leben. Carlot
antwortet: Lieber Vatter/ ich glaub nicht
daß du mich also tödten lassest. Darauff sen=
det der Keiser die Herrn vnd Fürsten zu jm/
vnd ließ jm sagen: Er solte von seinem Son
begeren was er wolte/ on sein leben/das solt
jm werden/solt es sein halb Reich kosten. Ol=
ger blieb stettig in seinem sinn/vnnd schwur/
er wolte sein Leben von jm nemmen/ehe denn
er stritte.

Da der Keiser vernam/ daß kein bitten
helffen wolte/ vnd das Volck ruffte/ er solte
ein ende machen/ daß der Soldan die Chri=
stenheit nicht gar von seines Sohns wegen
verderbte/ da nam er Carlot seinen Son bey
der handt/ vnd führt jn in Saal zu Olgern/
vnd sagte mit weinenden augen: Lieber Ol=
ger/ da hast du meinen Son/ mach nun mit
jm/ was dir Gott in sinn gibt. Carlot
für jhn nider auff seine knie/ vnnd sagte:

edler mechtiger Fürste vnnd König Olger Dene/ich bitte dich vor Gottes harten Todt vñ pein/ wollest mir mein arm leben fristen/ in dem zog Olger sein Schwerdt auß. Als der Keiser das sahe/ da gieng er nach seiner Capellen. Als er dahin kam, da fiel er vor der Thüren/vor rechter sorg vnd betrübnuß/vñ war wol halb todt.

Da sagten die Herren vnd Ritterschaffe zu Olgern: Spar nun des Keisers Sohn/ daß dieser alte Herr nicht von sorgen vnd be-trübnusse sterbe/vnd hielten jn lang mit wor-ten auff/ mahneten vñ baten jn all zu gleich/ vnd lag der Keiser in der Capellen/ vnnd bat zu dem Allmechtigen Gott / sagende: O du Allmechtiger Gott/der du Himmel vnd Er-den geschaffen/ auch den Menschen von der schwartzen Erden/ den vnhochfertigen En-gel Luciper von Himmel in Abgrundt der Hellen gestossen hast/der du für deine Feinde an dem heyligen Creutze gebeten hast/der du der armen sündigen Menschen Gebet / so auff dich trawen/erhörest/ auch alle betrübte Hertzen tröstest.   Ich bitte dich für deinen

O   Todt

Todt vnd Pein/du wollest nun Olger De=
nen Hertze miltern / daß er meinen Son nit
tödte/wie er denn gedenckt zu thun.

Da gieng er wider zu Olgern/ vnd sagte:
Ich bitte dich noch demütiglich/ du wollest
meinem Son das leben gönnen. Olger hiel=
te das Schwerdt in der Lufft/vnd sagte: Ich
schwere bey meiner Ehre / daß ich jhm das
Haupt will abhawen / damit gieng der Kei=
ser wider in die Capellen / vnd bat Gott auff
ein newes/ vnnd Olger nam jhn bey seinem
Har/ vnd wolte jm das Haupt abhawen.

Als er also das schwerd in der lufft hielte/
vnd wolte jetzt schlagen/ da kam Gottes En=
gel vom Himel/ vnd hielt jm die spitzen vom
schwerdt/ daß sie es alle scheinbarlich sahen/
vnd sagt zu Olgern: Gott gebeut dir vnnd
will daß du diesem Mann sein Leben lassest/
vnd stracks zum Soldan reittest/vnd nur jm
kämpffest/denn du solt jn vberwinden/vnnd
damit die Christenheit erlösen/ als der En=
gel diß gesagt/ da fuhr er im schein vnd gros=
ser klarheit wider zu Himel/ sie danckten alle
dem Allmechtigsten Gott/so das grosse wun
derzeichen für jn gethan hatte.   Wie

Wie Olger Carlot in Arm nam/ vnd jm alles/ so er jhm zu wider gethan/ vmb Gottes willen verziehe.

DA Olger Gottes willen von dem Engel gehört hette/ da fiel er auff seine knie/vnd danckte Gott/nam darnach des Keisers Sohn in seine Arm, vnnd sagte: Ich vergib dir jetzt vmb Gottes willen/ was du mir zu wider gethan/ will auch mein Leib vnd Leben für dich/ wo es von nöten/ wagen. Sie sendeten baldt zu dem Keiser/ so da in der Capellen lag, vnd liessen jhm sagen/ was da geschehen wer. Er stund eilends auff/ vnd danckte Gott/daß er sein demütig Gebet erhöret hette/ Wer kan schreiben/ sagen oder gedencken/ die vber grosse freude/so da vnter jhnen allen was/vmb das wunderliche Zeichen/so sie gesehen/auch den trost/so sie gehört hetten.

Der Keiser danckt Olgern sehr/daß er seinen Son leben hett lassen. Olger antwortet:Danck dem Allmechtigen Gott/der deinen Son von meinen Henden erlöset hat/ vnd nicht mir.

O ij　　　Als

Als der Keiser hörte/daß er jhm so weiß=
lich antwortet/da nam er jhn in seine Arm/
vnnd sagte: Jch will nun dein Freundt sein
von hertzen grundt/so lang ich lebe.

Wie Olger mit dē Soldan kempf=
fet/vnd gar härtiglich auff einander
schlugen.

Arnach fragt Olger den Keiser/wenn
vnd an was stett er fechten solte. Des
morgens früe kam Brūher Soldan
für die Statt/ruffte zu den Wechtern/ sa=
gende: Sag deinem Herrn Keiser/daß er ze=
hen seiner besten Kämpffer wider mich allein
zu streitten schicke.

Als der Keiser diß vernam/bat er den Ertz
bischoff Turpin Meß vor jhm zu lesen/dar=
nach zohe Olger seinen Harnisch an/vnnd
der Keiser verbandt jn selbs. Als er auff die
Ban kam/da waren Soldans Speher da/
zu erfahren/wie viel auff die Ban kommen
weren.

Sie kamen wider zu jm/vnd sagten jhm/
wie nur einer erschienen were. Er fragte/ob
er groß were. Sie sagten/ja. Er fraget wei=
ter/

eer/ was Wappen er in seinem Schilde führet. Sie antworten: Ein rot Schwein/ in
einem weissen Schildt/ mit Gold außgestri-
chen/ er hat auch ein köstlich Pferdt/ dz sprin-
get vnnd spielt mit jhm auff der Ban/ er hat
auch ein köstlich Harnisch/ auch einen mechtigen grossen Speer in seiner Handt. Da er
das hörte/ gieng er in sein Zelle/ vnnd sagt zu
seinen Königen: Es ist ein newer Kämpffer
auff die Ban kommen/ ich förchte daß der
wunderliche Traum/ so mir die vergangen
nacht trewmete/ mir etwas böses bedeuten
werde.

Mich daucht im schlaff/ wie ein mechtiger grausamer Drach/ so sieben Jar in einē
Thurn gelegen/ mit mir zu streitten kam/ er
risse mir meinen Harnisch ab mit seinen Ze-
nen vnd klawen/ Er risse auch mein fleisch
von mir/ vnd zerret mir manch tödtlich wun-
den/ zu letzt risse er mein Hertz auß meinem
Leib zu kleinen stücken. König Caruel sagte:
Ist es Olger Dene/ so dir auff der Ban begegnen will/ so wirst du einen stolzen kecken
Helden finden/ als dir nie für die hand kam.

O iij　　　Soldan

Soldan begundte halb zu grawen / darumb
ließ er seine köstliche saibe holen / denn er wuste gewiß / daß keine Wunden so groß war/
die nicht als baldt heilet / so man sie mit dieser Salben schmieret/ vnnd ritte so auß auff
die Ban. Aber Justamundt sein Bruder vñ
sein Son Jsorus / hielten auff einem Berge
an einem Walde / daß sie jm zu hülff kemen
mit jrem Volck/ wo er jn zu viel drengete.

Als sie nun zu hauff kamen / da stecket
Soldan seinen Speer in die Erden/ vnd sa-
gete zu Olgern : Wie kombst du so einig wider mich / hast du nicht gehört / daß ich der
stärckest Kämpffer bin / so da leben mag/ er
wuste aber nicht / daß es Olger war.

Olger antwortet : Ich diene für mein
Brodt / darumb habe ich nicht viel hinder
mir/ aber es wirdt dir von nöten sein/ daß du
mehr hinder dir hettest / ehe du von hinnen
kompst/ setz deinen Heim auff/ so wollen wir
bald einander versuchen. Soldan lacht darob / vnd hielte seine wort für spot/ vnnd antwortet : Es darffs nicht/ daß ich einen Helm
führe/ ist auch keine fahr da. Olger antwortet : Ich schlug mich nie mit keinem auff der
Ban

Ban / so nicht in vollem Harnisch vnd wol bewapnet war / das will ich auch gegen dir nicht thun/du setzest denn deinen Helm auff. Soldan antwortet: Lest du dich düncken/dz du so gut in Krieg vnd Schlachten seiest als Olger Dene war / du trittest diß jar nicht in seine fußstapffen/das darffst du nicht gedencken. Da reüten diese mechtige Helden zwey mal so hart zusammen / daß die Erde bebet/ vnd brachen beide jre Speer zu stücken.Dar nach schlugen sie menlich mit jren Schwertern auff einander. Soldan hieb ein groß stück von Olgers Schilde / Olger hieb jhm ein stück von seinem Helm/ vnnd schlug jhn sehr wundt in seiner achssel. Soldan nam bald sein Salben/ vnd schmieret seine wunden/ da ward er als baldt heil vnnd gesundt/ wie vor hin / vnd schlug darnach härter auff Olgern/denn vor hin.   Olger wehrte sich männlich genug/ vnnd gab jhm schlag für schlag/vnd verwund jn hart in ein schenckel/ er salbte sich wider / vnd ward baldt heil.

Wie Olger Soldan fraget/ wo er

die köstliche Salben bekommen / jn auch rieth den Christlichen Glauben anzunemmen.

Als Olger das sahe / da sagte er zu jhm: wo kompt dir die köstliche Salben her? Soldan antwortet : Es ist von der Salben/da die drey Marien den gecreutzigten GOtt mit salbten / als er begraben ward/vnd die Juden verwarten sie / heileten auch alle / so kranck waren damit / darnach kam Tytus vnd Vespasianus vnd gewonnen Jerusalem/vnd ward Joseph von Arimathia mit andern gefangen/der gab jhnen diese Salben vor ein köstliche Gabe / vnnd hielten sie in grosser ehr. Darnach kam Soldan gen Jerusalem / vnd gewan das heylige Grab/da bekam er diese köstliche Salb/vnd ist seither bey seinen Kinden vnd Nachkommen blieben/ biß auff mich/ich wolte nicht dz beste Königreich in der Welt dafür neiñen.

Olger sagte: Weil du weist/ daß diese salbe ire krafft von dem Geercutzigten GOtt habe/ so verwundert mich größlich/ daß du nicht an jhn glaubest / darumb rahte ich dir trewlich/ daß du an jn gleubest/ vnd den verfluchten Glauben / da du innen verblendet bist/ vbergebest/ vnnd lassest dich tauffen/ so
kompst

kompst du zu der ewigen freude on ende.

Soldan antwortet: Wer dein GOtt so mechtig als du sagst / so liesse er mich nicht so manchen Christen verderben vnd vmbbrinben / sonder versenckte mich in abgrund der Hellen / vnder die schwartzen Teuffel. Olger antwortet: O du verblendeter vnseliger Mensch / hast du nicht gehört vnnd gelesen / daß Gott die Sonn so wol vber die bösen als vber die guten lest scheinen / auch daß er milt vnnd barmhertzig ist / begeret auch nicht des Sünders todt / sonder daß er sich bekere vnd lebe / wilt du den heyligen Glauben annemmen / vnnd dich tauffen lassen / so wirst du ewig selig / Wo nicht / so wirst du ewig mit deinen Abgöttern verdampt werden. Soldan sagte: Sag mir nicht mehr von deinem Glauben vnd Gecreutzigten Gott / Ich wil an jhn nicht gleuben / sonder bete du meinen GOtt Mahomet an / so will ich dir meine Schwester geben / welche die schönest Jungfraw in gantz Indien ist / auch ein mechtig Königreich mit jr.

Olger antwortet: Ist dein Schwester so

schön / als du sagst / so gib sie dem Teuffel vn̄
deinen Abgöttern zur Morgengab / sie wird
doch sein Braut zu ewigen zeiten / sie laß sich
denn tauffen / ehe sie stirbt / denn es wird kein
Mensch selig / er gleubet denn an Gott / vnd
laß sich tauffen. Soldan verachtet Olgers
wort / vnd schlug auff jn auß aller macht vn̄
vermögen. Olger begegnet jhm wider / daß
jm darob grawet. Letzlich hieb jm Olger ein
Kinbacken ab / daß er jhm auff die Achssel
hieng / als baldt er es salbete / da ward es so
heil / als es vor hin gewesen war. Da Olger
das sahe / da rüfft er den Allmechtigen Gott
an / jm beystendig zu sein / daß er Soldan v-
berwinden möchte / daß er nit die gantze Chri
stenheit (wie er denn willens were) verderbet / so schlug er auff Soldan mit beiden henden / vnd verwund jn in die Achssel / er schmi-
ret die Wunden / vnd ward baldt wider heil /
vnd sprach zu Olgern: Jch vernim wolan
deinen harten streichen / daß du Olger Dene bist / darumb dunckt mich vbel gethan / dz
du von meinen Henden sterben sollest.

Olger antwortet: Es ist nur ein anfang
vnsers

fische
fie dem Tag
...ergengab, zu
...m zeiten, sich
...l / Denn es w...
denn an Got...
an verachtet ...
n auß allem...
...ganel ist m...
lich hieb jn d...
...hm auff d...
...hette das
...chen wa...
ben Jümecka...
...han baser ...
...er mit die ...
...wilens wen...
Soldan mit ...
...we die Schilde
...raubhalt...
...m: Ich verw...
...hen daß du Ol...
...t mich ehlich...
...en sterben so...
...e: Es ist war...

vnfers kampffes vnnd streits / aber du solt es
anders erfahren vnnd gewiß sehen / daß ich
Olger Dene auß Dennemarck geboren bin /
ehe du von der Bane kommest / so hieb Olger
sehr auff jn / vnd schlug jhn vmb die Ohren /
daß er von dem Pferde fiel / vnnd war schier
onmächtig worden / da bat er Olgern / er
wolte jm ein stund frist lassen / daß er ein wenig ruhen möchte / da stieg Olger von seine
Pferde / vnnd legt jm einen stein vnder sein
Haupt / daß er desto besser ligen solte. Als der
Soldan das vernam / sagt er zu jhm: O du
edles Königsblut / nun beweisestu deine gros
se Tugend gegen mir / so dein Feind bin.

König Caruel wunderte größlich / was
das für ein Helde sein möchte / der so mañlich
wider Soldan stritte / darumb fragte er die /
so auff dem Feld dabey gewesen waren / was
Pferds derselbe Helde hette / auch was er in
seinem schildt führte / da vernam er letzlich / dз
es Olger Dene war / des ward er gantz fro /
daß er noch lebte / er were gern hin geritten /
vnd mit jm geredet / aber er dorffte es nicht
wagen / daß die andern nicht meinten / er
wolte

wolte Verräterey brauchen. Hertzog Dietrich ward auch gar fro/als er sahe/ daß er v-
berhandt kriegt an Soldan/deßgleichen der
Keiser vnd sein gantzes Heer. Weil aber das
geschahe/ da kamen des Keisers Gesandten
wider auß Engellandt/ vnnd brachten des
Königs Tochter/ nach des Keisers befehl/
Justamundt Soldans Bruder wardt jhrer
im Walde gewar/ darumb rennet er baldt
auff sie/ vnd erschlug sie alle/ vnnd nam die
Jungfraw gefangen/ da er jhr schön Angesicht sahe/gewan er grossen lust zu jr/gedacht
auch nichts anders/ denn daß er des nachts
bey jr schlaffen möchte.

In den dingen stund Soldan wider auff/
vnd begundte auff ein newes mit Olgern zu
fechten. Sie schlugen sehr hefftig auff einan-
der/vnd gedacht Soldan Olgern gewiß den
kopff abzu hawen/ aber Olger entweich jhm
auß dem streich/ vnd schlug im Soldan sein
Pferdt todt/daß es vnder jm nider fiel. Soldan ergriff Olgern bey dem Halß/ vil warff
jn für sich auff sein Pferdt/vnnd wolt jhn in
sein Läger geführt haben/ so zohe Olger seinen

nen Tolchen auß / vnd stach jhn in seine seitten zwischen zweyen Rippen. Soldan ließ
jn auff die Erden fallen / vnnd schmiert sich
mit seiner Salben / vnd ward stracks gesund.
So schlug er auff Olgern / hieb jm ein stücke
von dem Helm / vnnd verwundt jhn in sein
Haupt / Olger ward zornig / vnd verwundt
jn auß dermassen sehr in ein Arm vnd schenckel / vnnd schlug so hart auff jhn / daß er von
dem Pferd fiel / so nam Olger sein Salb / vñ
schmiert sich damit / vnd ward bald heil.

Wie Soldan zu Olgern sagte / er
wolte sich täuffen lassen / daß er jhm die Salbe
wider geb. Als er heil war / sochte er auff
ein newes / doch schlug jn Olger zu
letzt rodt.

Olger sagt zu Soldan Brüher: Düncket dich nun / du seyest vor Olgers
Henden gewesen? Soldan sagte:
König Caruel sagte mir zuuor: Kemest du
zu mir auff die Ban / solte ich sagen / ich hette
meines gleichen funden / nun kan ich selbs be-
sinnen / daß er mir die Warheit gesagt / denn
du hast mich vberwunden / ich will auch dein
gefangner

gefangner sein/vñ mich tauffen lassen/auch
den heyligen Christlichen Glauben annem-
men/darnach wil ich dein geschworner bruder werden in Krieg vnd vheden/wider aller
Christen Menschen Feinde/das gelobe ich
dir auff mein ehre/darum bitt ich dich freüd-
lich/du wollest mir durch Jhesu Christi Namen wegen/auch durch sein Todt vnd Pein.
mein Salben gönnen/daß ich meine grosse
Wunden heilen möge/daß ich stehen könne/
so ich mich tauffen lasse/Olger so da ein gut
trew Hertz hette/meinte der Soldan hette es
auch auß gutem Hertzen geredt/vnd sagt zu
jhm: Wilt du mir die Salben wider geben/
wenn du heil bist/so will ich dir sie geben.
Soldan schwur bey sein Trew vnd Glau-
ben/er wolte jhm die wider geben/als bald er
aber heil war/da ergreiff er sein Schwerdt/
vnnd sagte zu Olgern: O omechtiger Christen Mann/der mir meine Salb mit mache
vnnd gewalt genommen/ich will nun bald
versuchen/ob du der seyest/so mich fangen
soll/vnd sprang bald auff sein Pferdt/vnd
hieb zu Olgern/der meinung/jm sein haupt

zu zerſpalten. Olger warff ſein guten ſchilde für / den ſchlug jm Soldan zu ſtücken/vnnd verwundt jn ein wenig in ſeine Achſſel. Olger ward zornig darumb/ vnd hieb jhm den lincken Arm ab/ darinn er den Zügel in hielte/deßhalb rüffte Soldan laut/daß es Juſtamund wol hörte/ aber er war ſo vber die jung fraw erhitzt/ daß er deſſen nicht achtet. Als Soldan vername/daß er kein hülffe bekommen kundte/ da reite er zu Olgern/ der meinung/jn vmb zu rennen/vnd alſo zu erſtechen/ Olger wiche vor jm/vnd hieb jn auff ſeinen kopff/daß er zu jm auff die Erden fiel/da rüffte Soldan gar laut vmb hülffe/ daß es ſein Bruder wol hörte/ aber er war dermaſſen in liebe gegen der Jungfrawen erſoffen/ daß er deſſen nicht achten kundte. Da ſagt einer von ſeinen guten Leuten zu jm: Dein Bruder Soldan iſt in groſſer not/denn er rüfft ſo offt vmb hülffe/ er thet als er deſſen nicht hörte/ wolte jhm auch nicht antworten/denn er die Jungfraw nicht vbergeben/ ſondern die nacht bey jr ſchlaffen wolte.

Sol-

Soldan schmieret sich mit seiner salben/
vñ ward als bald heil/ vnd schlug so hart auff
Olgern/daß er schier onmechtig war wor=
den/vnd ergreiff jhn bey seinem Halß/vnnd
wolt jn nach seinem Zelt füren. Als sie nun
giengen. fielen sie beyde vber einen stein. Ol=
ger sprang bald wider auff/ vnd schlug Sol=
dan sein Haupt ab/ vnnd sprang bald auff
Soldans Pferdt/ hieß Bussant/vnnd nam
sein köstliche Salben/vnd salbet seine Wun
den im haupt vnd achssel mit/ daß er als bald
heil ward.

Wie Olger den Soldan todtschlug/
darnach die Jungfraw des Königs Tochter erledigt.

LS die Heiden sahen/ daß jhr
Herr todt lag/ da verfolgten sie
jn mit tausent Pferden. Olger
rennt vber den Weg nach dem
Walde/vnd kam in seine gewarsame/er wu=
ste nicht / daß Justamund auff der andern
seitten mit seinem Heer war/auch nicht /daß
er des Königs Tochter auß Engellandt ge=
fangen hette/ als er so ritte. sahe er einen auff

dem |

em Wege vor jm / er rennet jm eilends nach/
nd wolte jn erschlagen haben / deñ er mein-
echtig war es wer ein Heyde.

In des wendet der ander sich vmb zu jm/
vnd sagte: O edler Fürst Olger Dene/spar
mir mein Leben / denn ich bin Hertzog Gerart des Keisers Gesandter/vnnd bracht des
Königes Tochter von Engelland / welche
mir Justamund mit gewalt genommen /
mich auch hart verwundt daß ich kaum mit
dem Leben dauon kommen bin. Olger salbte
ine Wunden/da wurd es als baldt heil / da
bat er jn zum Keiser zu reitten/vnd jm sagen/
daß er jm etlich Volck zu hülff schicket/wider
ie / so im Walde lagen.

Als der Keiser diese Zeittung vernam/da
sendet er jhm als baldt zehen tausent Mann/
mit Hertzog Dietrich / als Olger mit denen
in kam / da hatte Justamund der Jungfrawen jr Kleider zerrissen / auch sie auff vie
Nasen vnnd Mundt geschlagen/daß sie sehr
blutet/denn sie wehret sich fast/ vnd wolte jm
nicht zu willen werden/ das trieb er so lang
mit jhr/ biß die andern Olger Denen sahen
P   kommen/

kommen/ da ritten fie zu jhm / vnd fagten
jhm: Herr / vbergib nun diß Spiel / denn
da koiñt der mechtige Heldt/ fo deinen Bru
der todt fchlug / kompft du nicht baldt auff
dein Pferdt / fo wirft du gefangen oder er
fchlagen. Er vbergab die Jungfraw/ vñ
rennt eilends gegen dem Walde. Olger ei
let jm faft nach/ vnnd kam da die Jungfra
was. Er fraget fie / ob er fie belegen oder ge
fchendet hette. Sie fagte: Nein/aber were
du nicht fo baldt kommen / fo hette er mich
begwaltiget.

Olger fetzte fie hinder fich auff fein pferdt
vnnd wolte fie führen / da fie ficher möcht
fein / als er auß dem Waldt kam/ da begegnet jhm der Keifer mit viel Volcks / da befahl er die Jungfraw vier Rittern / fie in
die Statt zu führen / vnnd wol zu tractie-
ren/ vnd ritt er mit dem Keifer/ vnd fchlug
vnzehlich viel Türcken todt / damit namen
die Chriften bald vberhandt / daß die Türcken fliehen muften.

Als die Heyden folches vernamen/ ritten
fie zu Soldans Son/ hieß Jforius/ vnd fagten

ten zu jhm: Herr / versihe dich wol / daß du nicht gefangen oder erschlagen wirst / denn dein Vatter ist todt geschlagen / vnnd deines Vatters Bruder Justamund auß dem feld geflogen. Jsorius berufft König Caruel. fra get jhn raht / weß er sich halten solte / König Caruel sagte: Jch sihe einen mechtigen Hel den vnder vnserm Volck reitten / der hawet vnd schlegt todt / was jhm fürkompt / Dar umb rahte ich dir / daß du dich auß dem wege machest / denn er spart weniger / denn ein grimmiger Löw / ich will hin reitten vnd erfahren wer er ist / vnnd was er im Schildt füret.

Als er zu jhm kam / da sagte er: O edler Fürste / sag mir wer du bist / auch deinen Na men / Olger kennet jn baldt an seiner sprach / darumb antwortet er jhm: Mein geliebter Freund König Caruel / Jch bin Olger De ne / so nun sieben Jar lang in einem Thurn gefangen gelegen / ich dancke dir von hertzen / daß du so einen langen weg / meinen Todt zu rechen / gezogen bist / als du vernamest / dz ich im Thurn gestorben wer / nun will ich mein

P ij   Leib

Leib wider für dich vnd dein Haußfraw Königin Gloriant wagen/wo/vñ wenn es von nöten sein wirdt/ er sagt auch weitter: O gewaltiger Fürste/ich bitte dich durch alles/ was Gott geschaffen hat/du wollest den falschen Glauben/da du jnnen verblendet bist/ vbergeben/ vnd dich täuffen lassen. König Caruel antwortet: Mein guter Freund Olger/ Ich will meinen Gott Mahomet nicht verleugnen/aber wilt du mit mir in Jndien ziehen/will ich dir das halb theil meines Königreichs geben/ daß du magst Kirchen vnd Klöster bawen/ vnnd deine Priester darinn lassen singen vnd lesen/nach der Christen gewonheit.

Olger antwortet: Bleib hie vnd laß dich täuffen/so soll der Keiser dir das halbe theil seines Reichs geben. König Caruel sagt: Er wolte das nicht thun/damit schieden sie von einander/vnd Olger begundt auff ein newes zu streitten/vnd schlug vnzehlich vil Türcken vnnd Heyden todt/ der Keiser braucht sich auch sehr mit seinen stolzen Helden auff der andern seitten/ deß musten die Türcken
vnd

vnd Heyden schendtlich fliehen/vnd erlangt
der Keiser einen schönen Sieg an jnen.

Wie die Türcken vnd Heyden vertrieben wurden/ vnnd der Keiser Olgern des Königes Tochter auß Engellandt zur Ehe gab.

Als der Keiser wider in die Stat
Laon kam/ vnnd seine Feinde
verjagt vnd vertrieben/ da sen=
det König Caruel zween mech=
tige gefangen zu jm/ nemlich Hertzog Ber=
hard von Ronsilon/ vnd Hertzog Dieterich
von Derden/ als die für den Keiser kamen/
da grüßten sie Olger Denen/ vnd sagten zu
jm: König Caruel vnd sein Königin Glo=
riant schicken dir vil tausent guter nacht/ vñ
gaben vns ledig vnser Gefengnuß/auch vn=
ser Pferdt vnd Harnisch vmb deinet willen/
darumb dancken wir dir für vnser Leben vnd
Gesundheit. Als sie also redten/da kam Her=
tzog Gerard mit des Königes Tochter auß
Engellandt gegangen/ der Keiser redet jhr
freundtlich ..../vnnd rieth jhr zu der Ehe zu

P iij   greif=

greiffen / vnnd einen Mann nemmen / der
tüchtig were / jr Landt vnnd Leuthe zu regieren / sie schlug jhre Augen vnter / vnnd antwortet jhm züchtiglich / vnnd sagte : Lieber
Herr / ich will euch gerne folgen / was jr mir
saget vnnd rathet. Er fraget sie / ob sie den
mechtigen Helden König Olger Denen haben wolte zu einem Herren vnd König. Sie
sagte / Ja. Da ließ er Olgern beruffen / der
gab seinen willen auch dazu.

Da ließ der Keiser den Ertzbischoff Herr
Turpin die beyde ehelich zu sammen geben /
in beysein viel guter Herren / vnnd hielte jhnen eine herrliche Hochzeit mit grossem
Pracht zu Pariß in Franckreich / da blieb er
ein halb Jar bey jm / darnach zohe er mit seiner Königin in Engellandt / das Reich ein
zu nemmen / vnd nam Hertzog Berard mit
jm / der war in Teutschlandt geboren.

Wie Olger Dene auß Engellandt
in Dennemarck zohe / vnnd Hertzog Be-
rart durch Verräterey jn wolt erschlagen lassen.

Als

Als nun Olger in Engelland kam/da gieng jhm alles Volck entgegen/vnd empfiengen jhn mit Creutz vnnd Fahnen. Sie waren alle fro/daß sie den mechtigen Helden zu jhrem Herren vnd Könige bekommen hetten/er hielte das Reich in ruhe vnd friede one Krieg vnd vhede. Als er nun ein Jar in Engelland gewesen/auch alle ding nach seinem willen beschicket hette/da nam er im für/in Dennemarck zu reiten/zu erfahren/wie es da stünde. Er befahl Hertzog Berard weißlich zu regieren/biß er herwider keme/auch seine Haußfraw vnd Königin Clara in ehren zu halten/jhr auch was jhr Hertz begerte in seinem abwesen verschaffen/er nam acht Diener gute Hofleut mit sich/vnnd ritte so hinweg/in deme hat sein Bruder Göde/so Dennemarck regierte/sein Son Galter außgesendt/mit etlichen guten Leuten in Engelland zu reitten/zu besehen vnd erfahren/wie es seinem Bruder gienge.

Da nun Olger auff dem wege war/hatte Hertzog Berard/dem er alles guts vertrawet/

P iiij　　　　trawet/

trawet / hundert gewapneter Mann heimlich außgeschickt/jn im ein dicken Waldt/da
er durch reitten muste/zu erschlagen / auff
daß er seine Haußfraw vnnd Königin/auch
Engellandt mit jhr bekommen möchte/aber
Olgers Glück war besser / denn er schlug da
den meisten theil von jm̄ todt / ehe er sein gut
Pferdt vnnd Mann verlore. Jn dem kam
Galter seins bruders Son jm vnuersehens
zu hülff mit seinen Dienern/wiewol er nicht
wuste/ daß es Olger war / sie schlugen dermassen auff die Mörder vnd Räuber/daß sie
die alle todt schlugen / biß auff einen/der entrennet jnen/vnnd hieß Meri/war Hertzog
Berards Freundt/doch ward Olger vnnd
Galter sehr wundt/ehe sie die alle erschlugen.

Wie Galter Olgers Bruders Son
jme zu hülffe kam / vnnd die Mörder er-
schlugen/ auch wie sie einander er-
kenneten.

Als sie nun solche fahr vberstanden het-
ten/ da sagte Olger zu Galtern: Ich
dancke dir edler Ritter/ wer du ja sey-
est/ oder heissest/daß du mir in solcher grosser
not

not vnnd fahr beygestanden bist / ich verheiß
dir auff mein ehre / daß ich dir will Schloß
vnnd Stätt geben / wo dich lüstet zu wonen /
in Engellandt oder Dennemarck / denn ich
in beiden Reichen König bin / vnnd Olger
Dene genannt. Als Galter solches hörte /
gieng er zu jm / nam jn in seine Arm / vnd sa=
gete: Lieber Vetter vnd Bruder meines Va=
ters / ich wolte jetzt in Engellandt reitten /
dich zu besehen. Olger nam sein Salben / vñ
salbete jhre leide Wunden / des wurden sie
baldt heil vnd gesundt / da bat jhn Galter / er
wolte jm ein wenig derselben Salben geben /
welches er thete / vnnd Galter verwaret sie
darnach für ein köstliche G.be / Schatz vnd
Kleinot / vñ folgte Olgern in Dennemarck.

Als sie nun in Dennemarck kamen / emt=
pfieng jn sein Bruder mit grosser Ehr vnnd
Reuerentz / da war jederman fro / beide arm
vnd Reich / daß sie Olgern jren rechten Herren vnd König wider bekommen hetten. Als
er nun ein Jar im Reich gewesen / auch alle
ding nach seinem willen ordinieret / nam er
jm für wider in Engelland zu ziehen / darum

            P v   nam

beruffet er den Reichs Raht/vnd sagte zu sei=
nem Bruder in jrem beywesen: Lieber Bru=
der / ich will dir Dennemarck vbergeben/
doch mit dem beding/daß du mir vnderworf
fen seiest/mich für deinen Herrn vnd König
haltest vnnd erkennest / dieweil ich lebe/ auch
dem armen Mann gut Recht vnd Gericht
lassest widerfaren/sie auch vor alle jren fein=
den vertrettest / nach alle deinem vermögen.
Sein Bruder Göde dancket jhm größlich/
verhieß jm auch sein Trew vnd Ehr/solches
alles zu thun.

Des nachts nach mitternacht/ da kám
Gottes Engel zu Olger Denen/vnd sagte:
Der Allmechtige Gott lesset dir sagen/ daß
du gen Rodiß fahrest/ vñ wider Justamund
streittest /so die Statt belägert hat/ vnnd die
gantze Christenheit vermeint zuuerderben.

Wie Hertzog Berard die Königin
vnd den Keiser vberredt / daß Olger erschla=
gen wer / vnnd die Königin mit sampt
dem Reich von dem Keiser
begerte.

Da

A Berard von ſeinem Freund Me-
ri vernam/ daß ſein volck/ ſo er heimlich außgeſendet hette/ Olgern mit
ſeinen acht Dienern zu erſchlagen/ alles von
Olgern biß auff ihn erſchlagen wer/ bat er
ihn/ ſolches zuuerſchweigen/ auch keinem
menſchen auff Erden dauon zu ſagen. Vber
etliche zeit darnach gieng er zu der Königin/
vnd ſagte: Liebe Fraw/ ich hab für gewiß er-
fohren/ daß ewer Herr König Olger leider
erſchlagen iſt/ denn es ſeind hundert Räuber
zu gleich an jn kommen/ als er hat wollen in
Dennemarck ziehen/ vnd haben jhn todt geſchlagen. Sie antwortet: Sie glaubt es nit/
denn er wer ſo ein mechtiger Heldt/ daß kein
Räuber an jhn ſich machen dorfft. Berard
ſchwur auff ſeine Seel vnnd Chriſtlichen
Glauben/ es wer in Warheit alſo/ zum war-
zeichen/ waren es Frantzoſen geweſen/ ſo jhn
erſchlagen/ da die Königin ſolch ſeinen hohẽ
Eyd höret/ da fiel ſie zu der Erden/ vñ ward
onmechtig von rechter betrübnuſſe.

Als ſie wider zu jhr ſelbs kam/ ſchicket
ſie heimlich einen Botten in Dennemarck zu
erfaren/

erfaren/ ob Olger lebendig oder todt were.
Hertzog Berard sendet auch heimlich einen
Botten zu Keiser Carl/ vnd ließ jhm sagen/
wie Olger Dene in einem Walde mit Verräterey erschlagen vnd ermordet were/da er
hörte/daß Olger todt were/ wardt er schwerlich betrübet/vnnd schrieb baldt Hertzog Be-
rard/ er solte Engelландt ehrlich vnd wol regieren / auch die Königin ehrlich vnnd wol
halten/ wie sichs gebüret/ sie auch mit worten vnnd thaten trösten/auffs best er kündte/
Er schrieb auch der Königin/ wie er vernom-
men/ daß Olger erschlagen were/ darumb
wolt er jhr hülffe vnnd beystandt thun vmb
seinet willen / wo er kündte.   Als sie diesen
Brieff bekam/ da weinet sie sehr/ den sie meinete gewiß/ er wer todt.

Als das Berard vernam / da nam er so
viel Goldt vnnd Silber von des Königes
Schatz in Engelландt/ so acht Pferd getragen mochten/vnd schicket es dem Keiser/bit-
tende/er wolte jm die Königin in Engelland.
zu einer Haußfraw geben/ vnnd Engelland
mit jr/der Keiser nam die grossen Gaben an/
vnd

dig oder todt=
auch heimliche
/vnd ließ jhm=
en Walde nur/
ermordet wer/
dere wartet jn
noch bald harn/
ndt chriſtlich erla
ugin chriſtlich er=
tret ſie auch ==
ken auffs beſt==
Königin wieder
ſchlagen wer=
md berſtandt es
rkünde. Al=
ſonet ſie ſehr, der
todt.
rd vernam das
Eſther von des ſi
mdt ſo acht Na=
ſchicket es dem er=
tie Königin men
rüten vnd ſt=
am die groſſen/

vnnd ſchreib der Königin zu/ daß ſie beide in
Franckreich kemen. Weil ſolches geſchahe/
da kam der Königin Bott in Dennemarck
zu Olgern/ er fraget/ was Zeittung er auß
Engelland brecht. Der Bott gab jm der
Königin Brieff/darinn vernam er die groſſe Verräterey/ ſo Hertzog Berard gegen
jhm brauchet/daß er jhm ſein Königin vnd
Reich abziehen wolte/ vnangeſehen/das gut
vertrawen ſo er zu jhme truge/darumb ward
er ſehr zweifelhafftig in ſeinem Gemüte/
was er anfahen wolte/ ob er erſt in Engellandt zu ſeiner Haußfrawen/oder gen Rodis nach Gottes vnd des Engels befehl ziehen ſolte/als er ſich ein kleine weil berahten/
nam er jm für/erſtlich gen Rodis nach Gottes willen zu ziehen/vnd ſendet Galter ſeins
Bruders Sohn zu ſeiner Haußfrawen vnd
Königin mit einem güldenen Ring/ ſo ſie
jm geben hette/zum Zeichen/ daß ſie gewißlich wiſſen ſolte/ daß er noch bey leben were/
auch zu jhr kommen wolte/ſo bald er die reiſe
nach Rodis geendet hette.

Wie

Denmmarckische

Wie Olger seines Bruders Sohn
Galtern zu der Königin mit seinem Ring schicket/ welcher sie bey dem Keiser fandt/ der sie Hertzog Berard zu der Ehe geben wolte.

Oenig Olger bereitet baldt etliche solche Schiff/ nam darein manchen redlichen Dennischen Mann/ vnd segelte nach Preussen/ vnnd folgends in die Oster See/ biß er kam gen Rodiß/ welches ein Port der Christenheit ist/ vnnd Galters vnnd der Königin Bott zogen nach Engelland/ als sie in Teutschlandt gegen Franckreich kamen/ da war die Königin vnnd Hertzog Berard bey dem Keiser in einer grossen Statt/ Hertzog Berard hett heimlich Gesprech mit dem Keiser/ er solte ym die Königin zu der Ehe geben. Der Keiser ließ die Königin für sich beruffen/ vnnd rieth yhr freundtlich/ sie wolte Hertzog Berard zu einem Mann vnd König annemmen/ denn er wer ein mechtiger schöner Mann/ auch dristig vnnd starck wider seine Feinde. Sie ant antwortet: Sie wolte das nicht thun/ denn sie gleubte nicht/ daß jhr Herr vnnd König Olger todt were/ were er auch todt/ so gleubt sie gewißlich/ daß jn niemand verraten hett/ denn Hertzog Berard allein/ darumb wolte sie jn zu keinem Mann haben.

Der Keiser ward sehr zornig/ daß sie jhn seiner bitt nicht gewehren wolte/ vnnd nach seinem willen thun. Er bat sie/ noch ein zeit-lang allda zu bleiben/ deß er meinte in künff-tigen zeitten sie zu vberreden. Hertzog Be-rard bat den Keiser auffs new/ jhm die Kö-nigin zu geben/ des wolte er jhm järlich ein grosse summa Gelds auß Engellandt ge-ben/ der Keiser verhieß jhm solches zu thun/ vnnd ließ ein groß Pancket zu richten dazu/ denn er wolte die Königin vnd Hertzog Be-rard zusammen geben/ auff den tag/ weil nun solches geschähe/ kam Galter vnnd der Königin Bott in die Statt/ vnnd erfuh-ren baldt/ daß man die Königin vnd Her-tzog Berard zusammen geben wolte.

Wie

Wie Galter zu der Königin kam/
ihr den Ring gab / auch sagte / daß Olger
noch lebte / darumb jn Hertzog Be-
rart erstechen wolte.

Alter kleidet sich baldt gar köstlich/vñ
zieng in des Keisers Saal. Als jn der
Keiser sahe/ daß er so ein hübsch Maß
von Person war/da sendet er bald zu jm/vnd
ließ fragen / wer vnnd von wannen er were.
Er antwortet: Du solt es wol zu wissen krie-
gen/ ehe es nacht wirdt / vnnd gienger zu der
Königin/ gab jr den gülden Ring / so jr Olger sendet/ vnd sagte: König Olger dein lieber Herr vnd König ist frisch vnnd gesundt/
vnnd lesset dir vil tausent guter nacht sagen/
sie verwarete den Ring baldt/denn sie jn wol
kennet/ vnnd ward von Hertzen fro/ dancket
jm auch fleissig für die gute Mehre/ so er jhr
brachte / befahl auch jren Dienern/ jhn wol
zu tractieren. Hertzog Berard hörte wol/daß
er gesagt: Olger lebte/ das gieng jhm hart zu
Hertzen / vnnd hette Galtern gern todt ge-
schlagen/ hett er können fug dazu haben.

Ein

Ein stund oder zwo darnach / als er essen fur die Königin trug / da hett er gern einen zanck mit Galtern angefangen / er gab jhm ein Gerichte / vnnd sagte: Trag das Essen für die Königin. Er antwortet: Ich bin ein frembder Mann hie / laß dein eigene Knecht ein tragen / oder trag du es selbst / als du pflegest zu thun.

Hertzog Berard zohe bald seinen Tolchen auß / vnd wolte jhn erstecken / Galter aber brach jm den entzwey in seiner Handt / vnnd knütschet jm seine Finger so hart / daß jhm das Blut zu allen Negeln außsprang. Des Hertzogen Diener wolten jhn todt schlagen / darumb lieff er zu der Porten auß zu seinen Dienern / zoch seinen Harnisch an / vnd bat seine Diener auch deßgleich zu thun / zohen darnach jre kleider darüber an / vnd giengen wider für das Schloß.

Als Galter für die Pforten kam / da wolte jhn der Pförtner nicht einlassen / da schlug er jn als bald todt / vñ gieng also hinein. Als er in Saal kam / da stund Hertzog Berard für dem Keiser / er zohe sein Schwerdt auß.

Q　　Als

Als solches der Hertzog sahe / da fiel er vnder
des Keisers Füsse / aber Galter heit in mitten
entzwey geschlagen. Der Keiser rüffte laut:
Greiffet oder schlaget den schalck todt, so diesen grossen hochmut vor vnsern augen anfahen darff / ich will jhn vber alle Dieb hencken
lassen. Die Königin antwortet: Lieber Herr
schonet diesen jungen Mann / er ist Olger
Denens Bruder / des Königes zu Dennemarck Sohn. Da Hertzog Neymis / Hertzog Dietrich vnd andere gute Helden / so jn
greiffen solten / das hörten / da theten sie gemach jre Harnsch anzuziehen / da sie wider
einkamen / da hette er des Hertzogen Volck
alles / auch vil andere damit todt geschlagen /
vnd stund da mitten vnder jnen mit seinem
blutigen Schwerdt / wie ein reissender Löw /
sie fragten jn wer er were / oder wie er solchen
grossen Mordt in des Keisers gegenwertig-
keit begehen dörffte.

W.e Galter Hertzog Berard für
dem Keiser verklaget / welcher jhm einen
Kampff aufbot / darinn er jn
vberwandt.

Galter

Alter antwortet: Ich bin König Olger Denen Bruders des Königes zu
Denemarck Son/ vñ König Olger
hat mich hieher zu seiner Königin vñ zu dem
Keiser gesent/jnen anzuzeigen/wie verräterlich Hertzog Berard jm sein leben wollen ab-
stelen lassen/mit hundert Mannen/so er vor
jm in einen Waldt sich zuuerstecken gesandt
hat/als er in Denemarck ziehen wollen/ Ich
kam vnuersehens dazu/ denn ich zu Olgern
in Engellandt reitten wolte/ hett auch schier
mein Leben verloren/bekam auch diese wunden dieselbe zeit/ die behalt ich auch so lange
ich lebe/ nu kam ich her auff guten glauben/
gedacht an keine fahr/ da wolte der lose Verräter Hertzog Berard mir mein leben auch
abgestolen haben/ wie er andern pflegt zu
thun. Als der Keiser solchs erhörte/ da sagt
er zu Hertzog Berard: Was antwortest du
dazu. Er sagt: Ich hab es nicht gethan/dar-
auff will ich jm ein Kampff außbieten. Galter antwortet: Gib dein Pfandt darauff/ da
hastu mein Pfand dagegen/ daß ich dir auff
der Ban begegnen will/ wenn vnd wo du mir
es anzeigst.   Q ij   Als

Als sie zusammen kamen / da rennten sie
so mannlich zusammen / daß beide jre Speer
in stücken gegen dem Himmel flohen / sie
blieben doch beide in jren Sätteln vnuerru-
cket sitzen / Galter zohe sein glitzend Schwert
auß / vnd schlug mit beiden Henden auff jn /
seine Mannheit vnd stärck zu beweisen / vnd
hieb jm seinen Helm enzwey / verwundet jhn
auch vbel in sein Haupt vnnd Ackssel / sagte
damit zu jm : Da hastu ein zeichen / dz falsch
vnnd verräterey gern seinen eigenen Herren
schlecht / als Berard auff jn wolt hawen / da
wendet sich sein schwerdt in seinen Henden
vmb / so daß er Galters Pferdt auff den kopff
schlug / das Pferdt ward dauon toll vnnd
schew / vnd lieff mit jm vmbher / schlug vnnd
biß auff beiden seitten / darumb sprang er von
jm / vnd hieb Hertzog Gerard ein Bein ab /
vnd schlug jn von dem Pferd / als er auff der
Erden lag / bat er Galtern vmb Gottes willen / sein leben zu lassen. Er antwortet : Bekenne du die grosse Verräterey / so du gegen
Olgern vnd mir gebrauchst / er schwig vnnd
vnd wolte nichts antworten / da schlug jhme
Galter

Galter ein grosse Wunde in sein Haupt/da
ruffte er/und sagte: Ich bekenne offentlich
vor euch/daß ich die Verräterey gegen Ol=
ger Denen gebrauchet/daß ich die Königin
Clara/unnd das Königreich Engelland be=
kommen möchte/erbarm dich über mich/ut
friste mir mein Leben/ich will gern in einem
Thurn gefangen ligen/dieweil ich lebe.

Galter antwortet: Ich bin wol zu frie=
den/weil du deine Verräterey für menniglich
bekennet hast/und bat den Keiser für jn/
er wolte jn leben lassen/der Keiser antwortet:
Das soll er mit dem besten Königreich auff
Erden nicht lösen/und ließ jn als bald an ei=
nen Galgen hencken/als solchs geschehen/da
gab die Königin auß Engelland Galtern
grosse köstliche Gaben/unnd dancket jhm
gröszlich/daß er sie so ehrlich von dem Verrä=
ter erlöset hatte/der Keiser gewan auch gros=
sen lust zu jm/von der grossen Mannheit we=
gen/so er allda beweiset/er preiset unnd lobet
jhn für seinen Herren/und sagte: Er würde
ein mechtiger Heldt werden/so er leben sol=
te/darumb fasset Carlot heimlich grossen
　　　　　　　　O iij　　　　haß

Haß vnd Neidt gegen jhme in seinem Hertzen / daß jhn sein Vatter so sehr lobte / auch
daß er von dem Dennischen Königlichen
Blut war / vnnd solche grosse ehr vnnd preiß
bey inen erwarbe.

Wie Olger gen Rodiß kam / vnd
keine Herberg da bekommen
kundte.

Es König Olger sein Reich
Dennemarck beschicket / dasselb-
be seinem Bruder Göde zu regieren vberantwortet / fuhr er
nach des Engels Gebot dahin / vnd kam nit
mehr darein / denn jhm der Engel / wie oben
gemelt / sagte / er solte den Soldan vberwinden / vnnd die Statt erlösen / also kam er mit
seinem Schiff gen Rodiß / vnd hatte sein gut
Pferdt Bussant mit sich / so er vorhin von
Bruher dem Soldan gewonnen / den er tod
schlug / da er in die Statt kam / wunderte jederman ob jm / daß er so groß vnd lang war /
er kundte keine Herberg in der Statt bekommen denn sie alle verarmet waren von grossem Hunger / dieweil sie gar lang von den
Türcken vnd Heyden belägert waren. Als

er nun die Gassen auff vnd ab ritte/ vnd jhn
verdroß/ daß er keine herberg bekomen kund-
te/ kam einer zu jhm/vnd sagt/ er solte zu den
4. Bürgemeistern reitten/ so die Statt regie-
reten/ auch nach jres Königes todt einen andern König zu kiesen macht hetten. Er ritte
hin gen jrem Pallast/da sie alle bey einander
waren/ als sie sein gewar wurden/ liessen sie
das Thor vor jn beschliessen/ er bat sich ein
zu lassen/ deñ er für Goldt vnd Gelt dienen/
auch wider jhre Feinde streitten wolte. Sie
antworten: Reit deinen weg/ du dienest vns
nicht/ denn du essest mehr auff einen tag/deñ
du in fünffzehen verdienen kündtest/ daß du
so groß vnd lang bist/da ritte Olger betrübet
auß der Statt. Da er nun für die Pforten
kam: da fandt er ein arme Widtfraw in einem kleinen Häußlein/ er fraget/ ob sie jhn
vmb Gottes willen beherbergen wolte/ denn
es wer baldt nacht/vnd er künd kein Herberg
in der Statt vberkommen. Sie antwortet:
Mein Hauß will ich euch gerne leihen/ aber
ich hab weder Essen noch Trincken/ auch
kein Futter zu ewrem Pferde/ Ich habe a-
ber vier Söhne/ die seind in der Statt/

vnd betteln vns vnser Narung / das thun sie
alle tag / bringen sie etwas / das will ich euch
gerne mittheilen / ob euch dessen gelüstet zu es
sen. Er antwortet: Da bitt ich euch vmb / den
ich hab weder Goldt noch Silber / etwas da
für zu kauffen / aber ich hab ein gut Pferd vn
Harnisch / mit welchen ich negst GOttes
hülffe einen tag mehr gewinnen wil / den wir
alle ein gantzes Jar verzehren können. Sie
antwortet: Ich will euch mein Hauß gerne
leihen / stellet ewer Pferdt in den Kolgarten /
da stehet Graß biß an den Bauch / da mag es
essen / biß es satt wird.

In des kamen jhre Söne auß der Statt /
vnd sagten: Sie weren die gantze Stat vmb
gegangen / gebeten vnd gebettelt / vnd hetten
weder essen noch trincken bekommen könen /
denn weil Justamund sie so lang belagert
hatte / kundt jnen nichts zu kommen / Olget
sagte zu dem Eltesten Son: Nim meinen
Schildt / der ist besser denn hundert gülden /
vnnd setze jhn zu Pfandt in der Statt / für so
vil / als wir alle zu dem Nachtmal genug ha
ben / er gieng in die Statt / vnd neme essen vn
trincken /

mung/das jhr
as das will ich
ḣ deſſen gelüſtig
att ich euck mit
ḣ Siker das
haie ein gut Va-
m ich noch Gö-
gw miniam die
meghzen koen ẹ
euch man Ver-
ſetten den die-
ten Ranb die-
t.

ẹ Söne aber dẹ
ṁ dic annm Se
vnd ẹ will wẹ
incken bekommen
auḋ ſie ſo lang-
nicht zu kommen
hn Son/Nine-
eria denn hunderd
Vnd an der Stat
ṁ Nmm darzu
z Start vnd mit
zad

---

trincken für drey Gülden auff den Schildt/
Als Olger ſahe/ daß er ſo wenig hatte/ ſaget
er zu jhm: Er ſolt hingehen/ vnd noch ſo viel
auff ſeinen Schildt holen. Morgens ſagt
Olger zu dem Jungen: Gehe hin vnnd hol
vns noch für ſechs Gülden eſſen vnnd trincken auff den Schildt/ es ſolls noch einer be-
zalen/ der es nicht im ſinn hat/noch darauff
dencket.

Wie die Türcken ein Kloſter plün-
derten/den Abt vnd die Münch gefangen
dauon führten/ auch wie ſie Olger erlediget.

ALs ſie ſaſſen vnnd aſſen/ da kam ein
Bott/vnd ſagt/wie König Carmont
auß der Türcken Heer/ ein Cloſter
hart bey der Statt beraubt/ als was darinn
wer/genommen/ vnnd den Abt mit fünffzehen München gefangen hette/ darumb ritten viel auß der Statt/jhnen nach zu eilen.
Als Olger ſolches ſahe/ſagt er zu der Wid-
wen: Hett ich nun meinen guten Schildt/
wolt ich mit den andern reitten/dieſen groſſen Hochmut an dem König rechen. Sie
Q v ant-

antwort: Jch habe nichts auß zu setzen dafür/
aber ich will in die Statt gehen/ vnd meinen
eitesten Son für jn auffetzen. Da sie nun wi
der kam/ sagte sie zu Olgern: Hie ist dein
Schildt/ mein Son soll ein Jar dafür die-
nen/wo du jhn nicht lösen wilt. Olger antwortet: Jch will jn lösen ehe ich schlaffen gehe. Er rennet baldt den andern nach/ vnnd
kam ehe zu den Feinden denn die andern.

Als jn König Carmont sahe kommen/da
rennet er auff jhn mit seinem Speer/ Olger
wich vor jm/ vnd stach jn durch vnd durch/
daß er todt zu der Erden fiel/ vnd rennet den
hunderten/so der König mit sich hatte/ eilends nach/ vnnd schlug dreissig von denen
todt/die andern entrennten jhn in jhr Läger/
darnach löset er die Mönch auff/ die sie gefangen vnd gebunden hetten/ vnnd schnitte
jnen die Tücher von jhren Augen/da sie die
Türcken mit geblendet hetten/ vnnd sagt/sie
solten in jr Kloster gehen.

Da nam er vier Pferdt/so die Türcken
mit Goldt vnd Silber beladen hetten/ auch
Kelchen/ silbern Bilder/ Monstranzen/
Chorkappen vnd Meßgewandt von gülden

Stücken / vnnd führet die zu der Widtwen
Hauß / vnnd lesete jren Son von stund an /
den sie für seinen Schildt versetzt hette / vnnd
ließ da ein köstlich Bancket zu richten / in ein
groß Hauß dabey / ließ in der gantzen Statt
außruffen / wer da essen vnnd trincken vnnd
frölich sein wolle / der soll zu jm kommen.

Als König Hans in der Statt vernam /
daß der frembd Mann so milt vnnd kostfrey
were / wunderts jn größlich. Da sagten seine
Diener zu jhm : Er schlug heut allein 100.
Mann in die flucht / tödtet vil von jhnen mit
jhrem Könige / vnd nam jnen vnzehlich viel
Goldt vnnd Geldt / so sie in dem Kloster genommen vnd gebeutet hetten / vnnd führete
das mit sich hicher. Des andern tags / als er
diese Gastung gehabt / gieng der König he-
rabjn zu besehen / vnd zu Gast zu bitten. Als
er nu gegen dem hauß kam / gieng jm Olger
entgegen / danckt jm demütiglich / daß er jhn
gewirdiget zu jm zu kommen. Der König
bat jn mit sich zu gehen / vnd füret jn mit auff
das Schloß. Als er nun zu tisch solte gehen /
sagt er / er wolte nichts essen / sein Wirtin vñ
jr eltester Sohn giengen denn mit zu tische:

Der König ließ sie holen/ vnnd setzte die
Widtwe stracks gegen jhm vber/ vnnd jren
ältesten Son an seine seitten. Als die Bürgemeister in der Statt solches sahen/ daß der
Widtwen vnd jhrem Son solche ehr wider-
fuhr/ daß sie Olgern geherberget hette/fasse-
ten sie grossen neid gegen der Widtwen/jh-
rem Son vnd Olgern/ in jren Hertzen ver-
dresse sie auch/ daß sie das Hauß vor jm be-
schlossen/ vnd jn nicht geherbergt hetten.

Wie Olger dem Abt vnnd Mün-
chen jr gut wider gab/ auch mit dem Türcken Justamund kämpffet/ jn auch
todt schlug.

Als die Maltzeit vollendet ward/
gieng die Wittib vnd jr Sohn
wider zu hause. Da fragte der
König Olgern/ wer vnnd von
wannen er were/ vnnd wie er zu der armen
Widtwen kommen wer. Er antwortet: Jch
bin in Dennemarck geboren/ vnd man heisset mich den alten Ritter. Da ich her in die
Statt kam/ da kundt ich nirgend Herberge
finden/ so liehe mir die arme Wittib jhr
Hauß

Hauß vnd Garten/darumb begehrte ich von
euch/daß jhr sie vmb meinet willen zu Gast
solt bitten/daß man nicht mich der vndanck=
barkeit straffen möchte. Sendet nun dem
Abt vor der Statt Botten/ich will jhm des
Klosters Kleinot wider geben / so ich den
Türcken genommen. Da der Abt kam/gab
er jhm miltiglich alle des Klosters Kleinote
wider/der Abt wolte jm so viel Goldt vnnd
Gelt/als ein Pferdt tragen mochte/geben.
Olger sagte: Er wolte nichts haben/er solte
die Gasterey/so er gehalten/bezalen/vnd sei=
ner Wirthin/auch jren Sönen/ein ehrlich
Geschencke dauon geben/der Abt volbrach=
te seinen willen/vnd begabte sie ehrlichen.

Als Justamund der Türck vername/daß
König Carmont erschlagen war/da ward er
sehr zornig / vnd straffet die gar hart/so jhm
gefolget hetten. Sie antworten: Daß der
König vnd sie vbermassen köstliche Beut in
einem Kloster bekommen hetten/so kam da
ein mechtiger Heldt/der erschlug den König
vnd 30. stoltze Mann mit jm/vnd verfolgte
die andern/schlug sie also alle in die flucht/

Justa=

Justamund antwortet jhnen: Jch förcht es
sey Olger Dene / der meinen Bruder erschlug. Er zweifelte gleichwol bey sich selbs/
daß er es sein solte / denn er nicht gehört hat-
te/daß frembde Schiff in die Habe kommen
weren. Des morgens bereitet sich der Türck
mit alle seinem Heer / vnnd zohe gen Rodiß
für die Statt/vnd sendet zu König Hansen/
er solte fünffzehen seiner besten Kämpffer gegen jm auff die Ban schicken / der König er-
schrack von diesen worten/ vnnd wuste nicht
was er antworten solte. Da sagt Olger zum
Botten: Sage deinem Herrn/ es soll jm einer auff der Ban begegnen/ der wol mit
zweintzig seiner besten Kämpffer zu gleich
fechten dürffe. Als Justamund diese antwort höret / da bat er seines Bruders Sohn
König Jsor/auch König Meisan/ vnd König Murgalant/sie wolten auff einer seitten
halten / vnd acht haben/ wo er jhm vberlegen
würd sein/daß sie jm mit jrem Volck zu hülffe kemen. Als er Olgern kommen sahe/ sagte
er zu den andern: Mein sinn vnd gemüt saget mirs / daß dieser gewißlich Olger Dene
ist/

ist so da rennent kompt/ mich dünckt es auch
bey seinem Pferde.

Als sie zu sammen auff die Ban kamen/
sagt Olger zu jm: Justamundt wie plagstu
die armen Christen Menschen so schwerlich
hierumb auch anderstwo/ du hast auch diese
Statt Rodiß lang beldgert / gedenckest sie
auch zu gewinnen mit hungers not/ du krie=
gest gleichwol nichts dauon. Justamundt
antwortet: Sage mir wer du seyest/ auch dei
nen Namen/ denn das ist meines Bruders
Pferdt so du nun reittest. Olger sprach: Ich
bin Olger Dene/ so dein Bruder Brüher
todt schlug mit diesen meinen Henden/ will
dich auch mit Gottes hülff todt schlagen/ vñ
dich zur Hellen jm nachsenden/ weil du dich
nicht wilst tauffen lassen/ da rennten sie gar
hart zusammen mit jhren Speeren / der
Türck zu brach seine auff Olgern / aber
seine blieb gantz. Da König Jsor das sahe/
sagte er zu den anderen: Das war ein
mechtig Ritterstück / das mein Vätter da
bewise. Olger schlug so schwerlich auff
den Türcken / daß er von dem Pferde fiel/

Da

Da saget König Hans zu seiner Parthey/ sehet welcher der stärckest vnder den beiden sein
möge /in dem sprang Olger von seinem
Pferde/ vnnd wolte zu fuß mit jhm fechten/
sie schlugen gar schwerlich auff einander/
letzlich hieb Olger dem Türcken die lincke
Handt ab/ daß sie auff die Erden fiel mit
dem Schwerdt/ denn er lincks was.   Der
Türck lieff auff Olgern/ daß er jhme das
Schwerd auß beiden Henden stieß/ Sie hu-
ben beide jre Schwerter auff/ vnd schlugen
gar sehr auff einander.

Da bat Justamund Olgern/ er wolte an
seinen Gott Mahomet gleuben / so wolt er
jm Land vnd Leuthe geben. Jre Pferde suchten auch ein ander / bissen vnd schlugen ein-
ander/ daß einem dafür grawen möchte.

Letzlich schlug Olgers Pferdt des Türcken den Kopff entzwey/vnd die Rippen/daß
es todt zu der Erden fiel. Da sagt Justamud
zu Olgern: Nun will ich dein Pferd wider
nemmen/ denn es vorhin meines Bruders
gewesen.

Olger antwortet: Da solst du mir pfand
                                    fürse-

fürsetzen / vnd schlug jhm damit sein Haupt ab / vnnd sprang flugs auff sein gut Pferd / vnd reñt nach der Stadt / sie lobten vnnd danckten Gott alle für den sieg / so Olger an dem Türcken erlanget hette. König Hans ritte baldt mit Olgern auß der Statt wider die Feinde / König Jsorius reunte auff Olgern mit seinem Speer / Olger wiche jm / vñ hieb jn auff sein Haupt mit seinem schwerd / daß er zu der Erden fiel / hette jn auch gewiß todt geschlagen / were jm nicht König Moisan mit vil Volcks zu hülffe kommen / vnnd jn auff ein ander Pferdt gesetzt / jn auch von Olgern hinweg geführt.

Wie Olger den Soldan Norandis sieng / deßhalben die Türcken abzogen / vnd Olger König zu Rodiß wardt / denn jr König von dem Türcken erschlagen wardt.

Als König Hans sahe / daß so vil Türcken vmb Olgern kamen / da rennte er zu jm in den hauffen / jn zu entsetzen / da reit König Murgalant auff jn / vnd stach jhn durch

R   mit

mit seinem Speer. Als Olger solches sahe/
da rennet er zum Soldan Norandis / vnnd
stach jn vnd sein Pferdt zu gleich zu der Erden hett jn auch todt geschlagen / hett er sich
nicht gefangen/vnd sein Schwerdt von sich
geben/ so nam er jn an / vnd bat König Han-
sen Volck / sie wolten den Feinden nachfolgen vnd tapffer auff sie schlagen/ob schon jr
König todt were/ vñ rennet er in der Türcke
Heer/wie ein grimmiger Löw vnd schlug jrn
Feurich tod / vñ nam er dz Hauptpaner/des
begundtē die Türckē zu fliehē/aber Olger folget jnen gleichwol nach/ so stiessen sie in die
Trommeten/vñ begerten frieden/ darumm ritte
Olger mit Soldan Norandis / so er gefangen vnd jrem Hauptpaner in die Statt/die
Christen so in Rodiß waren/wurden alle fro
für den grossen sieg/so Olger gewonnē hette/
trawrtē gleichwol für jren König so sie verlo-
ren/vnd liessen jn ehrlich begraben.

Darnach erwehlten sie Olgern gemeinlich zu jhrem Könige/ Olger schluge solches ab / vnnd wolte die Erben nicht abtrei-
ben / Gleichwol krönet jhn das gemeine
Volck

Volck eintrechtiglich. Als nun solches geschehen / dancket er jhnen gröblich / vnnd
sagte: Er wolte sie bey jhren Priuilegien
vnd Gerechtigkeiten handthaben/vor außwendigen Feinden beschützen vnnd beschirmen / er ließ darnach seine Wirthin beruffen / machet sie zu seiner Beschließerin/jh-
ren ältesten Son machet er zu einem Kam-
merknecht/ nam auch alle jhre Söne in seinen Dienst/darumb wurden jhm die Bürgemeister heimlich hässig / dorfften sich doch
nichts mercken lassen / König Olger ließ
den Soldan für sich kommen / rieth vnnd
bath jhn / er wolte seine falsche Abgötter v-
bergeben / vnd an den einigen GOTT/
so Himmel vnnd Erden geschaffen / gleuben / so wolte er jhn seiner Gefengnuß loß
geben. Er antwortet: Er wolte das nicht
thun / vnnd bat Olgern / er solte als viel
Goldt vnnd Silber / Kleinot vnnd Edle
Gestein fordern / als er von jhm begerte /
das wolte er jm gerne geben für sein gefengnuß.

König Olger antwortet: Er wolte keine
R ij　　　Men=

Menschen für Goldt oder Silber verkauf-
fen hat jhn auch auff ein newes/ sich täuffen
zu laffen/ er wolte jm das halbe theil von seinem Reich geben/ oder solte verschaffen/daß
die Türcken als baldt von der Statt abzö-
hen/ den Christen auch keinen schaden mehr
theten. Er antwortet: Er wolte solches also
rerschaffen/ daß sie als baldt jren weg zöhen/
wo nicht/ so gelobt er jm auff sein trew vnnd
ehre/ daß er sich wider stellen wolte/ damit
ließ jn König Olger ziehen.

Als er nun in der Türcken Heer kam/sa-
gete er solches Murgalant/ so der Oberst on
der jnen was/der ward fro dauon/vnnd sagt
zu alle seinem Volck: Wir können hie nichtes mehr außrichten/ denn vnser König vnd
beste Helden sind alle erschlagen/wir können
hie kein Ehr oder Preiß erjagen/ darumb ist
es das beste/daß wir heim ziehen/welches den
a's baldt geschahe.

Wie die Bürgemeister erfuhren/dz
der König Olger Dene war / darumb ein
anschlag machten jn zuuer-
raten.

Als

Als die Türcken nun jren weg gezogen waren/ saß das gemeine Volck lange zeit in rhu vnnd frieden / wurden auch wider reich vnd mechtig / den König Olger regieret sie ehrlich vnd wol' vnnd beschirmet sie vor allen Feinden. des begundten sie stoltz vnd neidisch in jrem Hertzen zu werden.

Eins mals gieng König Olger in seinen Baumgarten/ sich zu erlustigen / meinete auch nicht/ daß jemandt darinnen wer. Er fieng an zu seufftzen/vnnd wider sich selbs zu sagen : O du Hochgeborner Fürste Keiser Carl/O edles Dennemarck / O gutes Engellandt/O mein aller liebste Haußfraw Königin Clara/soll ich euch nicht mehr sehen/ O du schlimmer Verräter Berard/so mein liebe Haußfraw woltest betrogen / mir auch mein leben abgestolen haben/Gott lohne dir gebürlichen für das verräterliche Stück / da lag ein Schalck vnder einem Baum in dem Garten/ der hörte seine wort / vnd gieng als baldt zu den Bürgemeistern/vnd sagt jhnen alles so er gehört hatte.

Nach diesen worten gleubten sie baldt/es

R iij   solte

Dennmarckische

folte Olger Dene fein/dan fie vorhin feinen
namen nicht wüften / weil er fich den alten
Ritter genennet hatte, dife zwen Burgemei-
fter Berenger vnd Godebuff welche die O-
berften vnder den vieren waren/ hatten groffen abgunft zu jme/dieweil er die Wittib mit
jren Sönen alfo geförderet vnd erhöhet hette/
Drumb weren fie fein mit verreterei gerne
loß gewefen/ der eine fagt / er fchlug meine
freunde todt in Lombardi/ der ander fagte/
er fchlug auch meine freunde todt/ dorfften
fich gleichwol offenbarlich folches nicht mer
cken laffen/ Berenger fagt zu dem andern/
ich hab jme hören fagen/er wolle zu dem Heiligen grab/ drumb wollen wir jme rahten/
daß er jetzt balde fahr/ deñ fein Land ftehe nu
in guten frieden / fo wollen wir mit dem
Schiffer reden vnd jme begaben daß er jn in
Africam führet/ Bekommet jn könig Ifor/
fo fihet er kein Soñe mehr/deñ er jhn zutod-
te leffet peinigen/daß er feine Vater Brüer/
auch feines Vatters Bruder Juftamund
todtfchlug / Die andern Verräter fagten:
Es were ein guter Raht / darumb wolten fie
ge-

hemach mit der sachen thun / daß es heimlich
vnd mit dem ersten beschehe.

Wie Olger ein Schiffbruch erlitt /
Darnach gen Babilonien kam / sich
auch für ein Aegipter außgab /
vnd Moren.

EInes tages nam jhm Olger für / sein
Gelübde vnnd Reise zuuolbringen /
Darumb bath er vorgemelte Bürge-
gemeister jm ein gut Schiff zu bestellē / auch
ein guten Schiffman / so jn zu dem heiligen
Grabe führet / Die Verräter giengen balde
zu einem Schiffman auß Africa / dem gabe
sie Golt vnd Gelt genug / jn König Isor zu
vberliessern / sagten auch: Er kundte seinen
Herren kein grössern dienst beweisen / Dieweil er sein offenbarer Feindt were. Sie giengen zu Olgern / vnd saaten jhm / sie hetten alle ding bestellet / Schiff / Schiffman / auch
alle Kost vnnd Zehrung / Sie wolten jhm
auch einen Münch mitgeben ; so vorhin
R iiij da

da gewesen / auch die Sprach kündt. Sie
wolten jhm auch einen Schreiber geben / so
alle ding solte auffschreiben / was er sehe von
wunderlichen dingen / vnnd was er begerte/
liessen darnach einen Brieff an den König
in Africa schreiben / also lautende:

Sie sendeten jhm Olger Denen / an dem
er sich selbst rechen möchte / vnnd gaben dem
Münch den Brieff / denselben zu vberantworten. König Olger gieng zu Schiff / gab
jnen allen ein gute nacht / bat sie ehrlich vnd
wol zu regieren / ober arm vnnd reich / biß er
herwider keme.

Es schicket sich balde den ersten tag / als sie
auff das Meer kamen / anders denn die verräter vnd Schiffman sich versahen / denn es
kam ein grosser sturm an sie / vnd ward so ein
finstere nacht / daß der Schiffman in dem
Meer verjrret / daß er nicht wuste wo er hin
segien solte. Letzlich lieff das Schiff an einen
grossen Felsen / zu stieß sich zu stücken / vnd ertruncken sie alle / ohne König Olger allein /
Gott der alle seine Freunde tröstet / halff jm /
daß er mit einem stück vom Schiffe auff den
Felsen

Felsen kam. Des andern tages / als das was=
ser wider stille ward / da sahe er zweene Fisch=
er mit einem kleinen Bach rudern / den win=
cket er mit seinem Hut / zu jhm zu kommen /
als sie kamen / da gelobt er jnen zu lohnen / dz
sie jhn an das Landt führeten / denn er were
schiffbrüchig. Als sie nun mit jhm ruderten /
sahe er ein klein Kistlin / darumb bat er sie da
hin zu rudern / daß er es bekommen möchte /
denn es sein were / vnd hett es als das Schiff
vergangen wer / verloren / darnach brach er
den auff / vnd fande den verräterischen brieff
so von jhme geschrieben war / als er den gele=
sen / verwunderte jn gröslich darob.

Letzlich sahe er ein hohen Thurn lang von
dannen / da fraget er / was es für ein Thurn
were / Sie antworten: Es ist der grosse
Thurn Babylon. Er fraget weitter: Wer
Herr vber die Statt were / Sie sagten: Der
Soldan Norandis. Da merckte Olgier
baldt / daß es der were / so er vor Rodiß gefan
gen hette / darumb besorget er sich sehr / wie es
mit jm gehen würde. Er fraget weitter / ob
auch Krieg da were / Sie sagten: Es wer der
R v   aller

aller gröste Krieg da / zwischē dem Soldan/
vnnd dem König zu Hierusalem / der hieſſe
Moiſan/dann Norandin wolte ſeine Tochter zum Weibe haben / die wolt er jhm nicht
geben.   Da Olger auff ein meil von der
Statt kam / da bath er ſich ans Landt zu ſe-
ßen/ dann er möchte nicht länger auff dem
Waſſer ſein/ wo er auff das Landt kommen
kündte. Sie theten als er begerte/ vnd er lon-
te jhnen recht/ Begundte darnach zu beden-
cken/ wie er ſich vor ſeinen Feinden möchte
erhalten/daß er nicht erkant würde/ So kam
jhm in ſinn / ſein Angeſicht / auch all ſeinen
Leib zu ſchmiren vnnd ſchwartz zu machen/
nachmals ſich für einen Moren außgeben/
denn er jhr ſprach kundte/ welche er in Rodiß gelernet hette.

Wie Olger in eines Moren geſtalt
zum Soldan Norandin kam / vnnd
jm begerte zu dienen/vnd die
gefangne zu warten.

Als er in Babilonien kam / da ſagten
alle ſo jn ſahen: Sehet welch ein ſchö-
ner groſſer Mohr kompt daher / Als
er

er nu für den Soldan kam / ſprach er zu jm:
Mein Herr der König auß Egypten / ſendet
mich zu dir mit 500. mann / die ertruncken
alle / ohn ich allein / denn die Galee ſtieß an
een Felſen in der nacht / vnd kam ich darnach
ouff ein kleinen both zu Lande. Der Soldan
fagt jhn wie er hieſſe? Er ſprach: Man heiſt
mich den alten Ritter. Der Soldan ſaget:
Bin willkommen du guter Ritter / weil du
ſo groſſe leibes Fahr von vnſert wegen erlit=
ten / wollen wir dich deſſen ergetzen / vnd dich
mit Golde vñ Silber begaben / Iſt auch ein
Ampt hie in vnſerm Hofe / ſo du begereſt / dz
ſoltu bekommen. Olger antwortet: So be=
ger ich deine gefangene zu warten / denn ich
ſolches gewohnet bin / das thete er darumb /
daß er die gefangen Chriſten deſto beſſer pfle
gen vnd tröſten möchte.

In dem kamen vier mechtige Könige de
Soldan mit viel Volcks zu hülff / Als Kö=
nig Caruel / König Dabilant / König Mur
gaſer auß Tartarey / vnd König Milon auß
Arabia.

Als Olger König Caruel ſahe / forchte er
groß

gräßlich/er würde jn kennen/ darumb gieng
er bald zu dem Thurn/ als er jn kommen sahe. Als er nun in den Thurn zu den gefangenen kam/ sagt er zu jnen: Sehet auff jhr
Christen gefangen/ lasset mich sehen wer jhr
seiet/ denn ich soll nun auff euch warten.

Herzog Gerard von Ronsilon antwortet: Wir seind alle Christe aus Lombardei
vnd Welschlandt/ vnd wolten zu dem heyligen Grab fahren/ da ließ vns Soldan fan-
gen/ vnd in diesen finstern Thurn werffen/
da haben wir lang gelegen/ vnnd sein schier
verschmachtet/ wilt du vnser bestes gegen jhme fürwenden/ das einer von vns möchte zu
vnsern Freunden fahren/ Goldt vund Silber zu holen/ damit wir vns lösen möchten/
so findest du das Himmelreich an vns verdienen. Olger antwortet: Ihr lieget/ gewißlich wo einer von euch loß keme/ er keme nit
wider her/ vñ ließe damit ein liecht bringen/
zu sehen/ ob er keinen von jnen kennete. Da sahe er seinen Freundt Herzog Gerard vnder
jnen er nam jn in die Arm/ vnd küsset jn vñ
sagte zu jhm: Lieber Freundt/ wo kompst du
her/

her? Gerard antwortet: Ich habe keinen Moren in meinem Geſchlechte. Da ſagete Olger: Heiſt du nicht Hertzog Gerard von Ronſilon? Er ſagte: Ja/ich habe auch einen Bruder Mutter halb/ der heiſt Gotterick/ vñ war König in Dennemarck/ er hatte auch zween Söne/der ein hieß Olger Dene/der war lang bey Keiſer Earl in Franckreich/der ander hieß Gode/der war König in Dennemarck der hett auch einen ſchönen Son/der hieß Galter/der ſchlug einen Verräter in einem kampff todt/der war Gerard genannt/ vñd wolte Olger Denen verraten/vñd ſeine Königin/auch Engelland damit zu ſich nemen darumb gelobten wir vns zu dem heyligen Grabe/daß jn Galter oberwandt.

Olger antwortet: Ich bin König Olger Dene deines Bruders Son/ſo nun mit dir redet/ich fuhr nach Rodiß nach des Engels befehl/da erſchlug ich den mechtigen Türcken Juſtamund/da ward der König zu Rodiß todt geſchlagen/vnnd ward ich zum König an ſeine ſtatt gemachet/darnach wolt ich zu dem heyligen Grabe fahren/da gieng mei.i

mein Schiff vnter / also bin ich hieher kommen / nun hab ich mein Angesicht schwartz
gemacht / vnd gesagt / mich ein Moren / daß
niemandt mich kennen solle.

Die Christen lobten sein weisen fundt /
vnd bathen jn demütiglich / jrer wol zu pflegen / dann sie zuuorn groß not gelitten. Olger bathe sie gedult zu tragen / vnnd thun / als
sie jn nicht kenneten / vnd gab jnen essen vnd
trincken / verschafft auch seinem Freunde ein
bath in thurn.

Wie Olger vom Soldan erkannt
ward / des er sich doch nicht mercken
ließ / sonder jhm ein botschafft
auff König Moisan
befahl.

Als König Moisan mit ernst wolt anfahen wider Soldan zu kriegen / da ließ
se er beruffen die Könige vnd Fürsten
so mit jhm ziehen solten / den König von Arabia / König Jsor von Dorcam / den König
von Damasco / den König von Damiet / vñ
König Dancmon / auch andere mehr mechtige König vnd Fürsten / mit all jr macht vil
Volck

mich hieher/
Angesicht sehe
ch ein Moren
tk.
i sein weisent
th / jrer wolge
k not gelitten
igen vnnd dur
id gab jnen ein
b seinem Freund

Soldan erla
sch nicht mehr
ein beruff
g Messan
hl.

san mit ernste
Man zu kriegen
e Könige vnd
m den Könige
i Dort am der
jönig von Da
uch andern met
ten mit allen

Volck/daß 25. Könige zu hauff kamen. Als nun König Moisan sein Heer versamlet hette / da zohe er für die Statt Babilon/mit 300. tausendt gewapneten mann / Soldan bereitet sich auch / mit König Moisan des morgens zu streiten/vnd befahl König Caruel sein Hauptpaner zu führen. Da gieng Olger zum Soldan/ begerte / er wolte jhm ein gut Pferd vnd Harnisch verschaffen/ so wolte er mit dem König von Jerusalem kein pfen/ oder mit dem besten Kämpffer / so er mit sich brächte. Soldan ließ jhm viel Pferde fürziehen/aber da war keines/ so jn in seinē Harnisch vnd Zeug tragen kundte. Olger ward darumb sehr betrübt. Als er nun Abendes in das bette kam/sprach er bey selbst: Verflucht sey Brüher zu ewigen zeiten/ der mein gut Pferdt Brifort todt schlug / Verflucht sein auch die Burgemeister zu Rodiß / so da mein gut Pferdt Bussant bey sich haben/ da lag Soldans Knechte einer bey jhm/ der horte diese Wort / das sagte er Soldan des Morgens. Da vernam er bald / daß es Olger Dene war/ Darumb bath Er den

Knech

Knecht/niemand solches zu sagen/ damit es
Olger nicht zu wissen kriegte. Er setzte jhm
für in seinem Hertzen wo es zwischen jm vnd
König Moisan möchte vertragen werden/
so wolte er Olgern in einen Thurn vnder
Kröten vnd Würm werffen/ biß zu S. Johannis des Täuffers tag/ da wolte er jm sein
Volck auff die Ban stellen/ nach jm zu schis-
sen/ vnd mit Pfeilen vnd Stralen zu spick-
en/ wie sie denn pflegten alle Jar zu S. Johannis Baptiste tag wider die Christen gefangen in jren Festen vnd höchsten freude zu
thun.

Des morgens beruffte der Soldan alle
Könige vnd Fürsten/ so bey jm waren/ vnnd
sagte/ jn bedeuchte das best vnnd rhdtlichste
sein/ daß er zu König Moisan sendete/ ob er
jm noch seine Tochter zu der Ehe geben wol-
te/ehe daß mehr Blut vergossen würde/ welches er auch wol vorhin gethan/ so were er
nicht nach Jerusalem gezogen/ vnnd sein
Landt vnnd Leute also verderbet/wie er denn
gethan hette/er möchte auch noch wol das leben dazu verlieren/wo er jhme die noch nicht
gebe.

gebe. Sie sagten alle / solches gut sein / solche Bottschafft zu jhm zu schicken / da war aber keiner in seinem Heer / so solche Bottschafft werben / oder König Moisau die Brieffe bringen dorffte.

Da gieng Olger herfür / und sagte: Ich will die Bottschafft außrichten / wollet jhr mir ein gut Pferdt unnd Harnisch geben / das wunderte sie alle / daß der Mor so driste sein dorffte. König Caruel zweiffelte sehr / es solte Olger Dene sein / er kennet jhn aber nicht gewiß / daß er so schwartz unnd blaw in seinem Angesichte war.

Soldan gab jhm sein Pferdt / das hiesse Marcewol / auch einen guten Harnisch dazu / also ritte er nach dem Könige / das grosse Pferd war anzusehen / als es flöge / da er auß ritte / denn es sprang jeden sprung fünfftzehen Schuch mit jhme / es war auch zuuor lange zeit nicht geritten worden / Olger saß gar still darauff / und regieret es nach seinem willen. Da sagte König Caruel zum Soldan unnd den andern: Ich sahe nie keinen Helden oder König ein Pferd so stoltz unnd

S   wol

wol reiten/als er thut/ohne Olger Dene al-
lein/der bey Keiser Carl war. Als Olger sein
werbung gethan/da sagte der König zu jhm:
Soldan bekompt meine Tochter nimmer-
mehr/es komm darnach was da wölle / es sey
Mord oder Krieg/vnd fragt jhn / Gehörstu
Soldan zu / daß er dir das gut Pferdt geben
hat? Olger antwortet: Nein/sondern ich diene jhm für Gold vnd Geldt. Da befahl der
König seinen Dienern / sie solten jhm das
Pferdt nemen/Olger ward zornig vnd sagte: Es wer grosse schande/daß ein König einigen Botten berauben solte/wiltu aber das
Pferdt endtlich haben / so schicke einen von
deinen besten Kämpffern gegen mir auff die
Bahn / vmb das Pferdt mit mir zu fechten/
vberwindt er mich/so magstu das Pferd wol
behalten/vnd wil ich sein gefangener sein/v-
berwinde aber ich jn / so wil ich mein Pferdt
behalten. Der König vnd die anderen Fürsten sagten: Es solte also geschehen.

Wie Olger mit Langulafre kempf-
set vnd jhn vberwandt.

De

Er König fragte/ ob einer in ſeinem
Heer wer / ſo mit jm kempfen wolte/
Da gieng Langulafre/ Brühers vñ
Juſtamunds Bruder herfür / welche Olger zuuor erſchlagen hatte/ vnd ſagte/ er wolt
jm begegnen/ ſie gaben ein ander jhr Pfande
darauff/ vñ behielt der König Olgers Pferd
zu Pfande. Als nun Olger wider in die
Stadt kam/ vnd ſagt Soldan diſe antwort/
fraget jhn der Soldan/ wo das Pferdt were/
Olger antwortet: Er hette es zu pfandt müſ-
ſen ſetzen/ daß er wider kommen/ vnd mit Lan
gulafre ſtreitten wolte / Soldan ließ jn mit
einem köſtlichen harniſch verſehen/ daß er gewinnen ſolte/ war jhm gleich wol im hertzen
feind/ gedacht jn auch in künfftigen zu tödtē/
Als Olger zum Könige kam/ da gab er jhm
ſein Pferdt wider/ er ſprang bald darauff/ vñ
ritte auff die Ban/ bath auch Gott heimlich
in ſeinem hertzen/ daß er ſeinen Feindt vberwinden mochte.

Olger ſagt zu dem König vñ den andern
S ij Für-

Fürsten: Wo ich nun gewinne/ so beger ich/ daß ich mein Pferd möge behalten/ auch frey vnnd loß möge reitten/ wo ich will. Sie schwuren alle/ jm solte nichts vngebürliches widerfahren/ da rennten sie härtiglich auff einander mit jren Speeren/ vnd stach Langulafre seines auff Olgern entzwey/ vnnd Olger traff jhn auff seine stirne/ daß jhm der Helm auff die Erden fiel/ vnd ward so thum von dem schweren stoß/ daß er weder sehen noch hören kundte. Da nam jn Olger beym Halß/ vnd warff jn für sich auff sein Pferd/ vnd rennte mit jm in Babylonien vnd vber antwortet jn dem Soldan/ der dancket jhm gröblich/ vnd sagte: Er wolte jm wol dafür lohnen/ er meinet es aber nicht von Hertzen. Darnach gieng Oger zu den gefangenen Christen/ so er verwaren solte/ sie fragten/ wo er so lange gewesen were/ daß er nicht zu jnen kommen were? Er antwortet: Er were im Streit gewesen/ vnd hette den mechtigen König Langulafre gefangen. Da bat jhn Hertzog Gerard von Konsilon/ jhnen zu helffen/ daß sie möchten auß dem Thurn kommen.

kommen. Olger antwortet: Fürcht euch
nicht / ich will ons baldt allen Harnisch vnd
Waffen verschaffen / so wollen wir vns frischlich mit macht von den schlimmen Hey-
den/Ketzern vnd Hunden schlagen/vnnd in
vnser gewaisame kommen.

Wie König Caruel Olgern zu gast bat/vnd von jm erkannt ward/ auch Soldan Langulafre sagt/daß er Olger were.

Jn tag darnach bat König Caruel
Olgern zu Gast. Als sie nun allein
zu Tische saffen/ sprach König Caruel zu jm: So offt ich dich ansihe/ so düncket
mich/ ich sehe einen Christen Mann/ heißt
Olger Dene/ der mein gut Freundt war/
Darumb bitte ich dich mir zu sagen/ob du
der seiest oder nicht. Olger antwortet: Ich
bin derselbe dein gut Freundt vnnd Diener
Olger Dene/ vnnd ward(nach dem ich den
mechtigen Türcken Justamund erschlage)
von den Bürgern zu Rodiß verraten. Ich
fieng auch diesen Soldan Nerandis/ vnnd
gab jn loß/ vnd ward König zu Rodiß. Dar-
S iij   nach

nach wolt ich zu dem Heiligen grab faren/
vnnd das Schiff vergieng/da kam ich auff
ein kleinen Both hieher / verware nun die
Chriſten gefangen / vnter welchen ich hab
freund vñ gute gönner/ König Caruel ſagt:
Gib dich zu frieden / ich wil es alſo verſchaf
fen/ daß die Chriſten vmb ein ring gelt loß
kommen ſollen/diſe wort ſagt Olger/daß nach
ſeinem freunden/ die des ſehr fro wurden.

Als nun Olger bey König Caruel zu ga=
ſte war/ da fraget Langulafre den Soldan/
wer der were/ ſo jn gefangen genommen het/
daß er ſo groß vnd ſtarck were/ ſagt auch wei
ter: Ich ſchwere das bey meiner trew vnnd
ehre/daß ſeines gleichen in der gantzen Tür=
ckey noch Jndien iſt. Soldan antwortet:
Wiltu mir auff dein trew vnd glauben gelo=
ben/ſolches nicht zu öffnen / ſo wil ich dir ſa=
gen wer er iſt/ Er ſchwur bey ſeinem Gott
Machomet/es nimmer zu ſagen/ da ſagt der
Soldan: Er iſt Olger Dene/ vnnd darff es
nicht bekant ſein/daß er es iſt/ König Langu
lafre ſagt: Lieber freund da thuſtu vbel / daß
du den offenbaren Schalck ſo lange leben
leſ=

leſſeſt / denn er fieng dich zuuorn / hat auch
meiner brüder drey todt geſchlagen / ſo Soldan zuuor waren / als Burmand Brüher/
Juſtamund/ Soldan antwortet: Hett ich
jn zuuor todt geſchlagen / het ich dich nicht
jetzt gefangen kriegt/ er ſol noch groſſer manheit in dieſem Streit begehen/nach dem aber
geendet/wil ich jn ableiben laſſen.

Wie die Helden mit einander ſtrit-
ten/vnd Olger vil todt ſchlug/ auch
den König Moiſan gefangen
nam.

König Moiſan ſahe/daß ſein beſter
Kämpffer gefangen war / da theilet er
ſein Volck in vier theil/ damit zohe er
gegen der Statt / vnd 32.tauſendt waren in
jedem Heer. Als Soldan das vernam / da
bereitet er ſein Volck / befahl König Caruel ſein Hauptpaner / vnd ſchicket Olgern
mit jm/ dem het er ſein Pferdt gegeben/auch
ſein Harniſch/vnd bat jn ſein beſtes zu thun/

S　iiij　　Ol

Olger antwortet: Jch will auff diesen
tag so manchen Türcken vnd Heyden todt
schlagen/daß sie zu ewigen zeitten dauon sollen wissen zu sagen/darnach zohe sie zu hauff
mit beiden Heeren/vnd schlugen vnd schossen gar manulich auff einander/Olger rente vnder jrem Heer/vnd schlug vnd hieb/als
was für jn kam/vnd sparte niemand/er kam
König Caruel offt zu hülffe/vnnd schlug die
todt/so das Hauptpaner von jm reissen wol-
ten/darumb wurden sie alle forchtsam für
jm/vnd flohen wo sie jhn kommen sahen/er
suchte jhre beste Helden/vnnd schlug sie alle
todt/so viel er jr vberkommen kundte.

Als König Langulafre/der auff dem
Thurn zu Babylon bey dem Soldan stüd/
solches sahe/sagt er zu jhm: Olger hat nicht
allein menschliche Natur/sonder ich glaube
daß der Teuffel sein Vatter sey/denn ich habe gesehen vnd gezehlt/daß er mehr den fünfftzig der besten Kämpffer in vnserm Heer erschlagen hat/ohn die andern vnzehliche/so er
erschlagen/ich glaub daß er hieher kommen
sey/daß er alle vnser Geschlecht verderben
soll/

all auff die
nd Heyden
tten dauen
t tohs sie zu
lugen vnd
nder. Olgar
lug vnd hie
t niemand a
fe, vnd die
von jm raißen
alle forcht
t kommen
vnd schlug
nmen fund
fre
y dem Soldan
fen: Olger ha
er sonderlich
atter sey, denn
ße er mehr dei
t in vnserm H
zern vnschickel
deß er hieher ku
Geschlecht

u/ Ich bitte dich oberster Gott Mahomet/
wollest vnter seinen Henden beschirmen.

Als Olger den König von Damasco/
der jhr Hauptpaner führte/ todt geschlagen
hette/ auch ander Kämpffer mehr/ so bey jm
waren/ da flohen die Türcken ein jeder seine
weg, da rennte König Moisan mit seinem
Speer auff Olgern/ er entwich jm aber/ vn
schlug in auff seinen kopff mit seine schwerd/
daß er von dem Pferdt fiel. Olger erwuschet
jn mit macht auff sein Pferdt/ vnd führte jn
dem Solden in die Statt gefangen/ da dan
cket Soldan Olgern sehr/ vnnd verhieß jhm
wol zu lohnen/ für seine grosse mannheit.

Olger ritte bald wider ins Feldt vnnd
streit/ da sahe ein mächtig König kommen/
der hatte zehen tausent guter Mañ mit sich/
er sagte zu jhnen allen: Vmbringet diesen
Helden/ so da kompt/ daß jr jhn todt könnet
schlagen. Olger rennte in den hauffen/ vnd
schlug den zum ersten todt/ so dz Paner führ-
te/ darumb ward der König zornig/ vnd rennet auff jhn mit seinem Speer/ Olger ent-

S v   wich

wich jhme/ vnd schlug jne auff sein Haupt
daß er jn den Helm vnnd ̃ ̃ ̃ er spielt
auff den halß/ vnd er todt ̃ ̃ ̃ die erden fiel/
als König Murgalant solches sahe vnd wu-
ste/daß König Moisan sein Bruder gefangen war/ die andern Könige aber den meisten theil erschlagen/ da flohe er auß dem Fel-
de/ Olger folgte jhm eilends nach ̃ ̃ zum
Schiffen/ vnd schlug vil Türcken auff dem
wege todt/vnd nam da all Raub vnd Beut/
so sie hinder jnen verliessen/ vnd brachte solches dem Soldan/darnach legte er sein Harnisch ab/ vnd gieng zu den gefangnen sie zu
trösten/da schickte Soldan nach jme/Als er
zu jme kam/ da sagt er zu jme: O du Edler g ̃
ter Ritter/ du hast dein grosse Mannheit bewiesen heut vnd alle tag meinet willen/
Drumb wil ich dir ehrlich lohnen/ich gib dir
erstlich den mächtigen reichen König Moisan von Jerusalem / den mastu schätzen so
hoch du wilt/für jn hin in den Babilonischẽ
Thurn/ in des wil ich mich weiter bedenckẽ/
was ich dir geben kan/ da dir mit beholffen
kan sein.

                                        Wie

Wie der Soldan Olgern bey Kö-
nig Moisan in den Thurn beschloß in
willen jn auff S. Johañs tag
mit Pfeilen zu spicken.

Ls Olger mit seim gefangen
in Thurn gieng / da schlug
Soldan die thür außwendig
zu / vnd legt gar starcke Schloß
dafür / vnd saзte Olger solte darinn bleiben /
biß er jne aller best kündte entleiben / Olger
ward zornig / vñ meinet König Moison het
mit wissen an dem verräterlichen stücke so
jme da beweisete ward / Drumb ergreiff er jn
beim halß / vnd wolte jhn zu Todt schlagen /
er bate er wolte jne leben lassen / vnd verant-
worte sich / er wiste nichts dauon / da fieng
Olger den Soldan an zuuerfluchen vnd
sagte : O der lose vndanckbare hund vnnd
schelm / es ist kein guter Blutstropffe in alle
seinen gliedern / wil der faule verräter mir also lohnen / für mein groß vngemach / ich be-
schirmte jne vor seinen feinden / ich fieng die
Obersten Herrn vnnd besten Helden / gab
jhne auch seiner gefengnuß loß / da ich jhne
für Rodiß fieng / nu wil er mich so jämerlich
tödten

tödten vnnd auß hüngern / das iſt jhm groſſe
ſchandt vnd vnehr / Gott gönne mir ſo lang
zu leben / daß ich dieſe verräterey ſo er mir ſtets
beweiſet. an jm rechen möge / vnd erzehlte da
ſein groß vnglück vnd ſchwer vngemach / ſo
jm begegnet war / ſagende: Wir köñ vnſeli-
ger auff Erden ſein / denn ich jetzt bin / wiewol ich zuuor in dreyen Königreichẽ ein
mechtiger König geweſen / in Dennemarck /
Engellandt / vnd Rodiß / hab auch jetzt dem
Soldan den groſſen Sieg gewonnen / für
welchen er ewigen preiß vnnd ehr erlanget /
dafür will er mich nu laſſen peinigen vñ plā-
gen. König Moiſan ſagte: Man pflegt gemeinlich zu ſagen: Diene einem Schalck /
vnd bitte Gott / daß er dir nicht lohne / were
Soldan fromm vnd ehrlich / er hette dich nit
in den Thurn gelegt / darumb theteſt du v-
bel / daß du mich vmb ſeinet willen fiengeſt /
was danck oder lohn wird dir dafür? Olger
ward zornig vber dieſe wort / darumb nam er
jn bey dem Har / vnd wolte jn todt ſchlagen /
da bat er jn zubedencken / daß er ſein gefangner wer / darumb ſolte er jm ſein leben friſten.

Sol-

Soldan stundt aussen für der Thür/ vnnd
hörte alle diese wort/ darumb sagte er zu Ol=
gern: Du solt nicht so schlechtlich im Thurn
sterben/ als du meinst/ sonder solst auff Jo=
hannis Baptiste tag auff die Ban gestellet
werden/ für alle Türcken vnnd Heyden / da
sollen erst Brühers vnnd Burmands Brü=
der so da noch leben/ zu dir schiessen/ darnach
alle andere/ biß du gar wol mit Stralen vnd
Pfeilen gespicket werdest/ in des kam König
Caruel gegangen/ vnd vernam/ daß Olger
in dem Thurn beschlessen were / darumb
wardt er sehr betrübt/ vnd bat für jn. König
Langulafre antwortet baldt/ vnd sagte: Du
bist so gut als er/ darumb batest du jn nun zu
Gast er hette meinen Bruder König Bur=
mande nicht todt geschlagen/ were es nicht
durch deinet willen geschehen / daß du Glo=
riant zum Weib bekommen möchtest.

Soldan sagte zu König Caruel: Ich ha=
ste grossen verdacht zu dir/ daß du vnd Olger
beide einen Pact habt. König Caruel ant=
wortet: Es ist war/ daß ich jn liebe/ als mei=
nen guten Freund/ mein trew vnd ehr ist da=
rinnen

inen vnuerletzt/ ist hie jemād/so mir anders
nach sagt/so leg ich hie mein handtschuch zu
einē pfand/daß ich darumm mit jm kempffen
wil/König Langulafre nā den Handschuch
auff zum zeichen/daß er jhn begegnen wolte/
sie setzten bald Bürgen vnnd Gisel auff beyden seiten / daß sie auff S. Johannis des
Täuffers tag erscheinen / vnd mit einander
kempffen wolten/ Darnach schied König
Caruel von Soldan / vnd sendet das meiste
theil seines Volcks heim/vnd ließ seiner Königin sagen/ er wolte in Franckreich fahren/
daß er möchte Hülff vberkommen / König
Olger Denen / auch die andern gefangenen Christen zu erlösen/ wiewol König Car
uel kein Christ war/ hatt er doch grosse hof-
nung zu Olgers Gott/ er würde jm helffen.

Wie der Engel Gottes Olgern im
Gefengnuß tröstet/dardurch König
Moisan zum Christlichen Glau
ben bekehrt ward.

UNd da nun Olger im Thurn lag/
dachter hin vñ her / wer jn doch moch
te verraten haben/das er Olger were/
er

er kundte König Caruel nicht darin ver-
dencken/daß er wiste daß er sein guter freund
war/als er also in grossen sorg vñ betrübnuß
lag/da kam Gottes Engel mit grosser klarheit zu jme/daß es so hell im Thurn wardt/
als hette die Sonne drein geschienen/er sage
zu Olgern:Sey frölich/dir sol kein leid noch
schad geschehen/du darfst König Caruel deinen guten Freundt nicht verdencken / er ist
nun in Franckreich nach Volck/dich auß
dem Gefängnuß zu lösen/wenn er solchs vol-
bracht/sol er von dem H. Geist erleuchtet
werden/vnd den heiligen Glauben annemē/
vnnd darnach lang mit dir vmb des heiligen
Glaubens willen streitten/ ein Knecht lag
ein nacht bey dir in der kammer/ vnd horte
das du dich vmb dein gut Pferdt/dein Hauß
fraw/Keyser Carl/auch andere deine freunde betrübtest/der sagte es dem Soldan / bleib
stehet in GOTTES liebe / damit ver-
schwandt der Engel / Olger danckte dem
Allmechtigen GOtt/für den grossen trost/
so er jhme in seinen nöhten gesendet hat.

Da-

Da König Moi san diß grosse Wunderzeichen vnd klaren schein gesehen / vnnd des
Engels Wort gehört hette / da empfieng er
des heyligen Geistes Gnade in seinem Hertzen / vnd fiel auff die knie für Olger Denen /
vnd bat jn vmb Gottes willen / er wolte jhn
den heyligen Christlichen Glauben lehren /
denn er wolte sich gerne täuffen lassen / vnnd
gern vmb GOttes Namen willen sterben /
wo es sich zu trüge. Olger lehrte jn das beste /
so er kundte / darnach lobten sie Gott beyde
tag vnd nacht von gantzem Hertzen. Hertzog
Gerard vnd die andern Christen gefangen /
verwunderte größlich / daß Olger so lange
von jnen war / wusten auch nicht / daß er gefangen war / darumb wurden sie betrübt vñ
jn / da der / so jhr nun wartet / solchs hörte / da
schlug er sie mit einer Geissel / vnnd bandt sie
vil härter / denn sie zuuor gebunden waren /
vnd sagte zu jnen : Jhr bekommet nun einen
andern Affen / denn jr zuuor gehabt / deñ der
lose Lawer Olger Dene / so ewer gewartet /
gab euch zu vil fressen vnd sauffen / vnnd ließ
euch ewern eigenen willen / er sitzet nun selbst
im

im grossen Thurn/ vnd sol auff S. Johans
tag mit etlichen von euch auff die banc gestel
let werden/ da dann alle Türcken vnd Heyden/
zu euch zum ziel schiessen sollen/ vnd euch mit
jhren Pfeilen spicken werden/ als jr Jgel weret.

Wie Olgers Bruder König Göde
gen Radiß kam/ vnd nach dem heiligen Grab
fahren wolte/ da jn die Bürgemeister
auch durch Brieffe
verrieten.

VB der zeit war König Göde in Dennmarck sehr betrübt, dann er kund kein gewisse Zeitung von seinem Sone Gal-
ler/ noch von seinem Bruder Olger Denen
bekommen/ jn daucht in der nacht im Schlaff/
wie sein Bruder Olger mit einer Königlichen
Kronen gekrönet were/ führe darnach auff dem
Meer/ vnd gieng sein Schiff vnter/ keme darnach auff eim kleinen Both an das Land/ jn
dauchte auch/ wie er in ein tieffen Thurn komen were/ da ruffte vnnd klopffte er sehr/ aber
da wer niemand/ der jhn außlassen wolte/ da
kam er jm für/ er wolte außfahren vnnd jhn
T   suchen/

suchen/nam mit sich 500. deutsche Marck/vñ
kame gen Kadiß/ sie empfiengen jn gar ehr-
lich/als sie hörten daß er jres Königs Bruder
wer/sie klageten sehr/ daß sie jn verloren het-
ten/ als er nach dem heiligen Grab gefahren
were/ vnnd kündten jn nicht erfahren/wo er
doch hin kommen were/ Er bat die Bürgemeister jm ein Galeen zubestellen/zu dem heiligen
Grab/ Sie sagten ja/ vnnd bestelleten ein
Schiffman/ legten mit jm an/er solte jn König Wargaland zu Jerusalem verraten/ga-
ben jm solche verrätterliche Brieffe mit/ als
werens seine geleits Brieffe.

Als sie nun gen Jerusalem kamen/ vnnd
jn der König finge/da sagte er zu jhm/ich wil
dich zu todt plagen/vmb des grossen schaden
willen/ so dein Bruder Olger mir an meine
Geschlecht vnnd freunden bewiesen/auch an
meinem guten Volck so er mir erschlagen/
König Göde erschrack/ da er sahe daß er verraten ware/doch antwort er jm: Ich bin nun
mit verrähterey in deine hende kommen/dar-
umb magstu mit mir thun was dich gelüstet/
handelstu wider billigkeit mit mir/so sol mein
Son

von Galter solches gebürlicher weiß gegen
dir rechen / dann er nach Olgern der künest
Held vnd beste kempffer ist.

Da Jungfraw Clara König Moisans
Tochter / die mit Olger Denen im Thurn
zu Babylon saße / horte / daß König Göde
Galters namen nestet/wolte sie jm gern sein
leben gefristet haben/ drumb sagte sie zu König Murgaland/ Lieber Vatter/ sendet disen
gefangen / auch andere Christen so jr im ge-
sengniß habt / zu König Isor / daß der sie im
gefengniß verwahre/ das thete sie zu einer guten meinung/ daß sie vrsach bekommen möchte jn loß zu machen / dañ sie hatte grossen lust
zu Galtern seinem Son / vmb seines guten
Gerichts willen/ König Murgaland mein-
te nicht / daß jhr rechter ernst were/ daß sie für
jne bat/ drumb ließ er jn im Thurn liegen/ da
sagt Göde bey sich selbs / ich hoffe Gott soll
diese grosse verrätherey an den Bürgern zu
Rabiß rechen/ so sie meinem Bruder vnd mir
beweisen.

T ij   Wie

Wie Carlot des Keysers Son/Galtern sehr feind ward/darumb jn gegen dem Keyser anklagt/ wie er jn verrahten wolte.

JN des kam König Caruel zu Keyser Karol in Picarden/ der hatte bey sich die meiste Ritterschafft inn Franckreich/daß sie wolten zusehen/wie Galter mit Rocharden kempffen wolte/welcher Hertzog Berad zuhorte/der daß vorhin gegen Diger Dene verräh:erey geübt hette/Carlot des Keisers Sö trug Galtern grossen haß/drumb sagt er zu etlichen seinen heimlichen freunde. Mein Vater glaubt alles so jm Galter vorsagt/verschmähet mich auch viß seinet willen/vñ will mein nichts achte/wz sol ich dazu thun/dz ich mich an jm rechnen mög/sie sagtē/sprich er wol dich verrahten/ wir wöllen zeugen darüber sein/vnd fange ein zanck mit jm an/als bald du kanst. Denselben tag solte Galter ein gebraten Pfawen für den Keyser tragen/Carlot name jn auß der Schüssel/vnd schlug jm den in das Angesicht/ Galter ward zornig darumb/vnd gieng bald für den Keyser/klagt jm

js Son⸗
obi jn gegenb
er jn ver⸗
e.

Caruel zu ſa
ſi der hatt eheig
hafft inn ihs
en/ wie Galter
die welchen ihm
vorhin zuuen Oe
hette/ Carcolus
aſſen hat die ih
ichen freund hi
a Galter verlar
ſt ſeiner willen die
al ich darumb/ da
bg ſie ſagt freu
w wellen zeugen
a zwid mit me a
wo das ſolle Galt
den Keyſer tragt h
chuffe / vnd ſch
Galter wart hi
d für ein Keyſe be

nm an dem hochmut/jme bewiſen/ der Keyſer
lieſſe ſein Son beruffen/ vñ ſtraffet jn hartig
lich darumñ/da ſagte Carlot/er ſtellet mir nach
meinem Leben/ vnd wil mich verraten/ vnd
bracht bald die falſch zeugniß gegẽ jm her für.

Galter antwort/Nein es were nicht alſo/
es kundte aber jn nicht helffen/ da befahl der
Keyſer Hertzog Neimis Galtern zur ſtett zu
halten/ biß er die rechte warheit erfahren kůnd
te/ein tag oder zween/darnach gieng Hertzog
Neimis zu dem Keyſer vnd ſagte/mich wun⸗
dert daß du dieſen edlen Ritter in deme ver⸗
denckeſt/ du haſt ja nie anders vernommen/
denn daß er allzeit dein trewer Diener gewe⸗
ſen/ auch ſein Leib vnd Leben offt vinb deiner
willen gewagt/du weiſt wol/daß die ſo zeug e⸗
ten/jme alle feind ſein/ vnd ſein Hertzog Be⸗
rards nechſte freund/ſo jhm dieſe lügen vnnd
falſche fünd auffgedichtet haben/darnach ſol
ches für deinen Sone geſagt/damit er ſolches
glaubete/ vnd Galter zu ſchaden möcht kom⸗
men, dann ſie ſind ſeine offentliche feinde/der
Keyſer fragte Galtern darumb ob es alſo we
re/ Galter antwortet/ Gott weiß daß ich es

te gedachte/ drumb erbiete ich mich zu kempffen mit einem jeden / so mir diese vnehrliche
Sache vnschüldiglichen aufflegt.

Wie König Caruel zum Keyser ka-
me/ vnd jme sagt/ wie Olger gefangen
were/ auch wie Galter mit Rochard kempffte.

JN dem kam König Caruel vnd seins
Bruders Son Marciscus zum Keyser vnd sagte jm/ daß König Olger zu
Babilon gefangen were/drumb bat er jn/ er
wolte jm zu hülff vnd trost kommen/der Key
ser schwig ein kleine weil/ vnnd antwortet
nichts/ da sagte König Caruel wider zu jhm:
Herr mich dünckt/du seiest betrübt/er sagt ich
weiß nicht was ich thun solle/ dann Galter
Olgers Bruders Son / dem ich alles guten
getrawet/ der wil mein Son Carlot verrah-
ten/ In dem kam Rochard/ vñ sagt/sol solche
war sein/ Galter sagte nein / es wer nit war/
vnd warff sein Handschuch zu pfand/ daß er
darumb sechten wolt/ Rochard nam jn auff/
vnnd sagte er wolte jm begegnen / der Keyser
sagte/geht bald hin/vnd ziehet ewer Harnisch
an/

an / dann ich wil die warheit darumb wissen/
che ich schlaffe / Karlots Son gieng mit seinem kempffer vnd zohe jn an/König Caruel
vnd Hertzog Neimis die zohen Galtern an.
Als sie zusammen auff die banc kamen / da
renten sie auff einander/daß beyde jre Speer
zu stücken brachen / Galter hieb flugs zu jhm
ein / vnd verwundet jhn vbel in sein Achsel/
schlug auch weiter zu jhm streich vber streich/
sagt er solte sich für ein verrähter geben/er ver
setzt jhm allzeit mit seinem Schwerdt / vnnd
wolte nichts antwortê/da ward Galter noch
mehr zornig/vnd schlug ernstlich auff jn/vñ
in demselben streich/hieb er jm den linckê arm
ab/auch den Schilt von seiner Brust/daß sie
beyde zu der Erden fielen / er wolte jhn auch
stracks haben todt geschlagen/da kam der Kei
ser gerant/bate jn auffzuhalten/biß er diewar
heit erfahren mochte / da fragt er Rocharden
wer diese sach angefangen hette / da entschul-
digt er des Keysers Son/vnd sagte/der Hertzog von Norandien/hette diese lügen erster-
dacht/dann er truge Galtern feindschafft/
daß er Berard sein freund erschlagen hette/

T iiij   auch

auch dz Olger Dene sein Vatter vor Schel
teau fort erschlagen hette / entschuldiget also
Galtern auff sein todt/daß er gegen des Keysers Son/noch gegen einigem Menschē kein
verrähterey gebraucht/ daß jm wissend were/
als das geschehen / da spaltet jm Galter sein
Haupt entzwey / daß er todt zu der erden fiel/
da lobten sie Galtern alle/ daß er sein ehr vnd
glimpff manlichen als ein solcher Ritter vnd
Held bestirmet vnd vertheidigt hette. desmo-
gens ging Keyser Karl in vnser Frawen
Kirchen vnd bat Gott vmb guten rath/ Hertzog Neimis vnterweiset König Caruel/vnd
sagte jm vil guter lehr von dem heiligen glau-
ben/riethe jm auch er solte sich tauffen lassen/
er antwortet er wolte es gern thun / als bald
Olger Dene auß der gefengniß vnd Thurn
keme / der Keyser liesse ein grosse gastung zu-
rüsten vnd war fro/daß Galter in der sachen
so jhm zugelegt waren / vnschuldig erfunden
worden war/dann er jhn sehr lieb hette / von
seiner grossen Manheit wegen.

Wie

Wie Galter den kampff gewonnen/ vnd der Keyser 30. tausent man Olgern zu hilff schicket/ auch ander Fürsten jeder nach seinem vermögen/dar= über Galter Haupt- man war.

Als die malzeit geschehn/da sagte König Caruel/ Lieber Herr/ich bin den langen weg gezogen/ vnd vmb Olger Denen willen Land vnd Leut / Weib vnd Kind ver= lassen/hab auch niemand mit mir daß meins Bruders Son/drumb bitte ich dich/ mir zu sagen/ ob du Olgern in seinen grossen nöten helffen wollest/als dir dann wol gebüret/so du seine grosse wolthaten bedencken wilt/der Kei= ser sagte/ich danck dir höchlich/daß du so trew= lich bey ihm handlest/ ich wil ihm zwantzig tausent guter man schicken/vnd Galter sol je Hauptman sein/ Hertzog Neimls sendet ihm 100.tausent/ darnach die andern Hertzogen/ Grauen/Ritter auch andere gute Leut/send= ten ihm einer 4000. der ander 3000. einer 7000.ein jeder nach seinem vermögen.

T v Da

Da Galter ein solch schön volck beyeinan
der hatte/gab er sich mit jnen auff das Meer/
vnd kriegt guten Wind/dann Gott war mit
jnen/ da begegnete jnen ein Schiff mit Pil
grinnen/die fragten sie/ob sie von dem heili
gen Grab kemen/ was auch da für zeitung
wancket/sie sagten daß die von Radiß/König
Göde von Dennmarck/dem König zu Jeru
salem verrahten hetten/da sesse er nun gefan
gen/Galter ward sehr betrübt/als er hort daß
sein Vatter gefangen were/ er bate König
Caruel/vnd die andern/jm dahin zu folgen/
daß er sie dafür straffen möchte/ König Car
uel sagte/ sie verriethen auch König Olgern
zuuorn/ darumb wöllen wir erst gen Radiß
seglen/als sie nun dahin kamen/da liesse Gal
ter bald sehen von den Obersten der Statt
sahen/vnnd fragte/ wie sie mit jhrem König
Olzer Denen/ nachfolgend mit Göde dem
König auß.Dennmarck gehandelt hetten/als
er kein warheit von jnen erfahren kundte/ da
ließ er der Witwen Son/ so Olgern zuuor
gedienet hatte für sich kommen/ der sagt daß
Godebuff der Bürgermeister darumb wol
wisse/

wiſſe/da ließ er jm bald alle ſeine Kleider auß-
ziehen/jm hend vñ fůſſe binden/ darnach mit
Honig ſchmiren/vñ für die Binen werffen/
welche jn ſchwerlich ſtachen. da ſagte er Galtern als bald/wie ſie die guten Herrn verrahten hetten/drumb vberantwortet Galter jnt
vnd die andern verrähter dem gemeinen volcke befahl jnen auch bey Leib vnd Leben/ſie in
dem Thurn zuuerwahren/ biß er mit König
Olgern vnnd König Göde wider dahin keme.

Wie Galter gen Jeruſalem mit ſei-
nem volck keme/vnnd ſolches der König
Murgaland erfure/ mit jm zu
ſtreitten außzoge.

ALs Galter ſolches zu Radiß gehandelt/
da ſchiffte er fürter gen Jeruſalem/ König Murgaland vername/daß viel
Kriegßſchiffe an das Land kommen waren/
drumb ſchickt er etliche Speer auß in Fiſcher
kleidern auff ein kleinen Both/zuerfaren wer
ſie weren/ vnd wo ſie herkemen/ da ſie wider
kamen/ſagten ſie/es weren Frantzoſen/vnnd
ander Chriſten Leut/vnd hieſſe jr Hauptman
Gal-

Galter/wer auch der schönest Man/so sie all
jr tag vnter Türcken/Heyden/oder Christen
gesehen hette/Jungfraw Clara hort dise wort
des gewan sie grossen lust zu Galtern/der Kö
nig liesse bald gebieten/daß die Bürger auff
die Mauren vnd Wehr solten gehen/vñ acht
haben/daß sie nicht vberraschet würden/vnd
er bereittet sich mit aller seiner macht/so er hat
te gegen jnen außzuziehen/dann es jhn spött
lich sein dauchte/sich von den Christen bele
gern zulassen/er sendet ein hauffen zu einem
Thor hin auß/vnnd zohe er zu dem andern
auß/mit seinem grösten Heer vnnd Haupt
baner.

Als er auß der Statt geritten war/da sen
det Jungfraw Clara nach vorgeschriebenen
Spehern/gieng mit jhnen in ein Kammer/
fragt sie ob Galter so hübsch vnd schön were/
wie sie zuuorn vor dem König jres Vatters
Bruder gesagt hette/Sie sagten ja/er wer vil
schöner dann sie sagen kundten er ist ein schö
ner Man/hoch von Person/dazu mannlich
vnd dick nach seiner grösse/sein Glieder/Fin
ger vnd Hende/Schenckel vnd Füsse sein also
schö n

schön geschicket vñ proportionirt/daß ich gewißlich glaub/kein schönern Menschen auff
Erden sey/wolte er sein Christlichen glauben vbergeben/vnd jr jnen darnach zu einem
Ehegemahl haben mochtet/so kündte man
schöner zwey Eheleut in der gantzen Welt nie
finden das schwer ich bey meinem Gott Ma
homet/Jungfraw Clara sagte zu jm/kanstu
zuwegen bringen/daß ich jhn sehen mag so
wil ich dir 100. gülden geben/er sagte er wolte
sein bestes thun. daß es geschehe/In dem kam
Galter mit seinem Volck von dem Meere/
als er nun also auff dem weg war/da sagte er
zu König Caruel/Gott wolte daß ich wissen
möchte ob mein Vatter noch beim Leben we
re/ich kan gar nichts thun/mich gelüstet auch
nicht zu streitten/biß ich dessen ein warheit er-
fare/König Caruel antwortet/gib dich zufri
den/ich wil vns das wol zu wissen kriegẽ/daß
Marciscus meines Bruders Son/ist mit dem
König vnd seim Bruder auch Tochter sehr
wol bekant/er kan vns das bald erfragen/da
berufft er jn zu sich vnd sagte/Sihe da kompt
ein groß Heer auß der Statt/mit vns zu streit
ten/

ten / wann wir nun anfahen / so lauff du in
die Statt / vnd stell dich als du von jrer Partey seiest / vnd etwas zu rücke vergessen habst /
vnd erfare also von Jungfraw Clara / ob König Söde auß Dennmarck noch lebe / oder
aber todt seye / als er nun darumb fragte / da
sagte sie er wer noch frisch vnd gesund / vnnd
fragte jn wider / wie es seinem Son Galtern
gienge / er antwortet wol / er ist Haubtman v-
ber all vnser Heer / vnnd der schönste man so
auff Erden sein mag / dazu ist er auch dristig
vnd starck / auch mannlich wider alle seine feinde / in Krieg vnd Schlachten / daß ich seines
gleichen nicht weiß.

Wie Galter wider die Türcken gar
manlich stritte / jrer sehr viel erschlagen
vnd in die Statt gejagt
wurden.

ALs die Jungfraw solches höret / bekam
sie noch grösser liebe zu jm / dann sie zuuorn hatte / dorffte doch gleichwol dem
jr meinung nicht sagen / weil aber Merciscus
bey jr war / da kamen beyde Heer zusammen /
vnd

vnd ſchlugen vnnd hieben gar ſchwerlichen
auffeinander / Galter rente inn jhr Heer/
vnnd fragte/ wo der verrähter König Murgaland were/ ſo ſeinen Vatter im Thurn gelegt hette/ letzlich ſahe er/ wo er ritte ein gülden
Krone auff ſeinem Helm habende/ er rennet
eilend auff jn/ ſtach jn vñ ſein Pferd zugleich
zu der erden / hette jhn auch als bald todt ge-
ſchlagen/ wer nicht ſein Son Horiel/ ſo da
ſein Hauptbaner fürte/ jm zu hülff kommen/
Galter hieb jhm als bald das Baner auff der
hand/ vnnd ſein Pferde das haupt/ in einem
ſtreich abe/ darumb ruffte er gar laut/ Jeru-
ſalem/ Jeruſalem/ das war jr loſung / da kamen vil jrer Helden/ vnd hulffen dem König
wider auff ſein Pferd / vnnd Horiel auff ein
anders/ vnd erlöſſeten ſie beyde von Galters
henden / oder er hette ſie alle beyde gefangen
geführt.

Sie flohen wider in die Statt/ dieweil
jhr Hauptbaner nidergeſchlagen war/ darumb war alles Volck erſchrocken / onnd
wuſten nicht wohin ſie ſolten / Galter
eilte jhnen mit ſeinem Volck faſt
nach/

nach/biß in die Thor/vnd schlug den tag wol
16.tausent Türcken todt/wiewol die schlacht
nicht lange werete/Als nun der König wider
in das Schloß kam/gieng Marciscus zu jm/
vnd sagte/wie er wer von Damasco mit 300
Man jm zu hilff kommen / vnd jn die Christen die alle erschlagen hetten/vnd er kaum in
die Statt entpfliehen hette können / der König antwortet es ist gut mein lieber freünd/
daß du gesund dauon kommen bist/ du solt
wol ander Volck bekommen gib dich nur zu
frieden/vnd komm mit mir zu Tische/als die
mahlzeit geschehen war / da gieng Marciscus
wider zu Jungfraw Claren/hatte auch nun
besser vrsach mit jr zureden dann vorhin/des
Abends ritte er auß der Statt/ vnnd sagt zu
dem Pfortner / Jch wil nun außreiten die
Christen zuerstechen/vnnd mein Diener su-
chen/ so ich heute verloren hab/ darumb hab
acht daß du mich einlassest/so ich wider komme.

Wie Galter zu Jungfraw Clara

kam mit jr zureden/vnd Boriel Murgus
lands Son Marciscum/vnd Galter Boriel erschluge.

Als

Als er nun hinauß zu Galtern kam / da sagte er / wie sein Vatter noch frisch vñ gesund were / darnach lobte er Jungfraw Clara / vnnd sagte / sie wer die ehrlichste vnd schönste Jungfraw / so er all seine tag gesehen hette / er sagt auch wie er von jr vernomen / daß sie jhn gern zum Ehegemal haben wolte / von den worten empfieng Galter groß lieb zu jr / vnd sagte / er künd kein ruhe haben / er hette dann mit ir geredt / König Caruel antworte / Marciscus mein freund sol mit dir zu jr reiten / vnd weß du zu jr kommest / so laß dich die liebe nicht bezwingen / dz du vns hie in der belegerung vergessest / Galter beruffte sein Volck zuhauff vñ sagte / Ich wil in die Statt reiten / vnd mit meinem Vatter reden / Sie baten alle / er solte bald wider kommen / Als nun Marciscus zur pforten kam / sagte er / er solte jhn einlassen / dann er den Kisten Läger außgespeht hette / auch sein Knecht wider funden / da stelte er sein vnnd Galters Pferd in ein herberg in der Statt / vnd giengen in das Schloß / kamen zu Jungfraw Clara / die empfieng sie ehrlich / vnnd hiesse sie wilkommen

V   sein /

sein. Darnach redet sie lang mit Galtern/
vnd sagte jme jres hertzen grund/ sie gelobten
einander die Ehe mit einander zu leben vnd
zu sterben/ sie gab jme köstliche Gaben/ nem=
lich/ S. Jörgen brinne/ Schilt vnd Helm
vnd sagte zu jm/ es kündte kein Schwerd oder
Waffen darauff hafften/ er gab jhr ein sehr
schönen gülden Ring auff die Ehe/ mit einem
edlen vnd köstlichen Stein/ Als sie also sitzen
vnd reden/ da kompt des Königs Son Ho=
riel zur Thür hinein/ vnnd sagte zu jr, wie si=
tzest du Teuffels Hur/ biß mitter nacht mit
dem Bulen/ Marciscus antwort balde vnd
sagte/ Lieber freundt biß zu frieden/ der ist
mein Diener/ der mit jhr redet/ er antwor=
tet/ Du läugest als ein verrähter/ ich sahe jhn
heut vnter den Christen streitten/ vnd stache
damit Marciscum mit seinem Dolchen inn
das Hertze/ daß er todt zu der Erden fiel/ Gal=
ter sagt/ das solt du bezahlen/ vnnd spielte
jhm sein Kopff/ biß auff die Brust/ Jung=
fraw Clara ward weinent/ vnnd sagte/ Weh
mir/ weh mir/ ich arme Jungfraw/ was sol
ich sagen/ was sol ich thun/ ich wolte lieber
todt

mg mit Galter
grund sie geleb
ander zu leben wol
liche Gaben nic
Schilt vnd Har
e kein Schweren
1/ er gab jhr nach
sff die Ehe mit eren
kein Als sie also wo
es Königs Son pr
vnd sagte zu jr ewe
biß mitter nast
es antwort bram
biß zu frieden wil
t jhr redet / er antw
verthler ich sah jhr
en streitten vnd ietk
is seinem Dolchen an
zu der Erden fiel vn
bezahlen / wenn sie
ff die Brust / Jarp
heut vnd sagte Deß
er Jungfraw / weil
er Jungfraw woltc bethen
thun / ich welte hetzen
ist

tobt sein/dañ lenger auff erden leben/dañ der
König lesset mich gewißlich ertrencken oder
verbrennen/ weil er solches zu wissen kriegt/
Galter antworte/ gebt euch zufrieden mein
aller liebste Jungfraw/dañ ich thete das von
ewert wegen/wenn der König kompt/so sagt
daß Marciscus ewer freund bey euch gewe-
sen/vnd mit euch geredt habe / in dem sey sein
Son kommen/vnd den Dolchen in jn gestoß-
sen/da hab er jn als bald todt geschlagen.

Galter bat sie auch jm zuuerbergen/dz er
dauon kommen möchte/sie antworte/wie sie
solchs mit glimpff nicht thun kündte/ es müste dann jhrer Jungfrawen eine solches wis-
sen/ dieselb Jungfraw het ein Schwester in
der Statt/die hette ein man/darumb bate sie
sie/daß sie jn in die Stat zu jrer Schwester
füren wolte/vnnd jn da heimlich halten/daß
er nicht vermeldet würde/ jm auch essen vnd
trincken gnug verschaffen lassen/als nun die
Jungfraw wider kame/ da fieng Jungfraw
Clara zuruffen vnd schreien an/vnd schrie so
laut/dz jederman dauon auffwachte/der König gieng zu jr/vnd fragt sie/was jr felet daß

        B ij   sie

sie also schrie/ sie weinte noch sehrer vnd sagte / Sehet hie hat ewer Son Horiel/mein
freund für meinen Auge erstochen/des schlug
er jme auch in einem grimmel todt/ ich rufft
fast vmb hülff/ Da schlieffen sie alle so hart/ dz
es keiner horte/drumb bin ich schier todt von
sorg vnnd betrübniß/der König sagte biß zu-
frieden/ es ist nun geschehen/ vnnd kans niemand verbessern/ drumb wil ich sie ehrlich be-
graben/mich auch damit benügen lassen/die
ander nacht darnach gieng Jungfraw Clara mit jrer Jungfrawe zu Galter in die Stat
vnd blieb die nacht bey jme/ vnd berieten sich
wie sie am besten zusammen in die ehe kommen
auch auffs erste Hochzeit machen möchten.

Wie Galter wider auß der Statt
kame/vnd gar hortiglich gestrit-
ten wardt.

König Caruel vnd die andern Christen verwunderte größlich wie Galter so lang außbliebe/ drumb wurden
sie eins / sie wolten sich stellen als sie fliehen
wolten/zündeten also jr Läger an/vnd zohen
also gemach nach dem Meer / als solches des
König

ich schrey vnd die
Son Horiel me
rstöchen des sche
mmel todt, ich re
sen sie alle so har in
in ich schier iskren
r König sagt ich zu
chen, vnnd laus zu
ab weil ich sü schict
mit benützen lassen
peng Junasrm Ch
zu Galter in der Ei
j jme, vnd berent sich
amen in die schlahen
zeit machen möchtz

der auß der Stan
bornglich getrio
wardt.

d vnd die andern Chri
dene gröslich wie Ga
gliche drumb wazn
sich stellen als sie sichten
so jr Läger an vn zu zu
m Meer, als sei zu die
König

König wacht sahe/zeigten sie jm solches an/
der machte sich bald auff/ vnd eileten jnen mit
aller seiner macht nach/als bald es tag ward/
als Galter das sahe/ da zohe er sein Brime
an/nam sein Heim vnd Schilt/vnd rente in
den hauffen auß der Statt/ als er nun zu seinem Volck kame/da wendet er sich vmb/vnd
rente gegen deme so des Königs Hauptbaner
fürte/vnd stach jm durch sein Schilt vñ Har-
nisch/daß der Speer ein elen lang zu dem rucken außgienge/ vnd er todt zu der erden fiel/
als solchs der König sahe/rennet er auff Galtern mit seinem Speer/ Galter warff sein
Pferd herumb/vnd hieb auff den König/der
fiel zu rücke auff sein Pferd/vnd schlug Galter jme den sattel knopff abe/vnd dz pferd den
Kopff/in einem streich/ daß der König auff
die erden fiel/ vnd vmb hilff ruffte/ da kamen
vil seiner Helden vnd setzten jn auff ein ander
Pferd/da ruffte Galter Dennmarck/Denn-
marck/ das war der Christen losung/ da die
Christen das horet/ da kamen sie bald zu jm/
vnd hieben vnd schlugen also auff die feinde/
er rente mitten in den hauffen/ als ein grim-

B iij   mer

mer Löw/ vnnd schlug so manchen Türcken
todt/daß sie niemand zelen oder mercken kün
te/darumb flohen sie wider in die Stat/ vnd
folgen jhnen die Christen mäßlichen in dem
streit wurden mehr dann zwentzig tausent
Türcken erschlagen.

Als nun Galter wider in sein Zelt kam/da
fragt jhn König Caruel wo er so lang gewe-
sen/ auch wo seins Bruders Son Marciscus were/ er sagt jm heimlich/wie es sich vom
ersten biß zum letzten verlauffen hette/ darnach rufft er laut vnnd sagt dem Volck/ wie
sein Vatter lebend vnd gesund were/ des wur
den sie alle fro in seinem Heer/ Aber König
Murgaland war betrübt vmb sein Volck/
auch seine mechtige Helden/so er nu in zwei
schlachten verloren hette/da Jungfraw Cla
ra das vername/ gieng sie zu jm vnnd sagte:
Lieber Vatter/ ich solte euch nu in diser ewer
sorge trösten ob ich kündte/ich darff euch nit
wol sagen/daß ich gerne wolte/verschweig ich
auch solches/so förchte ich daß jr dauon schade: bekompt/drumb wil ich euch das verstehn
lassen/ mich deuchte diese Nacht/ wie da ein

mech

mechtiger Held zu euch keme/vnd bat/ir sollet euch tauffen lassen/er lehrte euch auch den
Christlichen glauben/vnnd sagte wie grosse
krafft dz heilig Creutz wider die Teuffel/auch
wider alle ire falsche list hette. da ir sein guten
rath nicht folgen wolt/da zoge er sein schwert
auß/vnd hieb euch den Kopff ab/drumb rath
ich euch trewlich dz ir euch tauffen lasset/von
diesen worten ward er sehr zornig vnd schlug
sie mit einer faust in das angesicht daß sie zu
erden fiel/vnd omechtig ward/vnnd lag wol
fünffzehen tag kranck/von dem streich.

Wie der König zu rath ward Kö-
nig Göde vor sich kempffen zulassen/vnd
sein Son Galter mit ime vnwissend kempffte.

Er König gieng zu rathe mit seinen
Räthe/vñ sagt/in deucht dz best sein/
dz er eine von seinet wegen außschick-
te zu kempffen/gegē irer kempffer einen/vñ dz
vberig volck spart/dz streit auch ein end zuma-
chē/dieweil er nu den mechtigē Heldē König

　　　　　　V iiij　　　Gö-

Göde im Thurn hette/der würde solches gerne thun/sein gefengnuß damit zu lösen/Sie sagten alle/solchs gut vnd nützlich sein/er ließ sein vor sich kommen/fragt jn/ob er wolt allein wider jrer feinde einen kempffen/so wolte er jm seiner gefengniß ledig geben/auch jm ein groß summa golts vnd silbers/Göde antwortet/er wolte solchs gerne thun/Da gieng König Murgaland auff die Mawren/vnd ruffet zu den Christen/vñ bath daß einer von den Obersten kommen/vnd mit jm reden solte/Galter gieng hinzu vnd fragt was er wolte/der König antworte/ich bin des willens/einen von meinem kempffern/wider einen von den deinen zu kempffen/zusenden/mit dem beding/gewint mein kempffer/so sollet jr Christen die belegerung vbergeben/vnnd eweren weg ziehen/hie auch ntchts mehr kriegen oder fechten/verleurt aber meiner vnnd der Christen gewinnet/so wil ich euch Jerusalem frey vnd ledig vbergeben/doch daß alles volck mit hab vnd gut abziehen möge/Galter antworte/er wer es zufriden/Darumb solte sein kempffer morgens auff der ban gewißlich erscheinen.

Sie

würde ſolches zu-
mit zulaſſen/ Es
nützlich ſein erhal
ge jn/ober weit ab
n kempffen jawol
:dig geben auch jm
D ſichers (So die art
rne thun/ da je na
f die Martren/ vnd
ß bath daß einer ver
vnd mit jm reden ſol
vnd fragt was er wol
ich bin des willens a
fern/wider einen ren
zuſenden/mit dem ke
pffer ſo ſoll er jr Chri
geben/ vnd e weren
ßo mehr triegen der
rüner vnnd der Chri
ßeuch Jeruſalem hey
ich daß alles volck mit
volg/ Galter antwor
warumb ſolte ſein ku
r dan gewißlich erricht
Sv

Sie ruͤſteten beyde jre kempffer koͤſtlichē/
vnd folgten jnen auff die bane da ſie kempffen
ſolten/als ſie nun in die Trummeten ſtieſſen
da ranten die beyde hartiglich zuſammen/vn̄
brachen beyde Speer auff einander/ Galter
wendet ſich vmb vn̄ ſchlug faſt auff ſein Vat
ter/daß er jm ſchier den Helm zerſpalten het-
te/er wiſte aber nicht daß er ſein Vatter war/
er hette es ſonſt wol vnterlaſſen/ der Vatter ward zornig auff jn/ vnd ſchlug auff jhn
ſtreich fuͤr ſtreich/daß das wilde Fewr auff ſei
nem Harniſch flohe/es mochte aber auff jme
nit hafften/wer kan glauben daß er ſo ſchwer
lich auff jn geſchlagen hette/ſo er gewiſt daß es
ſein Son geweſt wer/Wer iſt auch ſo verblin
det/der da glaube den Son auff den Vatter
geſchlagen haben/ſo er jn erkennet hette/daß
er je mit ſo groſſem Voͤlck her kame/ſein Leib
vnd Leben fuͤr jn zuwagen/daß er jhn auß der
gefengnuß erlediget/drumb war es ein groſſer jamer daß der Vatter vnd Son/alſo einander nach dem Leben ſtehen ſolten/ da doch
ein jeder allzeit bereit ware/Leib vnnd Leben/
vnd des andern willen auß rechter liebe zulaſ
B ij ſen/

sen/frü vnnd spat/ wo es von nöten würde/
Galter schlug wider auff sein Vatter mit
beyden henden/ daß er jm ein groß stück auß
seinem Schilt hieb/ auff die Riemen da der
Schilt anhienge entzwey/ daß er jm zu der er=
den fiel/ der Vatter schlug auch hartiglich
auff jn/ aber sein Schwerd wolte nicht haff=
ten auff seinem Harnisch/ drumb sprang er
von seinem Pferd legt sein Schwerdt nider/
vnd wolte mit jme ringe/ Galter stig auch ab
jm mit gleichem vortheil zubegegnen.

Sie namen einander in jre arm vnd bra=
chen sich krefftiglich mit einander/ zu letzt
warff der Vatter den Son auff etlich stein/
daß Galter meinte er hette den rücken zubro=
chen war auch schier omechtig worden/ da
das die Christen sahen/ wurden sie alle sorg=
seltig/ König Caruel deßgleichen/ darumb
schwur er bald wo Galter nun vberwunden
würde/ so wolt er sich nimmer tauffen lassen/
König Göde gieng in dem zu seinem schwerd
Galter stund auch auff/ vnd nam sein schwert
schemet sich auch bey sich selbs/ daß er sich hat
te

klassen vmb ein
nem heymen vn
ren fürnehm die
zhülegen drum
wer warff jm i
schicklig er vn
schlug mit be
vnstierckt daß
sein harnisch
sein Schwerd
verseien vnd
Schatz so dein
Herr/ deß am
schaffen vnd.

Wie Galter
Son übe an
ten

Wie Galter
zu hawen
vnd sich t
vnd auff vn

ee laſſen vmbwerffen / Er ſetzet jm für in ſeinem hertzen / mit ſeiner manheit vnnd ſchweren ſtreiche / die ſchand ſo jm da begegnet wer / abzulegen / drumb hieb er manlich off den Vater der warff jm mit ſeinem ſchwerd für / darnach ſchlug er wider auff den Son / ſchlag für ſchlag / mit beyden hende / auß aller macht vnd ſtercke / daß das Fewr vnd funcken auff ſeinem Harniſch vmbfloße / als er nun ſahe / daß ſein Schwerdt nicht hafften wolte / da ruffte er laut vnnd ſagte / verflucht ſey der Schmidt / ſo kein Harniſch vnnd Helm geſchlagen / daß mein gut Schwerdt auff dir nichte hafften wil.

Wie Galter ſein Vatter an der Sprach erkänt / vnd ſich jm gefangen gab.

Als Galter jn höret reden / da kante er jn an ſeiner ſprach / dz er ſein Vater war / drumb fiel er bald auff ſeine knie / zohe ſein Helm auff vnd ſagte / mein aller liebſter Vat

Denmarckische

Vatter/vergib mir vmb Gottes willen/ daß
ich so schwerlich vnd hart auff dich geschlagē
hab/dann ich hab dich nicht gekennet ich bin
mit disem grossen Volck oder Meer komen/
dich auß dem Thurn vnd Gesengnuß zuer=
lösen/laß mir doch zu/daß ich dich vmbfangē
vnd küssen möge/zu eim zeichen rechter liebe/
Der Vatter sagte: Lieber Son/gib dich zufri
den/vnd sag nichts mehr/biß mir diese Tür=
cken vberwunden haben/ Galter antworte/
da hastu mein gut Schwert zum zeichen/daß
ich dein gefangener sein wil/ da die Christen
sahen/ daß Galter auff den Knien lag/ sein
Schwerd auch von sich gabe/ da meinten sie
er wette vberwunden/vnnd het sich gefangen
geben/des wurden sie alle betrübt/König Car
uel sagte: Sorget nicht/dann ich glaub sie ha
ben ein heimliche pact miteinander gemacht/
daß Galter sein Schwerde vonn sich geben
hat.

Da König Murgaland vnd die andern
Heiden sahen/daß jr kempffer Göde dem Chri
sten kempffer sein Schwerd abgewonnen/vñ
geritten kam/ jn gefangen mit sich führende/
da

da wurden sie alle fro vnd danckten jrē Gott
Mahomet/für den sieg so er da gewunen/als
Göde hart zu des Königs Heer kam auff ein
schlechtē plan/Da gab er Galtern sein schwert
wider/vnd bat jm sein lange gefengnuß vnd
groß vnrecht zu rechen/ Galter bließ balle in
sein Horn/so er am halß hangen hette/als König Caruel vnd die Christen solches horten/
da kamen sie bald gerent vnd gelauffen/ König Göde vnnd Galter schlugen zu erst auff
die Türcken/die andern Christen folgten jnē
mañlich nach/wer da des Vatters vnnd des
Sons grosse mañheit gesehen hette/ jm solte
darfür gegrawet haben/so grawsam verfolgten sie die Türcken in der Statt/ ein gassen
auff/die ander nider.   Sie setzten zum ersten
vier starcke Speer vnter den Schoßgatter/
daß niemand sie nider lassen kündte/ damit
hetten die andern Christen so hernach kamen
ein freien eingang.

Wie die Christen die Statt Jerusa
lem eingenommen/auch aile vngleu-
bigen erschlagen ha-
ben.

Gal-

Aber eilte dem König nach von Mer
mach(t)/vn(d) hieb jm d(as) haupt ab bey der
Pforten/das es auff ein/vnd der Leib
auff die ander seiten fiele/ König Göde sein
Vatter/hieb Häupt vnnd arme/vnd vand
Füsse von den Türcken/König Caruel vnd
die andern Christen/brauchten sich auch
mannlich das jederman dafür grawen moch
te/ Sie lieffen nicht nach raub vnnd beute/
(als man jtzund zuthun pflegt)sonder ein je
der verfolge sein feind aus aller macht vnnd
vermögen.

Die Christen gewunnen da ein schönen
sieg von den Türcken/da lieff ein Türck hin
zu Jungfraw Clara/die war in jrem Palast/
hies Dauids Thurn/vn bat sie/sie wolt durch
die heimliche Pforten hinaus fliehen/dann
Galter war schon in der Stat/vnd het Mur
galand jren Vatter todt geschlagen/sie klei
det sich bald in jre beste Kleider/vnd liesse gül
den vnd silbern Geschirr vor sich setzen/ließ
auch jre Jungfrawen gülden vnd seiden Tep
pich an die Wende hencken.

Wie

Wie Galter zu der Jungfrawen
kam/welche sich tauffen liesse/vnd
jn zu der Ehe nam.

Als Galter zu jr kam/empfieng sie jn mit
grosser ehr vnd wirdigkeit/auch all ander Christen so da mit jm warn/als er
ein kleine zeit mit ir geredt hatte/ gieng er in
des Königs Palast zu seinem Vatter/bat jn
auff ein newes in aller Christen gegenwertig-
keit vmb verzeihung/der Vater nam jn in seine arm/vñ sagte/er wolt sein freund sein/auß
hertzengrund sein leib allzeit vor jm wagen/
jn auch all lieb vnd freundschafft beweisen/
als eim Vatter gegen sein Kinde gebürt/da
bath König Göde vnd Galter König Car-
uel/er wolte mit jnen zum H. Grab geh sich
allda tauffen lassen/vñ den Christlich glauben annemen/er antwort/er wolt gern mit jnen
geh/wolte sich aber nit tauffen lassen/er wer
dañ zuuor zu Babylon gewest/ vnd mit Lou-
gulafre gekempffet/auch König Olgern auß
gefengniß geholffe/König Göde gieg darnach
mit

mit König Caruel/ auch den andern Obersten von den Christen/ so da waren zu Jungfraw Clara/ vnd baten/ sie wolte sich täuffen
lassen/ ehe sie sein Son Galter zu der Ehe
neme/ Sie sagte ja/ vñ ward des andern tags
getaufft/ vnd gab ein Bischoff sie zusammen/
machten ein groß Bancket/ weil sie nicht zeit
hetten recht Hochzeit zuhalten/ als solches ge-
schehen/ da fuhr König Caruel in Jndien/
sein Hauffraw Gloriant zusehen/ vnnd bat
Galtern/ als er im das geleit gabe/ er wolte es
nicht versaumen/ vnd zu im auff S. Johans
tag gehn Babylon kommen mit aller seiner
macht so er hette.

Wie Galter zu Florien Jungfraw
Claren Bruder kam/ welcher sich als bald
täuffen liesse/ auch König Caruel
mit grosser macht zu
jme kam.

VBer etlich zeit/ bereit Galter ein groß
Schiffheer/ vnnd segelte von Jerusalem nach Radiß/ da kam er eins tags
zu einer mechtigen statt hieß Meßque/ da war
Florien Jungfraw Claren Bruder König
vber/

vber/als der vernam/daß Galter da war/da
fuhr er jm entgegen/vnd bat jn vnd seinē Va-
ter/ auch andere seine Herrn zu gast. daß sein
Schwester Jungfraw Clara hatte jn vorhin
geschrieben/wie er Jerusalem gewunnen/sie
auch geechlicht hette/ sie auch mit viel andern
getaufft/ het jm auch jren gülden Ring zum
zeichen gesend/daß er mocht sehen/daß es war
wer/bate jn auch sich täuffen zulassen/ drufft
war König Florien sehr fro/daß er die Tauff
nun empfahen solte/dann er solches vor lan-
gest begert hette/als er nun getaufft ward/vñ
vername/daß Galter gen Babylonien faren
wolte/da bate er jn/ein kleine weil auff jhn zu
warten/ biß er seine Schiff bereiten kündte/
vnd jm folgen möchte / solches thete Galter/
da folgte er jnne nach Radiß/als sie nu hart
bey die habe kamen/da sahn sie sehr vil Schiff
kommen/Galter wolt auff sie setzen/dann er
meinte es weren Türcken/ In des steckt König Caruel sein Baner auff zum zeichen daß
er es were/er het sein Königin Glorient/auch
36. König mit alle jhrem Volck bey sich/ als
Galter vername daß er es war / ward er fro/
X vnd

Denmarckische

vnd entpfieng jn vnd alle seine Herren / Kö=
nig Florien grüsset auch Königin Glorian/
denn er sie vorhin wol gekennet hette.

Wie König Caruel vnd Langula=
fre mit einander kempfften/auch Galter
mit all seim Volck ankame/ vnd
Soldan Norandien
fienge.

A König Caruel vnnd Langulafre
mit einander kempffen solten/da ließ
Soldan Norandiē/alle Langulafres
Brüder in Thurn legen / daß sie nit dz volck
wider König Caruel erweckten/vnd anreiz=
ten/so er jn vberlegen sein würde/biß der käpff
ein end gewinne / dieweil König Caruel all
sein volck in schiffe gelassen het/ als sie nu vff
der bane zusamen kamē/da ranten sie gar har=
tiglich auff einander/daß beyde jre Speer gē
dē Himel stobē/darnach schlugen sie auff ein=
ander mit jren glitzendē schwerdtern/dz wert
läg/es war auch kein wunder/dan Langulafre
war 15.schuh lang/so lang warn auch all sein
15.brüder/vō welchē Olger Dene drey zuuor
erschla=

[marginal notes, left column]

eine Herren/ðe
Auigin Glorie
ennet hatte.

l vnd Langub
offten auß Galter
karikane/ vnd
arandien
ꝛc.

vñ vnd Langu
hweiffenschen da
werde aßlanguib
paß/ daß sie mit
gewichten vnd
hineinwide/die der
eil König Caruel
daffen hat als im
vñ da zartzu ir ar
paß begeine Spere
nach schlugen ir vñ
vñ scheertzten/vñ
wider dañ Langu
plang warn auch
Olger Deni dri

[main text, right column]

erschlagen/als Burmand/ Bråher/ vnd Ju
stamand/wiewol König Caruel nicht so groß
war als der ander/ so war er gleich vo starck
vnd mechtig in seinen hegin vñ armen/
drumb gab er in zuschaffen zu auffallen
seiten als sie nun also miteinander schlugen/
zog Galter gemåhlich von Meer mit sei
nem volck/vnd schleifften ire Speer auff der
Erden daß man sie nicht sehen solte.

Als sie nu hart zu irem heer kamen da leg
ten sie ire Speer ein vñ rannten so ma die Tür
cken vñ Henden/mit aller macht/schlugen je
auch gar vil tod/Galter rennt zu Soldan vñ
stach in von seinem Pferd er hette in auch bald
tod geschlagen/wer König Florien nit gewe
sen/der rennt hinzu vnd sagte/du solt vnser ge
fågner sein/du hast mein Vater König Moi
san vñ Olger Deni nu lang gnug im Thurn
gehabt/die soltu nu außlassen/als König Lau
gulafre sahe/d̄ die Christen so oberhand vber
die Heiden vñ Türcken namen/da sagt er zu
König Caruel/du hast vbel gethan/daß du dz
grosse Volck vber vns versamlet hast/drumb
ist es das beste dz wir den kampff vbergeben/

X ij vnd

vnd einer dem andern helffe/ als sich das gebürt / König Caruel sagte/mich dúncket sie
wollen vns fangen/drum b ists beste/daß wir
vns gefangen geben/in des lame Galter auff
die bane gerent/vnd nam sié beyde gefangen
fúhrte sie auch mit sich in der Christen Heer.

Wie dem Soldan sein schatzung
auffgelegt ward/auch Olger Dene/Kö-
nig Moisan vnd alle gefangene
Christen loß wor-
den.

DA legt er dem Soldan auff/ er solte
Olger Denen/König Moisan auch
all ander gefangene Christen ledig
vnd loß geben / wolte er auch sein edel Pferd
Marcewal wider haben/ so solt er jhm geben
10. schóner Jungfrawen/10. weise Falcken/
10. Weisse Winde/10. feine Knaben/die sich
solten táuffen lassen/10. weisse Pferde/so da
gute wetlauffer weren/10.Settel von Gold
vnd Seiden bereit/10. köstliche Carfunckel
Stein/10. Schwerdte/auch 10. gute Helme.
Soldan verh:esse auff sein trew vñ glauben/
sol

solches zu vollbringen / damit ließe jm Galter in die Statt reiten / Als bald Soldan in
das Schloß kam/da ließ er für sich alle gefan
gene Christen beruffen/ als nun der Bott zu
Olgern kam/jm zu dem Soldan zukommen
anzeigt / da meinte er nicht anders dann er
muste sterben/drumb sagte er zu König Mei
san/bleib bestendig in dem heiligen Christlichen Glauben/dann es ist heute S. Johanns
tag/da er sagt uns anzurichten/als er nu auß
dem Thurn kame / da sagte er zu Soldans
Diener/was bedeut es/ daß Soldan uns itzt
auß dem Thurn lest holen/ er antworte/Gal
ter des Königs Son auß Dennmarck hatte
jn heut gefangen/dafür muste er geloben/alle
gefangene Christen auch König Moisan loß
zu geben/mit ander köstlichen gaben / als der
Bott zu dem andern Thurn kam / da Hertzog Gerard mit den andern inn lag/und sie
für Soldan zukommen fordarte/meint Her
tzog Gerard nicht anders/dann sie solten für
gefordert werden/daß man mit Pfeilen und
stralen nach jhnen schiessen solte / weil es S.
Johannes tag ware/drumb bat er die andern

X iij   Chri-

o sich das zu
ich dünck mir
obiste daß er
nen Galter auf
eyde gefangen
Christen Herr.

In schatzung
mit ene. Es
efangene
xc

von auf/ er sol
nig Moisan und
xe Christen kenn
ach ein edel Mei
so solte er jhm gebe
no. wolf zu dem
re Knaben deslich
weise Pferde. setz
e. Statt von Erd
köstliche Cartzuet
noch :: gut. klein.
in drei mißgladbe
xc

Christen Gott anzuruffen/ daß er jren Seelen gnedig sein wolte.

Als sie auß dem Thurn kamen/ vnd Olgern da stehn sahe/ da bat sie jn/ er wolte Got
für sie bitten/ als sie nun für Soldan kamen/
da sagt Soldan zu jnen: Jch gib euch alle ewre
gefengnuß loß/ gehet hinauß zu Wassern in der
Christen Heer/ vnd sendet auch als bald mit
jnen alle die köstliche gaben/ so er für sein edel
Pferd Marcewal gelobt hette / als sie nun
ein guten weg von der Statt kamen/ da gedacht Olger an sein köstlich gut Schwerdt/
drumb sagt er zu dem Türcken/ so sie hinfüh-
ren solten/ hole mir mein Schwerdt auß der
Statt/ oder du solt nimmer lebendig zum
Soldan kommen/ der Türck antwort/ ich darff
es nicht hören/ da wolte jhn Olger tod schla-
gen/ er rufft vnd sagte/ ich gelobe dir auff mein
eyd dir dein Schwerd zubringen/ oder ich wil
kommen vnd dein gefangner sein/ da sagt König Masan/ verfluchet sey dein Schwerd/
daß wir hie auff dein weg drauff warten sol-
len/ mag auch leicht geschehen/ wir werden
alle widergefangen.

Der

Der Türck ritte wider zum Soldan/
vnnd kriegte Digers Schwerdt mit grosser
not/vnd brachte jhm das/als er das bekame/
ward er fro vnnd sagte / er wolte es nicht für
ein Königreich geben / der Türck führet sie.
Darnach fürter/vnnd vberantworte sie Galtern / sagt sie weren nun ledig vnnd loß von
alle jhrer gefencknuß / er vberantworte jhm
auch die köstlichen kleinoter/so Soldan für
sein Pferd Marcewal gelobet hette er begert
te auch vonn Soldans wegen / daß König
Caruel den Kampff so er angefangen / vollbringen solte / König Caruel antworte/er
wolte das gerne thun / da König Langulafre auß auff die bane reitten wolte/ da sagten
sein Brüder zu jhm / wir rahten dir / daß du
inn der Statt bliebest / dann König Caruel
hat so vil Christen mit sich daß sie dich
vnd andere mehr verrahten wer-
den/ er antworte/ Ich wil
jm begegnen/es kom̄t
durnach was da
wolle.

X iiij   Wie

Wie König Caruel den kampff so
er mit Langulafre angefangen vollbracht/
vnd jn mit Gottes scheinbarlicher
hilff rodtschluge.

Als sie auff die bane zusammen kamen/
da renten sie gar hortiglich auff einan
der/die Königin Gloriant hilte da/bey
den Christen vnd weinte sehr/dann sie forch-
tet/Caruel würde verlieren/Olger Dene trö
stet sie/ vnd bat sie one sorg sein/ dann Caruel würde wol gewinnen/ Langulafre schlug
sehr auff Caruel/er wehrte sich maßlich mit
einem freien mut/vnnd hieb jm ein stück auß
seinem Helm/ als ob es glaß gewest were/sie
schlugen beyde so hartiglich auff ein ander/
daß jre Schwerter sich vmb jhre häupter bo-
gen/ als wern sie von bley gewesen/da bat Kö
nig Langulafre auch sein partey zu jrem Got
Mahomet/dz er den kampff gewinnen möch
te/ich glaub aber/er schlieffe/vnd het des aben
des zuuil getruncken/oder wer spatzieren gan
gen/ daß er jhr bitten nicht horte/ Sie hieben
einander stück von den Harnische vnd Schil
ten/daß sie in dem felde vmbsflohen/als man

ein

ein Fisch geschüppet hette / König Caruel
schlug auff jn mit aller macht/ jm sein kopff
zuzerspalten/er entwich jhm auß dem streich
daß er nicht mehr daß sein linck Ohr reichet/
dz gieng am bein hinweg als es nie da gestan
den were/dafür ward er zornig/vnd schlug so
schwerlich auff jn / daß er jhm den Helm zer=
spielte/vnd verwundet jn in seiner Achsel/ dz
das Blut auff die Erden lieffe.

Da vername König Caruel/daß seine ab
götter/an die er glaubt/ in solcher Leibs fahr
jn nicht helffen kündten/ drumb ruffte er den
Allmechtigen Gott an/ (so da niemand ver=
schmähet) er wolte jm in solcher not helffen/
daß er gewinnen möchte/ so wolte er sich täuf
sen lassen / als bald er das heimlich in seinem
hertzen gelobet hette/da befand er sich stercker
dann er zuuor war / König Langulafre hub
sein Schwerd mit beyden henden auff/ wolt
jn ein guten bringen/da kam ein klarer bren
nender schein zwischẽ die beyde/drauff schlug
er sein Schwerd entzwey/König Caruel sahe
die Jungfraw Maria/jr Kind in jren armen
habende/ in dem selben schein/drumb beteten
		X v		sie bey

sie beyde an/vñ gebot jnen sich täuffen zu las-
sen/als solchs geschehe/verschwand der schein
wider/da hieb König Caruel Langulafre sein
haupt ab. Da er nun tod im felde lag/sagt Kö
nig Caruel zum Soldan/nun magstu sehn/
daß ich vnschüldig war in der verrähterey/so
mir Langulafre zugelegt hat/ Soldan ant-
worte/wer kan sich für verrähtern hüten/da-
mit ritte er in die Statt/vnd bat Königs Lan
gulafers Brüder/sie woltē bald all jren freun
den vnd guten günnern vmb volck vnd hilffe
schreiben daß sie jrē Bruder tode an den Chri
sten rechen möchten/er schrieb auch selbs sein
Bruder Borquamund/er solte mit aller seiner macht zu jm kommen.

Wie König Caruel Gloriant / die
Königin/König Moisan/auch vil ander
sich täuffen liessen/auch Olger Borquamund ein kampff
außbote.

Als nu König Caruel disen sieg gewun
nen hette. da ritte er hin zu den Christ/
vnd

vnd sage jnen/wie er die Jungfraw Marien
mit jhrem lieben Kinde in eim klaren schein
gesehen hette/jhnen auch gelobet/ das er sich
tauffen lassen wolte/ darumb bat er sie das er
getaufft werden mochte er ward auch in derselben stund getaufft auch sein Königin Glo-
riant/ König Moisan mit all jrem volck vnd
Dienern/König Olger predigte jnen dieselbe zeit/ lehrte vnd sterckte sie in dem heiligen
Christlichen glauben/sagt jn auch vil grosser
wunderzeichen so Gott jm beweiset hette. König Moisan sagte jn auch wie Gottes Engel
mit im in dem Thurn geredet/ auch jm getrö-
stet hette.

Da der Soldan Norandin/ das groß
volck/so er beschreibt lassen/bey einander het-
te/ da ließ er Olgern zu sich beruffen/vber die
Mauren mit jm zureden/ als er kam/ da sagt
er zu jm/Wiltu hie nit weg ziehen/vnd mein
Land vnd Leut zuuerderben/ablassen/ Ich
wolt/ ich het dich lassen todt schlagen/ da ich
dich hette gefangen/Olger antworte/du the-
test dein bestes darzu/ das ich mit dem Leben
nicht dauon keme/ darumb darffst du dich
nicht

Dennmarckische

nicht selbst straffen/ werstu von den Christen
nicht gefangen worden /vnd dadurch genöti
get worden/mich loß zulassen/du hettest mich
gewißlich tödten lassen/ drumb danck ich dir
nicht dafür/daß ich noch lebe/ bekomme ich
dich wider/so wil ich dir alle deine Glieder las
sen eins von dem andern schneiden/ es ist dir
noch deinem armen Volck nichts nütze/län-
ger mit vns Christen zustreitten/ dann du
kriegst doch kein macht vber vns/ drumb bitt
ich dich/vnd rathe dir/ daß du allein herauß
zu mir kommest/vnd mit mir kempffest/ daß
das so groß blutuergiessen geschehe/ Soldan.
antworte/ich wil mit dir nit Kempffen/auch
keiner meins Volcks sol solches thun/ wil ich
aber ein andern senden/von deinem Volcke/
So sol mein Bruder Borquamund jm auff
der ban begegnen/Olger antworte/ laß das
gewißlich geschehen/ es sol einer kommen der
jhn wol empfangen sol/ Soldan antworte/
Mit dem beding sol er kommen/ daß wo er ge-
wint/so soltu auch vñ alle Christe ewern weg
ziehen/hie auch nicht mehr streiten/ verleurt
er aber/so solt du vnd die andern Christen/die
Statt

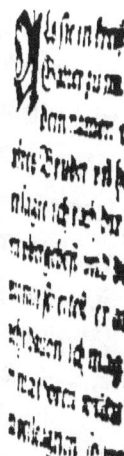

Statt Babylon frey vnnd ledig haben/doch
daß das Volck mit hab vnd gut abziehen mö
gen / Olger antwortet/ er wer es zu frieden/
Als er nun zu den Christen kam/vnd sagt jnē
Soldans beger/ da bate Galter bald/ daß er
mit Soldans Kempffer fechten möchte/ Es
waren auch vil ander Christen so solches be=
gerten / doch ward Galter zu letzt dazu von
menniglich außerkoren.

Wie Galter mit Burquamund kem
pffte/jn auch vberwand/vnd Olger Kö=
nig zu Babylon ward/der es
Galtern vber=
gabe.

Als sie in kreiß zusammen kamen/da sagte
Galter zu jm/sag mir wer du bist/auch
dein namen/er antwort ich bin Langu
lafres Bruder/vñ heiß Burquamund/Gal
ter sagte/ich rath dir daß du dein falschē glau
ben vbergebest/vnd dich täuffen lessest/ehe du
mit mir streitest/ er antwort/ sag mir nichts
mehr dauon/ich mag solch lose wort vnd meh
ren nicht hören wiltu dein Christlichen glau
ben verleugnen/ so wil ich dir mein Schwe=
ster

a den Christē
dadurch gendt
du hetteft mich
ab dand ich du
bekomme ich
keine Glieder laf
neiden es ist du
nichts nütz. Lin
ullen/ dann du
vns drumb bitt
du allein her auß
zu kempffest. Das
geschehe. Soldan
Kempffen/auch
lches thun / wilt
vn deinem Volck
quamund jm auß
antworte/ laß bei
leiner kemm du
Soldan antwort
ün / daß wo er
Christi etwen wil
ff streiten/ verleur
andern Christen du
Sie

ster geben/die da die schönste Junsfraw ist/so
in der gantzen Heidenschafft sein mag/Gal-
ter antworte/ gib dem Teuffel dein Schwe-
ster/er sol sie doch gewißlich nach jrem tod ha-
ben/wo sie sich nicht tauffen laßt in der renten sie zusammen vnd Galter [...] in dem
Pferd/ da hieb er mit dem lincken fuß inn
dem [...] das Pferd ward doll
vnd schew darab vnd lieff mit jm im felde vil
schleiffen hin vnd her/schlug jm auch manch
wunden in sein Leib/Galter sieng sein pferd
wider/thet jhm den fuß auß dem bogel/vnnd
wolt jn tod schlagen/ er stel vor jhm auff die
knie gab jm sein Schwerd/ zum zeichen/ daß
er sein gefangener sein wolle / Galter nam
jn an/vnd führte jhn gefangen zu den Chri-
sten/darab wurden die alle froh/vnd sagten/
jederman mochte sehen/ daß er von dem edlen Teutschen Blut were/ daß er sein offenbaren feind das Leben friste/des andern tags
ritte Galter vnd König Olger für die Stat
mit dem gefangenen vnd sagten zu Soldan/
hie ist nun dein Bruder Borquam and/wilt
du

du nun die Stat vbergeben/vnd in lösen wie
du gesagt hast/er antwort/ süret jhn wider zu
rück/vnnd lasset jn verbinden/vnnd kommee
morgen wider die Statt einzunemen/er ruff
te auch zu seinem Bruder vnnd sagt/daß er
Galter sein edel Pferd Marcewal geb/daß er
solchs ritterlich von jme gewunnen hette/die
Bürger zu Babylon flohn des nachts mit all
jrem gut vnd hab mit Weib vñ Kinden ein je
derwohin er kund/des andern tags gegen mit
tag zohe Olger Dene/vnd Galter auch die
andern Christen/in die ledige statt/der Sol
dan war noch auff dem Schloß/der rberant
worten sie seinen Bruder/vnnd liessen sie da
ziehen jren weg/darauff ward Olger König
zu Babylon gekrönt/er vbergab Galtern die
Kron vnd sagte/du solt hie König an meiner
stat sein/daß du bist ein junger Mañ/ich wil
heim zu meinem Königreich vñ Königin fa
ren/darnach beruffte König Galter alle Her
ren vñ Fürsten zusamen/vñ sagt König Moi
san/wie er Jerusalem gewonen vñ sein Tech
ter geehlich hette/drinnb begerte er an ju bar
ein zubewilligen/König Moisan antworte/

er wolte zuuorn jr eigen wort vnd willen hö=
ren/sie sendeten bald nach jr/ daß sie auffs bel
dest keme/König Olger sendet auch gen Ra=
diß nach den verrähtern/so jm vnd sein Bru
der verraten hettē/als Galters Braut Jung
fraw Clara kame/da waren sie alle fro/vnnd
machten ein groß Hochzeit/ so da vil tag we=
rete/da solches geschehen/wolten sie Galtern
noch mehr ehr beweisen/vnd kröneten jn zum
König vber Jerusalem.

Wie König Olger die verrähter
von Radiß richten liesse/ darnach die
Herren von ein ander
schieden.

Arnach wolte König Moisan/zu der
Statt Meßque faren/ da bat in Kö=
nig Olger auch König Galter/ er
wolte verziehen/biß er sehe die verrähter rich=
ten/ König Olger ließ sie für die Herren vnd
Fürsten/auch alle Christen führen/vnd frag=
te sie/warumb sie jn jren Herrn vnd König/
auch sein Bruder König Göde so schendlich

one

one alle vrsach verrahten hetten/weil er sie all
zeit/als weren sie seine Kind gewest/ geliebt
hette/ sie antworten sie hetten kein vrsach zu
jm/da liess er jeden von jnen. vier starcke pfer
de/an heude vnnd füsse binden darnach von
ein ander treiben / die dolle Pferde sprungen
vnd lieffen in dem felde/ vnd zerriss in ire arme
leichn in in vil stück zu letzt iess er die pfer
de wider auffsangen/ vn was sie noch mit vil
schleiffen/das liess er auff Pferd hencken/an
deren verrähtern zu einem Exempel vnnd
schew.

Als das beschehen da fur König Moisan
zu seinem reiche. vnd sein Son König Flori
en blieb bey König Galter vnd seiner Schwe
ster/ darnach begabte König Galter die ande
ren Herrn vnd Fürsten auß Franckreich auch
alle jre Diener/so im dem zug zugefall gethan/
vnd sich bey jm mannlich gegen die feinde ge
braucht/ein jeden nach seinem stand/ sie danck
ten jm gröslich/vnd zohe jren weg in Franck
reich/ als sie heim in Franckreich kamen/ da
lobten sie jnen vor dem Keyser/ auch für an
dern Herrn gröslich vn sagten/wie mannlich

D   er

er regiert / auch gestritten auff der reise / daß
er auch König zu Babylon vnd Jerusalem
were / sagten auch wie er sein Vatter vnd Ol
ger Denen seins Vatters Bruder auß jren
gefengnussen erlöset hette / darab wurde der
Kenser sehr fro / daß es jhme wol gienge / diese
auch jhre reise so wol geendet hetten / König
Olger wolte König Caruel darnach zu schif=
se in Indien folgen / wie sie nun auff das Me
er kamen / da kame ein grosser Sturm vnnd
sagte die Schiffe vonn einander / daß zuletzt
keiner wuste wo der ander hin kame / Letzlich
kam das Schiff da Olger auff war / auff den
grund / des muster in ein Esping springen /
daß er mit seinen Dienern dauon kame /
ward also in dem Meer acht tag vmbgetrie=
ber / daß jr keiner wuste wo sie waren / sahen
auch kein Land / wo sie ja hinfuhren oder Ru
derten.

Wie König Caruel heim in Indien

kame / vnd seinem Volck den Christli=
chen glauben predig=
tc.

König

KOnig Caruel kame letzlich in Indien / mit seiner Königin Gloriant / vñ lob ten Gott beyde nacht vnd tag / dz er sie auß der grosse not vñ fahr erlöst hette / er traw ret auch sehr für Olger Denen seinen gelieb ten freund / glaubet auch gewißlich / er wer in dem grossen Sturm geblieben er predigt vñ leret arm vnd reich / den heiligen Christlichen glauben / tauffte auch alle Diener / so er da heim hatte / auch alle so in seiner Statt wa ren / wo er auch etliche fand so sich nicht wol ten tauffen lassen / die liesse er tödten / als an dere vbelthäter / darnach beschrieb er all sein Volck in seinem Reich auff ein tag zu jm zu kommen / da kamen wol zweyhundert tau sent Menschen / Mann vnd Weib zuhauff / da predigt er jhnen selbs / vnnd lehrte sie den heiligen Christlichen glauben / sagte jhnen auch viel grosser wunderzeichen / so er selbs gesehen / Gott dem Christen beweisen / sagte jhn auch / wie die Jungfraw Maria mit jhrem lieben Kinde / jhm im streit in einem klaren Schein erschienen were / vnnd jhn vonn dem gewaltigen Türcken erlöset

D ij het /

Dennmarckische

het/drumb bat er sie alle/riethe jn auch sie sol=
ten sich täuffen lassen vnd ein göttlich Leben
füren/so würden sie ohne allen zweiffel ewig=
lich selig werden.

In dem als er also stund vnd prediget/ da
stund S. Thomas der Apostel von seinem
Grab auff/so schön vñ gesund/als ob er noch
lebte/wiewol er zuuor mannich jar tod gewe
sen 'er gieng auff den Predigstuel vor allem
Volck/ vnnd vollfürte die Predig so König
Caruel angefangen/ sagt jnen auch vil schö=
ner lehr/von dem heiligen glauben/ vnd von
des wirdigen heiligen Geistes gnade/ er thet
auch vil wunderzeichen/ vnnd sagt jnen/ in
was finsternuß sie vorhin gestecket hetten/
drumb riethe er jnen allen jren falschen glau
ben zuvbergeben/vnnd die heilige Tauff an
zunemen/als er nun lang geprediget/ vnd sie
den heiligen Christlichen glauben geleret/da
verschwand er vor jren augen/daß niemand
wiste wohin er keme/ König Caruel prediget
die andern tag vor dem Volck/ drumb liesse
das volck allzumal sich täuffen/König Car=
uel lebte darnach lang heilig vnnd ehrlich/
starb

ſtarb auch zu letzt für den heiligen Chriſtlichen glauben/ drumb iſt ſein Seel im Himmelreich.

Wie Olgern ſein Volck alles ertruncken war/vnnd er zu letzt auff ein köſtlich Schloß kam.

Als nu König Olger in dem mehr lang hin vnd her von dem Wind getrieben war/ da ſagte er bey ſich ſelbs/ Gott begnade mich armen man/daß ich den Frantzoſen nit daheim in Franckreich bin nachgezogen/ vnnd mit Keyſer Carl meinem guten freunde geredet/ auch mein Königin vnnd Ehegemal Claren beſucht hab/ ich glaub gewißlich daß ich dieſe groſſe not vnnd widerſtand/ darumm leyde daß ich mein Haußfraw nicht ein mal getröſtet hab/ O Gott der du gnedig/milt vnd barmhertzigbiſt/tröſte mich vnd ir betrübt hertze/ich befehl ſie dir/ beſchirme ſie vor allen jren feinden vnnd vngünſtigen/laß vns auch in der ewigen frewd zuſam

D iij   men

men kosten/als er dise wort gesaget hette/sahe
er da wol sechs oder 700. man sliessen/vnd zo
hen sie die Wellen des Meers itzt vnter/ das
warffen sie die wider auff/ biß sie alle ertrun-
cken/ des ward er noch mehr betrübt/ dann er
vorhin war/ vnd bat Gott jren Seelen gnedig zu sein.

In dem stieß sein Esping da er auff war/
wider ein Felß/ so da eitel Magneten stein war/
da blieb es hafften/ kondte auch dauon nicht
kommen/ da sagten sie zu einander/ hie kommen wir nimmermehr hinweg/ Olger ant-
worte/ so wöllen wir die Speiß so wir haben/
theilen. das thet er auch so balde/ vnnd theilet
die Speiß so noch vorhanden war/ dermas-
sen/ er legt gleiche theil/ vñ gab dē Schiffman
zweyteil/ vñ namer zweytheil/ darnach eim je
den ein part/ vnnd berieten sich/ welcher sein
speise auff esse/ der solte in das Wasser sprin-
gen/ sich selbst ertrencken/ auff das letzte war
Olger allein/ des sorgte er gar schwerlich/ vñ
bat Gott er wolte jm auß der not helffen/ des
nachts vmb Mitternacht kam Gottes Engel zu jm/ vnnd sagte Olger sihe auff/ vnnd
gehe

gehe disen we
ein klein besch
du ein Pfad sü
die Insel kame
se dabey/ so do
r'er gieng ober
land kam vnd se
Engel von gesag
sahe auch vil gra
beschädigt von hā
lichen schnenden
hen wolte. Als von
ren/zu dem Thor
strack einzwed vn
ch. Diese jo nun hon
vnderlich ist annds
se geschehen sey da
von glaubt hael er
dem menschen ien an
keit geben dann S

Die Olger auff h
beschlo't in en Piet
brachte jn a

m

Gehe disen weg so du sichst vor dir/biß du auff
ein klein beschlossen Lendtlin kommest/so wirst
du ein Pfad finden/dem folge nach/als er bey
die Insel kame/da lagen unzehlich vil Schiffe dabey/ so der Magnet an sich gezogen het-
te/er gieng uber die Schiffe/ biß er auff das
Land kam/und fand den kleinen Pfad. da der
Engel von gesagt hette/dem folgte er nach/er
sahe auch vil grewlicher Thier/da er doch un-
beschedigt von kame/zuletzt kam er zu eim köstlichen scheinenden Schloß/als er darein gehen wolte/da sprungen zween grawsame Löwen zu dem Thor herauß/ er hieb den einen
stracks entzwey/und dem andern das Haupt
ab. Diese so nun hernach folget/ lautet gantz
wunderlich/ist auch nit wol glaublich daß es
also geschehen sey/drumb mag jederman da-
von glaube souil er wil/es kan doch niemand
dem menschen sein gesundheit/sterck oder seligkeit geben/dann Gott alleine.

Wie Olger auff das Schloß kame/
daselbst jm ein Pferd essen und trincken
brachte/jn auch zu Bette
truge.

D iiij Als

Denmmarckische

Als Olger in das Schloß kame/da sahe
r ein schönen Sal vnd gieng darein/
da sahe er niemand dann ein pferd/ vnd
der Tisch stund mit essen gar wol bereit/Ol
ger war gar hungerig vnd hette gern gessen/
dorffte doch nicht wol zu dem Tische gehen/
das pferd gieng hin/vnd holte Wasser in ei
nem Becken/ als es ein mensch gewesen we
re/da es wider kam/da fil es auff sein knie vor
ine/vnd hielt im das wasser für/ Olger mach
te das Creutz für sich/ vnnd wusche sich dar
nach leitet das Pferd Olgern zum Tische/
vnd klopffte auff den Tisch/ vnnd winselte/
gleich als es jn essen hiesse/ vnd setzte sich nebe
jn/ Olger asse/vnd sagt bey sich selbs/ ich wil
mich satt essen/dieweil so gut essen hie ist/ als
nu das Pferd vername daß er gern trincken
wolte/Da gieng es hinauß/ vnnd holt ein gros
sen vergülten Becher mit gutem Wein/vnd
gab im dene/ Olger machet dz Creutz darüber
vnd tranck sahe darnach zu dem Fenster hin
auß da war das Meer zu ring vm dz Schloß.
Er begunde bey sich selbst zu sorgen/ dann er
wuste nicht wie er von danen kommen solte/
es

er begunde auch fast zuschleffern/dann er lan
ge zuuor beyde nacht vnd tag gewachet hette/
in sorg vnd betrübniß/das Pferd legt sich vor
jm nider auff alle viere/als es sagen wolte. sitz
auff mich/es neigt auch mit seinem haupt zu
jm/vnd rürt sein Lippen vnd Mund/als es
gern mit jm geredt hette/da Olger diese dienst
hafftige zeichen von jhm sahe/da setzte er sich
auff seinen rucken/vnnd machte das Creutz
vor sich/das Pferd richte sich mit jm auff/vn
trug jnnn ein köstlich Kamer. Da stund ein köst
lich Bett mit köstlichen kleidern gedeckt/so
mit Gold vnd Perlen gestricket waren. da setz
te das Pferd jn sanfft nider. vnd klopffte mit
dem fusse auff das bett/als ob es sagen wolte/
hie solten liegen/ vnnd gieng darnach zur
Thüren hinauß/vnd Olger gieng zu bette.

Wie Olger wider auffstund/vnd in
einen schönen Garten gieng/ vnd ein
schöne Jungfraw zu
jhm kam.

Als Olger nun ein gut zeit geschlaffen
hette/da stund er auff. vnd verwundert

D v   jn

jn größlich/was es mit dē pferd für ein bedeu-
tüghette/auch wo das Essen vñ Trincken her
kommen wer/ so er da funden/ daß jhn auch
das Pferd zu bette getragen hette/ als er nun
auß der Kammer gieng/ kundt er das Pferd
(Patutio genañt)nicht mehr sehen/ er kund
auch die Pforten/da er ein kommen war/ nit
finden/Letzlich fand er ein heimliche Thür/
da wolte er hinauß gehen/ inn dem sprungen
zwen grewliche Würm gegen jm/ er schluge
sie bald beyde todt/ vnnd gieng zur Pforten
hinauß/ da kam er inn ein schönen lustigen
Baumgarten/ er sahe ein schönen Baum/
da stunden gar lustige Epffel auff/ er brach
einen ab/vnd asse jn/da ward er als bald siech
vber all sein leib/des ward er gar trawrig/daß
er meinet er muste gewißlich sterben/ er batt
gar fleissig zu Gott/jm seine Sünd zuuerzei-
hen/er bat auch für alle seine freund vnd sein
de/jnen die ewige seligkeit zu geben.

Letzlich sahe er ein wunder schöne Jungfraw kommen/da meinet er/sie wer die Jung
fraw Maria/drumb fieng er an sie zugrüssen
vnd sagte/Gegrüsset seistu Maria/voll gnaden

den/ der Herr ist mit dir/ die Jungfraw ant=
worte/ich bin nicht Jungfraw Maria als du
meinest sonder bin Jungfraw Margua/ so
bey dir in zeit deiner geburt war/gab dir auch
vil köstliche gaben/ daß du allzeit preiß vnnd
ehr in krieg vnd schlachten gewinnen vnd er
werben soltest auch lang in grosser ehre leben
vnd letzlich zu mir auff das Schloß Daual=
lon kommen/ da bistu nun hin kommen/dar=
umb wil ich dich zu meiner Schwester auch
andern Jungfrawen füren/da soltu lust vnd
frewd mit vns haben/vnd mein lieber freund
sein/ Olger antwrorte liebe Jungfraw/es die
net mir/gebürt mir auch nit mit euch oder an
dern Jungfraw vmbzugehn/noch kurtzweil
zutreiben/daß ich so krranck bin/ Jungfraw
Margua sprach/gib dich zufride/ich wil dich
bald gesund mache/ als bald sie jn angriffe da
ward er als gesund als er vorhin nit gwest wa
re/ Olger war mehr daß 100. jar alt/drumb
gab sie jm ein gülden Ring an sein finger/da
ward er als bald als jung anzusehn/als ernur
dreissig jar alt were.

Wie

Dennmarckische

Wie Olger zu König Artus kame/der jn gar schön empfienge.

Lger danckte jr gar sehr dafür/da furte sie jn wider in das Schloß Daualon genant/da kam jr Schwester vñ die andern Jungfrawen hieſſen jn wilkommen ſein/vnd bewieſen jm groſſe ehr/ſie ſungen gar ſüſſiglich/dantzen vnd ſprungen vor jm/vnnd machten jm groſſe frewde/ Jungfraw Morgua ſetzte jm ein güldẽ Krantz auff ſein haupt/da vergaſſe er zur ſtund alles was in der Welt war/ gedacht auch an kein ſorg oder betrübniß mehr/auch an kein weltlichen handel/ darumb meinte er ſich gewißlich in dem Paradeiß ſein/ daſſelb Schloß Daualon/ligt hart bey dem Paradiß/da Enoch vñ Helias innen ſein/ vnnd ſollen vor dem jüngſten tag wider kommen/ vnnd den heiligen Chriſtlichen glauben leren vnnd predigen/ auch die Chriſten menſchen ſo da leben/ſtercken/daß ſie beſtendig in jhrem glauben bleiben/ſich auch des Antichriſts falſche lere vnd predige n nicht verfüren laſſen.

Kö.

Rönig Artus kam zu Olgern vor das
Schloß/grüsset jn freundlich vnd sagte/ hie
wollen wir beyeinander in luſt vnnd frewde
leben/des meinen nun etliche törichte Men=
schen/ sie sollen für dem jüngsten tag wider
kommen/vnd wider den Antichriſt vnd sein
kempffer/mit Schwerd vnd Waffen ſtreitē/
gleich wie Helias vnd Enoch kommen vnnd
wider jn predigen sollen/ wer solches glaube
oder nicht glaubt der ſündet da nicht an/daſ
es ſteht im Credo nicht/ es iſt auch nit glaub=
lich daß es geschehen solle.

Da kam ein König vor das Schloß Da=
uallon/ruffte laut vnd sagte/iſt König Artus
hierin so komme er herauß/ dann ich König
Capallus bin allhie auff der banc/ mit jm zu
kempffen/ Olger Dene verwundert sich sehr
vber diese Wort/ darumb sagt König Artus
zu jm/König Capallus so mir jtzt ruffet/den
verdreusset sehr/daß ich solch frewd allhich ab
drumb wolt er mir dieselbe gerne Turbieren/
des muß ich mit jhm kempffen/Olger sagte/
ich wil hinauß gehn vnd mit jm fechten/von
deinet wegen/ Als Olger auff die banc kam/

da

da sagt König Capallus/wer bistu/vnd was
ist dein name/er antwort/ich heiß Olger De
ne/vnnd kam jetz von Babylon/ Capallus
sagte/du bist der mechtigst vnd edelst Heide/so
in der welt sein mag/hast auch vil mehr vnd
grosser mannheit getrieben dann ander König
vnd Fürsten/drumb wil ich dein gefangener
sein/da hastu mein Schwerd zum zeichen/ich
wolte mich alle meine tag König Artus nicht
gefangen geben/Olger nam denselben gefan
gen mit jm in das Schloß/vnnd leret jn den
Christlichen glauben/vnd ließ jn tauffen/da
setzet jm Jungfraw Margua ein köstlichen
Krantz auff/ da vergasse er alles was in der
Welt war.

Wie die Türcken Jerusalem wider
gewunnen/auch Galter die Stat Baby=
lon verliesse/vnd in Franck=
reich zohe.

JN des begerten die Türcken Jerusa=
lem vnnd gewunnen das bald/schlu
gen alle Christen so in der statt waren
todt/samleten auch noch mehr Volck/ von
Heiden vnd Türcken/ zohen für Babylon/
vnd

vnd betten
san sein Ol
ger/die sam
hilff vnd ent
nit kam jm a
jn hilff/er sag
Olger Dene
loren darin
men were vnd
men were darn
ertruncken we
trawrig/vnd b
zu bewaren al
waren da flu
den Türcken a
den auffs leste
auch König Wa
erschlagen darn
der in die Stat
te Galter wider
den Soldan/Vo
der Bro sum und
sie doch zuletzt en
o den meisten the

vnd belegerten König Galtern/König Mot
san sein Schweher/vnd Florien sein Schwa
ger/die samleten vil Volcks/kommen jm zu
hilff vnd trost/wider sein feinde/König Car
uel kam jm auch auß Indien mit viel Volck
zu hilff/er sagte den Christen so da waren/wie
Olger Dene sein Schiff auff dem Meer ver
loren/darnach auff ein kleinen Esping kommen were/vnd niemand wiste wohin er kommen were/drumb glaubt er gewißlich/daß er
ertruncken were/des wurdē die Christen sehr
trawrig/vnd baten Gott sein Seel ewiglich
zu bewaren/als sie nun ein zeitlang belegert
waren/da filen sie auß der Statt/vnd theten
den Türcken auß der massen grossen scha-
den/auffs letzte ward der edel König Caruel
auch König Moisan/vnd sein Son Florien
erschlagen/drumb muste König Galter wider in die Statt weichen/des andern tags zohe Galter wider auß der Statt/vnd schluge
dem Soldan Norandin todt/auch sein Bru
der Borquamund/vñ vil ander Türcken/mu
ste doch zuletzt wider in die Stat weichen/dañ
er den meisten theil seins volcks im felde ver-
lor/

lor / des nachts darnach zohe Galter / sein
Haußfraw Clara vñ zween seine Söne auß
der Statt nach Franckreich da in er getra-
wet ihm / die Statt nicht lenger zu erhalten/
des andern tags stürmet Gandwig Soldans
Bruder die Statt mit gantzer macht / vnnd
gewan sie. dann es war niem̃and darinn so sie
beschirmen künde darnach fuhr er gen Ra-
dis vnnd gewanne die auch zohe darnach in
Indien das gewan er auch dann ir Herr König Caruel war erschlagen König Galter kame leßlich gen Paris in Franckreich/da fand
er Keyser Carl / vñ saget im ein groß vnglück/
der Keyser tröstet in freundlich/ bat in zu frieden sein dann der Welt lauff helt sich also/
daß einer bißweilen wider stand befindet.

Der Keyser gab im alle Schloß vnd Lehen so Olger vorhin in Franckreich gehabt/
Gal er sagte auch dem Keyser / wie Olger
im Meer ertruncken / vnnd König Caruel
König Mosan vnd König Florien/vor Ba-
byton erschlagen weren / des sich der Keyser
sehr betrübet eilich zeit darnach zohe König
Galter in Dennmarck/ mit seiner Königin
vnd

und Sönen/ vnd nam das reich an sich/ daß sein Vatter Göde war todt/ vnd sendet seinen eltesten Son in Franckreich/die Schlösser vnd Lehen/ so jhme der Keyser geben/ein zunemen/ vnnd dem Keyser an seinem Hofe dienen/ als er dahin kame/ thet jhn der Keyser zu seinem Son Ludwig/ welcher nach jme Keyser vnd König in Franckreich warde.

Wie Olger nach dem er 200. jar im Garten gewesen/wider in Franckreich kame/vnd wider die Türcken kriegte.

Wey hundert jar darnach/wolte Jungfraw Margua/ König Olgern wider außlassen/daß er sehe wie es in der Christenheit zugienge/darumb nam sie jhm den Krantz von dem Haupt/als bald gedachte er Keyser Carl/ an sein Haußfraw Clara Königin in Engeland an Göde sein Bruder/ vnd sein Son Galter/ König Caruel/ auch andere seine gute freund.

In fragte Jungfraw Margua/wie lang er meinet bey jhr gewesen sein/ er antwort/

Z   ich

ich glaub ich sey fünffzehen oder 16. jar allhie
gewest/sie sagt du bist nun mehr dañ 200. jar
hie bey mir gewesen / vnd lebet nun niemand
mehr von deinen freunden/in der welt/er frag
te/ wie es Keyser Carl gienge / sie sagt/ er ist
wol 200.jar todt gewesen/ vnd lebet nun nie
mand mehr von seinem geschlecht vnd freun
den/er sagte/daß er es nicht glaubte.

Er fragt sie weiter/wie es in der Christen
heit zugienge/ sie antwort gantz vbel/ daß die
Türcken vnd Heyden/haben gantz Franck
reich mit mord vñ brand verderbe/dazu Lam
parden vnd Welschland/ haben auch Rom
nider gerissen/ vnd den Bapst vnd alle Chri
sten drauß gejagt/auch den König in Franck
reich belägert/wiltu nun für dē heiligē Christ
lichen glauben streiten / so nim den man mit
dir/Bent genant/der ist ein mechtiger Held/
vñ auff dz du an mich gedenckst/so wil ich dir
dises groß Liecht gebē/das sol vil jar brennen/
vnd solt so lang Leben / als du das verwaren
kanst/Er dancket jr freundtlich/vnnd bat sie
vmb ein gut Pferd zugeben/Sie sagt ja/ich wil
dir das Pferd geben/so dir essen vnd trincken
gab/

Der 16.jar alte
lebt daß 200.jar
bet nun niemand
im verweck/er frag
ge/ sie sagt/ er ist
vnd lebt nun nie
schlecht vnd frem
glaubte.

vin der Christen
gnad vbel/daß die
ten gantz Franck
erderte dazu kam
haben auch Kon
kampf vnd alle Chri
a König in Franck
ke de heiligen Ehri
warm den man me
im mechtigen Ho
erecht so wil ich
sol vil jar berauß
so du das verraw
vetich/ ennd biß
en sie sagt zu vher
in essen vnd trinck

gab/vnnd dich zu Bett trug auff dem klaren
Damanten Schloß/er war ein König vnd
hiesse Papilio/ vnnd ich verwandte jhn inn
Pferds gestalt. so ist er nun 200.jar gewesen/
vnd sol noch 200.jar ein Pferd bleiben/ darumb daß er König Artus mit falschheit vnd
verrähterey in einem streit fienge. Wie Olger mit seim Gesellen in Franckreich kame.

Sie setzte jn vnd Benten mit jrem Pferde in ein klaren schein/vnd fürte sie in Franck
reich/zu einer Statt hieß Mont Pensulam/
da selbs setzet sie die vor dem Thor nider/ in
dem kam ein Bürger/den fragt Olger/ wie
sie hiesse/er antwort/Mont Pensulam Olger sagte/ Gott sey gelobt/ daß wir hie sein/
daß mein freund Hertzog Gerard ist Hauptman in diesem Schloß/der Bürger sagte/es
ist zweyhundert jar daß ein Hauptman auff
diesem Schlosse war der Gerard hiesse/Ol-
ger antworte/es ist nicht 20.jar/daß ich selbst
hie mit jhm redet/der Bürger antworte/ ich
wil es mit Brieffen/auch mit vnser Cronick
beweisen/daß es mehr dann 200. jar ist/ das er
gestorb/vnd alle seine freund vnd geschlech-

Z ij   haben

haben in 60. jaren nicht gelebt/wiltu mir nit
glauben / so ließ seines freundes Olger Denen Cronicken/der mit jme dieselbe zeit lebte/
da stehet klärlich inn/wie Olger Denen Vat
ter/ der König in Denmarck jn Keyser Carl
zum Gistel satzte/ er blieb auch lang hie im
Land beim Keyser/war auch sein feind mannich jar/vnd doch zu letzt mit jm verglichen/
vnd bekam des Königs Dochter auß Enge-
land/ ward auch darnach König zu Radiß
vnd Babylonien/beteib auch vil grosser man
heit vor Babylon/ fuhr darnach mit König
Caruel vber Meer/ vnnd ward da verloren/
Olgern wunderte fast ob dieser rede/ in dem sagt
der Bürger zu Benten/ was ist das für ein
Maß/daß er so groß vnd lang ist/Bent ant-
worte/das ist König Olger Dene/von dem
du jtz redest/der Bürger sagte/ich glaub daß
du mein spottest/dann es ist 200. jar/daß Ol
ger ertrancke.

Wie Olger für das Kloster kam/ so
er selbst gestifftet/ vnd man jn
nit wolt einlassen.

Da

erwischtu mir nit
des Olger De
lichelbe zeit lebte
zun Deinem Da
k jn Keyser Carl
uch lang hie im
l sein feind man
ie jm verglichen/
Wer auß Enge
König zu Raveß
heil grosser man
mach mit König
ward da verloren/
her rede in deß sagt
e es ist das für ein
ung ist Bent ant
er Dene von dem
wie ich glaub daß
i. cccc. jar daß Ol

Kloster kam is
end man jn
bitten.

A Olger das horte/ sagt er zu Bent/
hie ligt ein groß Herrnkloster/ für der
Statt/ das liesse ich in S. Pharaonis ehre bawen/ da wollen wir hin reiten/ da
kriegen wir herberg/als er zur Pforten kam/
da klopffet er an/unnd sagt zum Pfortner/er
solte hinein gehen/unnd dem Abt Humbert
sagen/Olger Dene wer vor dem Thor/ und
begerte herberg/der Pfortner sagte/es ist niemand in dem Closter/ so Humbert heisset/
wer auch keiner hie. bey mans gedencken/Ol
ger antwort/du leugst/thu uff oder ich schlag
das Thor nider/dann ich ließ das Kloster mit
meinem eigen Gelt und Silber bawen/ und
solte nicht herberg drinnen kriegen/der pfort
ner sagte/es ist drithalb hundert jar / daß diß
Kloster gebawet ward/ und du bist kaum 30.
jar alt/ wie soltestu Gelt dazu haben geben/
daß es gebawet wurde/ Olger ward zornig/
daß er jn so lang mit worten auffhielt/ unnd
schluge jn mit der faust in das angesicht / daß
er zur erden fiel/er sprang bald auff/ und lieff
in das Kloster/uß ruffte die andern sie solten
zum Thor lauffen/ dann es wer ein grosser

Z iij   vol.

Denmarckische

doller man dafür vnd wolte sie niderschlagt.

Es lieffen viel hinzu vnd kamen auff die
Mawren/warffen mit steinen/schossen auch
mit stralen vnd pfeilen/ auff Olgern vnnd
sein Gesellen Benten/es kamen auch vil auß
der schewren/vñ schlugen zu rück auff sie/Ol
ger vñ Bent wehrten sich lang mañlich/Pa
pilio Olgers Pferd schlug vnd bisse manchē
todt/in dem ward Bent todt geschossen/daß
er von dem Pferde fiel/ da kam der Abt auß
dem Kloster/ vnnd fragt/was da für ein ler=
men were/daß sie so stürmeten vnd schlügen/
sie antworten/ es weren drey vorm Kloster
vnd wolten es nider reissen/vnd der eine wer
geschaffen als ein Pferd/vnnd der so darauff
sesse/nennete sich Olger Dene/der Abt sagt
sie solten zufrieden sein/vnnd ruffte Olgern
zu sich vnd fragt jhn wer er wer/Olger ant=
worte/ich heiß Olger Dene/König Gotte=
richs Son auß Deißmarck/der Abt antwor
te/ich sihe wol daß du Olgers schilt vnd wa=
pen fürest/Er aber ist nu 200. jar todt geweß/
ich wil dich gleichwol herbergen vmb seinet
willen/dañ er hat das Kloster bawen lassen.

Wie

Wie der Abt Olgern in das Kloster
fuhrte/vnd die Herren auß der Statt zu Gast bahte.

Er Abt nam jn von seinem Pferde/
vnd fuhrt jn in das Kloster/ vnd ließ
die Bürgemeister vñ rath zu gast bit-
ten/als sie nu vber Tische sassen/da fragt der
Abt vnd Bürgemeister Olgern/ob er Olger
Dene wer/ wie er zuuor gesagt hette / er antwort ja/dz solt jr gwiß wissen/ich bin nu 200
jar im Paradiß gewesen / da asse ich die schönest vnd edlest frücht/ so jemand lüsten moch-
te/da ist ein Jungfraw Margua genañt/ die
gab mir diß liecht/vnd gelobte mir/ich solle so
lang leben/als ich das verware könne/drumb
bit ich euch Herr Abt/jr wollet mir solches in
ewer Sacristey verwaren bey ewerm Heilig-
thumb/er name das an/ vnd sagt er wolte es
verwaren/als da etwas angelegen war.

Der Abt sahe den köstlichen Ring/so er am
Finger hatte/drumb bat er Olgern jn besehē zu
lassen/als er jm den von dem Finger zohe/da
ward er bald so schwartz vnnd runtzelicht

Z iiij   in

Dennmarckische

in seinem angesicht/als ein alter verschmäh=
ter Bettler/als solches der Abt sahe/da steckte
er jhm den Ring wider an den finger/da er=
schiene er wider so jung als ein man von 30.
jaren/als der Abt vnd die andern diese wun=
derlich stück sahen/da glaubten sie gewiß daß
er Olger ware/drumb bewiesen sie im grosse
ehr/vnd baten vmb verzeihung was sie jm zu
wider gethan/ Olger liesse darnach sein ge=
sellen Bent ehrlich in des Klosters Thor be=
graben/vnd befahl dem Abt vnd seinen Brü
dern/sie solten jn/so er in Franckreich stürbe
zu jm begraben/darnach ritte er hinweg/vnd
kame in ein stadt hieß Verdun/ da hielte ein
Töpffer/vnnd hatte ein Wagen voll jrdene
Töpffe/sein Pferd schewet darfür/vnd warff
sich herumb/vnd schlug Wagen vnd Töpff
entzwey.

Der man fiel jm zu den Zügel/wolte jn hal
ten daß er jm die Töpffe bezalet/da bisse jn dz
Pferd todt/ da verschlossen sie alle Thor in
der Stat/vnd wolten jn greiffen/als dz pferd
solches vernam/da lieffes bald zu der Maw=
ren/ vnnd sprang darüber/sie theten bald die
Thor

Thor auff/vnd meinten sie wolten jn in dem
Graben finden / dann er war tieff vnd weit
auch voller wasser/als sie hinauß kamen/ da
war er wol ein halbe meil von der Statt/ sie
sagten alle gwißlich/ das war ein Teuffel/ vñ
wolte vns versuchen/Olger ritte gen Pariß/
alle die jn ansahen verwundert ab jm / daß er
so groß vnd lang war / als er in seim alte herberg kame/da er vor hin pflegte zu liegen/ da
war all ding verkert/auch alle Fenster so darumb stunden / als er so vnter der Thür mit
verwunderung stund. da versamleten sich vil
Leut mehr dann 100. Personen vmb jhn/
stunden vnd sahen jn an/ daß er so groß vnd
lang war.

Wie Olger auß Pariß reiten wol-
te/vnd jm die Königin sahe/vnd
nach jm schickte.

Olger sagt zu dem Volck so vmb jhn
stund/ mich wundert größlich/ daß
nun so klein Volck in Franckreich
ist/dann vor 200.jaren/da ich hie war/vnnd

Z v   Key-

Keiser Carlen dienet/ Olger blieb drey tag in
seiner Herberg/ da kan der Hauptman zu Pa
riß zu jm/ fragt jn/ ob er jm für gold vnd gelt
dienen wolte/ er antworte/ ich pflege selber
Knechte vnd diener zuhalten/ drumb wil ich
dir nicht dienen/ sonder bin kommen/ dem Kö
nig von seinen feinden vnd vngünstigen zu
helffen/ da er nu auß der Statt ritte/ da stund
die Königin an einem fenster in jrem Palast/
vnd sagt zu einer mechtigen frawen von der
Statt Senliß/ sehet welch ein schöner grosser man da reitet/ die Fraw antwort/ ich glau
be daß es ein Türck seye/ daß er so groß vnnd
lang ist/ die Königin sendet bald nach jm/ er
wolte kommen vnd mit jr reden/ als er zu jhr
kam/ fragt sie jn/ wer er were/ vnd wie er hieß/
ob er ein Christ wer? Olger antworte/ ich bin
ein Christ/ vnd heisse Olger Dene/ ich diente
Keyser Carl in vergangen zeiten/ vnd gewan
jm manche schlacht/ die Königin antworte/
das ist vnmüglich/ daß du bist nochgar jung/
Olger sagte/ ich war 200. jar vñ mehr im Pa
radiß/ drumb blieb ich so jung/ dieweil ich der
edelen frucht asse/ vnd von des lebens brunnen trunck.   Sie

Sie füret jn mit jr zu Tische/ als nun die
malzeit geschehẽ war/da fürt sie jn in ein schö
nen Würtzgarten/vnd bat jn bey jr zubleiben
sie wolt jn für jren freund vnd Bulen haben/
Olger antwort/ jr habt ewern lieben Hauß-
wirt/drumb kan ich es nicht thun/sie antwor
te/ich weiß am besten/wie lieb er mir ist/ dañ
ich hab euch vil lieber dann jn / vnd fieng ein
tantz mit jren Jungfrawen für jn aber/ er begundte darüber zu entschlaffen/ vnd legt sich
vnter ein Baum/da gieng sie zu jm/vnd zoh
jm den Ring von dem Finger den zubesehen/
da erschien er als bald 300.jar alt vnnd ward
geruntzelt vnter seim angesiche/da sie vername daß er so jung von dem Ring erschiene/
stecket sie jm den wider an den finger / dañ er
erbarmet sie/dz sie jm den nicht nemen moch
te/die ander fraw von Senliß saget/behaltet
den ring für ein köstlich ding / vnd gebet jhm
den nicht wider/sie antwort/ Nein/ich wil jn
nit berauben vnd wecket jn auff vñ sagt/habt
ein andermal besser acht auff ewern ring/ich
hette jn lang von ewrer hand/vnd besah jn/er
dan-

Dennmarckische

dancket jn fleiſſig / vnd ritte ſeines wegs auß
der Statt.

Die ander fraw ſtraffet die Königin ſehr /
daß ſie den Ring nicht behalten het / ſie ſagt /
hette ich jn ſo bekommen / er ſolte jn nimmermehr geſehen haben / vnd ſchicket eilends 30.
Mañ hinnach / ſie ſolten Olgern todt ſchlagen / vnd jr den Ring bringen / als ſie zu jm kamen / da ſchlugen ſie ſehr vnuerſehens in eim
buſche auff jn / er ſchlug bald ſechs von jhnen
todt / darnach zwölff dazu / die andern neune
ſchlug vnnd biß ſein Pferd todt / einen ließ er
gern leben / vnd ſagt / er ſolte zu ſeiner Frawen
von Senliß reiten / vnd jr ſagen / er wolte jhr
die verrähterey bezalen / wo er leben ſolte / Er
ritte ſein Weg fürter nach dem Läger / als er
ein meil geritten war / da begegneten jhm viel
rennende / ſo da auß dem ſtreit geflohen waren / er fragte ſie warumb ſie alſo renneten /
ſie ſagten / die Chriſten weren von den Türcken in die flucht geſchlagen / er rente faſt nach
dem ſtreit / da rente ein mechtiger Frantzoſe
auff dem weg vor jm / er fragt jn / warumb er
alſo für jhm flöhe / er antwort / ich meinet du
wereſt

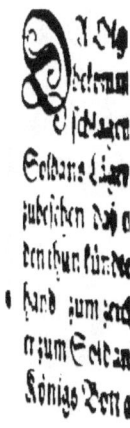

werest ein Türck/dieweil du so groß vnd lang
bist/Olger sagte/wo ist der König/der an der
sagte/er rente jetz vor mir in die Statt/vnnd
ich wil im itzund nachreiten/Olger sagte/sag
jm daß er sein Volck versamle/vnnd herauß
komme wir wöllen auffs new anfahen strei-
ten/Der ander sagte Nein/es ist alles verlorn/
dann der Türcken vnd Heiden ist mehr daß
60.tausent in jrem Heer/vñ sein vnser besten
Helden alle erschlagen.

Wie Olger in der Türcken Läger
ritte/ vnd da eines Kampffs
sich erbote.

DA Olger vername/ daß er kein hülff
bekommen kündte/ die Türcken zu
schlagen/ da gedacht er/ er wolte des
Soldans Läger/ das lb vnnd alle gelegenheit
zubesehen/ daß er jm hernach desto mehr schaden thun kündte/ er nam ein Altzweig in sein
hand/ zum zeichen daß er ein Bott wer/ als
er zum Soldan kame/ da sagt er/ich bin des
Königs Bott auß Franckreich/ er lasset dir
sagen/

Dennmarckische

sagen/daß du die Christen gefangene loß ge=
best/so du diesen tag in der schlacht gefangen
hast/so wil er mich meiner gefengniß loß ge=
ben/ vnnd wil ich dein gefangener sein/ auch
mich lösen so hoch du mich schätzen wilt/ dañ
ich bin des König Hagers Son auß Arabia/
vnd heisse Hostinel vnd ward vor Radiß ge=
fangen/als die Christen die letzte schlacht all=
da gewunnen/ Soldan antworte/sendbotte
pflegen nicht in Harnisch zureiten/ ich glaub
nicht daß du König Hagers Son seiest/ hat
aber der König dich außgesend/so reite zu jm/
vnd sag im/daß er sein Gott verleugne/ vnd
mein Gott Mahomet anbete/ oder ich wil
jn vnd all sein Volck todtschlagen.

Als die Christen horten/ was Olger zu
Soldan sagte/wie er des Königs botte were/
da wunderte sie es größlich/ dann sie wusten
wol/daß er kein solchen grossen man in seinē
reich hette/da sagte einer zu dem andern/ sor=
get nicht/dañ ich glaub gewißlich/ daß er ein
Christ ist/ wiewol er sich des Königs Son
auß Arabia nennt/ auch des Königs botten/
daß mir traumet dise nacht wunderlich ding
ich

Ich sah ein Vogel der sagte zu mir/fürcht dich nichts/daß es soll ein grosser vogel auß Denmarck kommen/vnd dich/auch alle Christen auß allen nöten erlösen/ darumb wollen wir alle zu Gott beten/ daß er an vns gedencken wolle/vnd auß diser Leibsnot vnnd fahr erlösen/ Soldan sahe dz die Christen so heimlich zu rath giengē/da sagt er zu jnen/ich hab euch ehrlich in disem streit gewunnen/ darumb sollet jr alle ewern Gott verleugnen/oder ich wil euch zu todt peinigen/ Olger sagt wider zu jm/Lieber Herr/nemet mich gefangen/vñ lasset dise lauffen/ er sagt du bist des Königs Son auß Arabia nicht/ Olger sagte/ich bin es/da fiengen alle Christen an zu schweren/ daß er desselben Königs Son were.

Soldan sagte/jr schweret er sey des Königs Son. auff daß jr loß koñen möcht/vnd mag sein/jr sehet jn ewer lebenlang nicht/darumb sol ewer grosse lügen euch nichts helffen/von meiner macht/ in dem er also mit jnen redet/ gefiel jm Olgers Pferd gar wol/drumñ sagt er zu jm/wiltu nit mit Pferdē mit mir beuten/ Olger antwort/ich bin wol zufriden damit/
wann

wann ich so ein gut Pferd wider bekommen
mag/ Soldan liesse vier oder fünff schöner
Pferde herbringen/ da solte er eines von nemen für sein Pferd/in des sagt Olger seinem
Pferd heimlich in ein Ohr/beweiß nun dein
sterck und macht/daß wir nicht von einander
geschieden werden/ Soldan sendet sein Stall
meister zu Olgers Pferd/im den mund zu se
hen/wie alt es wer/wie er es nu bey dem maul
name/da bisse im das Pferd die kölen entzwey
daß er todt zu der Erden fiel/die andern Tür
cken so da stunden/begunten stracks auff jhn
zuschlagen/das Pferd biß und schlug auff al
le seiten/tratt auch manchen todt un. er seine
Füsse/daß jnen allen dafür grawet/ unnd er-
schracken alle vor jm/so ein groß getob/ so er
hette unter jren Speeren/Schwerdern und
Harnischen/auch daß es souil todt bisse/ und
wiche der Soldan und jederman jm auß den
weg/ in des entlieffen jm die gefangen Chri-
sten/ und kamen in die Statt/ da stillet Olger sein Pferd wider/ als Soldan solche s sa-
he/da rente er zu Olgern unnd sagte/gib dich
gefangen/ oder ich schlage dich stracks todt/
dann

daß mein gefangene entlieffen/als dein pferd
also regierte/Olger sagte/reit mir nit neher/
wiltu länger leben/Soldan sagte du bist ein
zauberer/vnd hast ein Teuffel zu einem Pfer
de/daß es schlegt vñ mordt so manchen mal/
Olger antwort/möcht ich sicher mit dir rede/
so wolte ich dir/in warheit sagen/wer ich bin.

Soldan schwur auff sein trew vnd ehre/dz
er es wol on alle verrähterey thun möchte da
sagt Olger/ich bin ein Christenman/vñ glaub
an den Allmechtigen Gott/so Himmel vnd Er
den erschaffen/auch menscheit in der Juncfrawen Maria an sich genommen/ließ sich auch
von den Jüden peinigen/creutzigen vnd rödten/fuhr nider zu der Hellen/vnd erlöset alle
rechtfertige menschen drauß/fuhr zu Himmel/
vnd sitzt zu der rechten hand seines himmlische
Vatters/von dannen der kommen wirt zurichten
die lebendige vñ todte/drumb bit ich/rathe dir
auch trewlich/du wollest an im glauben vnd
dich tauffen lassen/auch dein falschen Gott
Mahomet verleugnen/so kompstu in die hem
liche frewde one ende/mit allen guten Christe
Soldan sagt/ich wil mein lieben Gott Ma

Aa   homet

Dennmarckische

homet nit verschwere/sonder sein diner sterb
Olger antworte/so wil ich alleine mit dir
kempffen/mit solchem bescheid/wo du gewin
nest/so soltu alle deine gefangene wider beko
men/auch die stat Carnoti damit/da der Kö
nig itzt mit seinem volck iñen ist/gewisse aber
ich/so soltu mit allē deinem volck ab vñ heim
ziehen/dünckt dich/daß du mit mir allein nit
schlagen wilt/so bin ich zufriden/daß du einē
von deinem heer welcher dich lüstet zu dir ne
mest/König Amiral sagt zum Soldan/Herr
erbeut euch mehr dañ zuuil/ich wil der sein/so
mit euch jm begegnen wil/doch daß er ein an
der pferd neme/Soldan nā disces an/vñ sagt
zu Olgern/dz er morgens zeitlich auff die ba
ne kem/vnd ein ander Pferd brächte.

Wie Olger in die Statt zu dem Kö
nig ritte/vnd jm anzeigt wie er ein
kampff volbracht het.

Je Christen so dem Soldan entlauf
fen warn/als Olgers pferd also re
gierte sagtē zu dem König in Franck
reich/wie da ein mechtiger grosser Held kom
men were/vnd gesagt/ sich seinen gesandten
sein

sein an den Soldan/wie auch sein pferd souil
todt gebissen vnnd geschlagen hette/ so weren
sie loß worden/vnd dauon gelauffen drumb
glaubten sie gewiß/ daß er ein Christ were so
jnen auß derselbē not heffen solte als der Kö
nig solchs hört/da sagt er seinē volck sie solten
in die Kirchen gehen / vnd Gott loben vnnd
preisen für diesen trost/er gieng auch selbst in
die Kirchen/vnd als er nun in seinem Gebet
lage/da kam Gottes Engel/vnd sagte zu jn/
es sol ein Christen Kempffer kommen/so dich
vnd alle Christen von den Türcken erretten
sol/der König dancket Gott für diesen trost/
vnd ließ als bald die priesterschaffe zusamen
beruffen/vnd giengē Olgern mit Creutz vnd
Fahnen entgegen/entpfieng jhn mit groß
ehr vñ reuertz/vñ fürt jn mit sich in seinē
last/fragt jn auch wer er wer/vñ wo er ge
wer/Olger antwort/ich bin in Denmarck
born/ vnd bin nu 300.jar alt/der König glau
bet solchs wol nit/dorfft aber gleichwol nichts
dawider sagen/ daß er jn nicht erzürnete.

Wie Olger außritte mit Sol-
dan zukempffen.

Aa ij Der

Es morgens sagt Olger zum König
Dich hab Soldan gelobt/im selb ander
auff der ban zu begegnē, mit der wil-
kür/wo ich verlier so sol er dise stat/auch alle ge
fangnē. so im gestern entlauffen sein/bekomē/
gewiñ ich/so sol er als bald mit seinē volck/auß
der Christcheit ziehē/drumÑ bit ich dich/du wöl
lest mir die schlüssel zu der Statt/auch alle ge
fangene in meine hend vberantworten / als
der König solchs gethan/da war jnen sehr leid
in der Stat/daß er gegen zween kempffen sol
te/wiwol er groß vñ lang war/als Olger auß
der Stat kam/da gieng der König mit seinen
edlen auff die Mawren/den kampff zuzusehē/
da kam Olgern in siñ/wie er verheissen het/
ein ander pferd auff die bane zubringē/drumÑ
stige er ab/vnd band sein pferd an ein baum/
vnd sendet zum König vmb ein ander pferd/
als nu der bote mit eim andern pferd kam/da
stiesse Olgers pferd dē Zügel entzwey/vñ lieff
hin vnd bisse dz ander pferd tod/lieff darnach
wider zu Olgern/vnd legt sich für jm auff die
knie/verkert sein farbe/vnd macht sich weiß/
dañ es zuuor schwartz vō haaren war/als Ol
ger

ger das wull
drauff. vndt
Sie kenten
har vñ farb vn
dz zugleich vn
dz zu stücken a
woi sul im satt
dz gu hortz zu
ral ein bein zu z
ein seiten das zu
Amiral ab da spr
kein brust vñ tr zu
ger vnd Soldan l
leste spielte Olge
zorn vñ hieb jm sa
er sich getrungen v
der fürte im waff sich
darumb wurter zu
sig zunemen Ser...
Der König h zu
tellia seen lassen er f
vnd da kam jm an
an vnd starbe also a
kn das pert namen/

ger das wunderliche stück sahe/da setzte er sich drauff/vnd ritte auff die banc.

Sie kenten Olgers pferd nit/dieweil es sein har vn̄ farb verkert hat/drumb renten sie bey-de zugleich mit jren speeren auff jn/dz sie bey de zu stücken auff jn giengen/blieb er gleich-woi stil im sattel sitzen/darnach hieben sie bey de gar hortiglich vff jn/Olger hieb dem Ami ral ein bein ab/vnd schlug damit sein pferd in ein seiten/das ward doll darab/vn̄ warff den Amiral ab/da sprang Olgers pferd jm auff sein brust/vn̄ trat jn tod/darnach schlug Ol-ger vnd Soldan lang miteinander/auff das letzte/spielte Olger dē Soldan sein Helm ent zwey/vn̄ hieb jm sein Linck ohr hinweg/da gab er sich gefangen/vn̄ gab Olgern sein schwerd der fürte jn mit sich in die Stat zum König/darumb wurden alle Christen fro/daß er den sieg gewunnen hette.

Der König fragt Soldan/ob er sich wol-te täuffen lassen/er sagt ja/als er nu getaufft ward/da kam jn ein tag darnach das Fieber an/vnd starbe also/als die Türcken vnd Hei-den das ver namen/da flohen sie auß dē Land

Aa iij das

das best sie mochten/da bewise der König Ol
ger grosse ehre/vnd fragt jn eins tags/wie er
so jung schiene/vnnd doch/so alt were/ Olger
noste nicht das er Jungfraw Margua erzür
net solte so er das sagte/vn sprach zu dem Kö
nig. wie jm ein Jungfraw ein Ring gebē het/
wal er den an dem finger hette/ so schien er so
jung sein. in dem sich jm der Ring vō dem fin
ger das er es nit fühlet noch mercket.

Da stund ein alter Hertzog dabey / der hieß
Hertzog Gerard/vnd war 100.jar alt/der hu
be den ring auff/ vnd steckt jn an sein finger/
da schin er als bald so schön vn jung als er bey
seinen 30.jaren wer/vn ward Olger schwartz
vnd runtzelicht in seim angesicht/ da mercket
der König wol das Hertzog Gerard den ring
hatte/drum bat er Olgern sein ring wider zu
geben/das wolte er nit/weder mit bösem noch
mit gutem thun/drumb war Olger sehr betrü
bet/in des kam ein schön klare Jungfraw/vn
war weiß bekleidet/ die zohe Hertzog Gerard
den ring ab/ das ers nit fült oder wuste/vn ste
cket Olgern den an seinen finger/ da ward er
als bald schön vnd jung als er vorhin gewest
war.   Wie

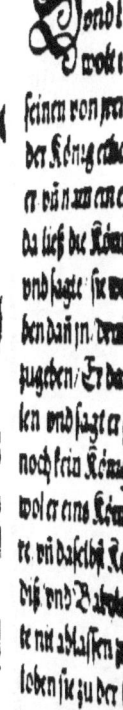

Wie der
zohe/ v
g

Am
Dondt
wolt
seinen von jra
der König erlan
er vn an ein c
da ließ die König
vnd sagte sie we
ben dan jn. vn ul
zugeben/ Er dan
ken vnd sagt er
noch sein König
wol er eins König
re vn daselbst. Kö
dis vnd Babsten
te nit zu Massen zu
loben sie zu der E
zuuor mit dem J
Kloster sich berat
gen/vnd der erest

Wie der König wider gehn Pariß zohe/ vnd ſtarb / da wolte die Königin Olgern zu der Ehe haben.

Arnach zohe der König nach Pariß/ vnd bate Olgern mit jm zuziehen/ da wolt er jn begaben/daß er jn vnnd die ſeinen von jren feinden erlöſet hatte/ als nun der König etlich zeit zu Pariß war / da ſtarb er/vñ nam ein ehrlich ende hie auff diſer welt/ da ließ die Königin Olgern zu ſich beruffen vnd ſagte/ ſie wolt kein andern Ehegemal haben dañ jn/drumb bat ſie jm ſein willen darein zugeben/Er dancket jr fleiſſig jres guten willen/vnd ſagt er gedecht ſich nit zuuerheiraten/ noch kein Königin zum Weib zunemen/wie wol er eins Königs Son auß Deñmarck were/vñ daſelbſt König/auch zu Engeland/Ra diß/vnd Babylon König geweſt were/ſie wol te nit ablaſſen zubitten/drumb muſte er jr ge loben ſie zu der Ehe zunemen / doch wolte er zuuor mit dem Abt von Sanct Pharaonis Kloſter ſich berahten/damit ließ ſie ſich genü gen/vnd bereitet ſich vnd zohe mit ihm / Als

Aa iiij ſie

sie nun dahin kame/ da redet sie heimlich mit
dem Abt/vnd bat jn. Olgern zu rathen. dz er
sie neme/er verhieß jr solchs zuthun/ vnd ließ
ein groß Gasterey zu richten/vnd luden dazu
Herren vnd Fürsten/auch die Obersten von
der Statt.

Als die malzeit beschehen/da riet er Olger
Denen die Königin zu der ehe zunemen/vnd
Franckreich mit jr/daß er wer wol jrs gleiche
daß er eins Königs Son/dazu ein mechtiger
Helb wer/er sagt auch/dz jm mit recht gebür=
te/Franckreich mit jren zuhaben/daß es nie=
mand besser verdient hette daß er / dieweil er
sie alle von jrē feindē errettet hette/ des reichs
rath auch alle Herren so da zugegen waren/
baten jn alle freundlich/solches anzunemen/
so gab er zuletzt seinen willen darein/da gab sie
der Abt zusammen in alle jhrem beywesen/ein
kleine zeit darnach wolten sie hochzeit haben/
vnd giengen zu Kirchen mit grossem pracht
vnd pomp als sich daß einem mechtigen Kö
nig vnd Königin gebüret/als sie nun für der
Kirchen thür stunden/vnd solten eingeweiht
werden/da kam ein wunder schöne klare jung
fraw

fraw in weissen vnd scheinenden kleidern/vñ nam Olgern in jhre arm/ fůrte jhn in einem grossen schein hinweg/ daß niemand wůsse wo er hin kame.

Wiewol dz gantz wunderlich ist/vñ scheint vnmüglich sein/so ist doch gleichwol solchs in warheit geschehen/ob anders zu glauben ist/ wz in der Frantzösischen Cronicke von jm ge schriebe ist/der so sie vorhin tichtet/der schrieb vnd meinet/dz Gott (dem nichts vnmüglich ist)jm in das Paradiß/oder in ein ander ort/ da er frewde vnd ruhe haben sol/ führen ließ/ vor den starcken glauben so er zu Gott hette/ sich auchmanlich in krieg vnd schlacht man nich iar gebraucht hatte/den H. Christlichen glauben zubeschirmen/auch die armen Chri sten menschen/von den Türcken auch vil an dern jren feinden zuerretten/welche er dann mit der hilff Gottes alle vber wand/ sie auch auß manchem land vñ reich vertrib/wie daß in seiner Cronicken vorhin geschrieben steht.

Der so sie schrieb meinte er solle vor dm jüng sten tag widerkoñen/ vñ wider dz Antichrist streiten/mit schwertz vñ waffen/welchs doch

Aa v nicht

nicht glaublich ist/ es gebüret vns auch nicht zuglauben/daß man find es nicht in der heiligen Geschrifft/ darumb mag ein jeder dauon halten was jm Gott in sinn gibt.

Es stehet auch in der Frantzösischen Olger Denen Cronicke/wie sechs schöner Jungfrawen die man Weter auff deutsch nennet/sollen die jungeKinder verwechseln in der stund seiner geburt zu jm kommen weren/vnnd die erste hiesse Gloriant/hette jn in arm genommen/als sie nun gesehen/ daß er so groß von Gliedern war/küste sie jn vnnd sagte/ich wil dir solch glück vnd gabe geben/daß du dristig vnd starck in krieg vnd schlachten sein solt/vber all andere Helden so lang du lebst. Die an der Jungfraw hiesse Palestina/ sagte liebe Schwester/das ist kein kleine gabe/so du diesem Kinde geben hast/drumb wil ich jm solch gab geben/daß er nimmer oneKrieg vndBedE bleib/so lang er lebt. Die dritte Jungfraw hieß Faronunda sagt zu jr/ das ist ein wunbarlich vnd fehrlich gabe so du disem schönen Kinde geben hast/ drumb wil ich jm dise gab dagegen geben/daß er von keinem Kempffer in

inn keinem Krieg sol vberwunden werden.
Die vierde Jungfraw hieß Meliora/ gab im
ein solche gab / er solte wol beredet werden/
auch daß im jederman günstig würde. Die
fünffte Jungfraw hieß Pristina/ gab im ein
solche gab/ daß in Frawen vnd Jungfrawen
solten lieb haben/ so lange er lebte. Die sechste
hieß Margua/ sagte zu den andern Jung=
frawen/ meine lieben Schwestern/ ich habe
wol verstanden vnd gehört / die grosse vnnd
wunderlichen gaben/ so ir disem schönen Kin
de geben habt/ drumb wil ich im solche gaben
geben/ daß er nimmer sol geschlagen werdē/
In einichem Kriege / auch nicht sterben/
sonder er soll zu mir auff mein schön
lüstig Schloß Dauallon kommen / da
sol er bey mir bleiben / wann er lang genug
inn der Welt geregiert/ als das beschehen/
giengen dieselben Jungfrawen wider von
dem Kinde/ vnnd fuhren in die lüffte/ daß
niemand kundt sehen oder wissen/ wo sie hin
kamen.

Das

Das ist doch nit glaublich/dz es also gesche=
he sey sonder es ist ein fabel vñ ertichtet vñ
drumb sey der Allmechtig Gott gelobet vñ
benedeiet zu ewigen zeiten so vns au
sen blindheit da wir inen gestecke'/2
daß wir nu alle wissen dz niemand be
shen einig auch stück oder solche saben
kan on Gott alleine/ mir gezüffet gleub
zuschreiben wes ich in der Cronicken für mir
geschrieben finde/ drumb kan mich mit recht
niemand straffen solches thut auch kein wei=
ser oder vernünfftiger man/so vorhin merck=
liche vñ alte Lateinische Cronicken gelesen in
welchen sie vil wunderlicher/ja wol vnglaub
liche stücke finden/doch ist einer/ so der wil in
andern sprachen transferieren pflichtig/die=
selben zuschreiben/was er vor sich find/diesel
ben auch nit nach seinem kopff oder gutdün=
cken verkeren/ sonder schreiben wie es stehet/
wañ sie auch sehn/hören/ oder lesen/ etwas so
wider vnsern Christliche glauben ist/so sollen
sie Gott loben vnd dancken/ daß er vns auß
solcher blindheit beruffe vns auch gnade ver
leihen/zuerkennen/wissen vnd verstehen/daß
wir

wir solcher des Teuffels betriegerey nit glau=
ben sollen/sonder an Gott allein glauben/so
da von allen menschen gebenedeit werde, von
nun vnd zu ewigen zeiten. Amen.

Es steht auch in Keyser Carls Cronickel/
daß er S. Dionysius sein Patron in krieg vnd
Veden angerufft auch Roland vil von seinem
schwerd Direndal gehalten/drumm daß in den
kelffte von S. Peters Zan/ S. Blasij blut/
auch S. Dionisij har war/ dran sol sich kein
Christenmensch stossen oder ergern/ kein rech=
ter Christ thut es auch nicht/ daß er weiß sel=
ber daß kein heilig oder heiligthumb/ jemand
helffen/oder erlösen kan on Gott allein. doch
sein gleichwol etliche/ so sich düncken lassen/
sie seyen gute Christen/als bald sie lesen/ hö=
ren oder sehen/in einer Cronicken/ daß jnen
nicht gefellt/so ruffen sie vnd sagen, man sol
le solche ding nit trucken/ Gott erbarme sich
derer die wanwitzig vnd vnuernünfftig sein/
daß sie sich an ein so klein ding stossen. daß al
le alten Cronicken auch vil andere alten Bü
cher sein solcher stück vol/ hetten sie in denen
gelesen/vnd weren ein wenig mehr erfahren
dann

Dennmarckische

da nn sie sein/oder wissen wie sich Cronicken
zu schreiben vnnd trucken gebürten/sie würden nicht so sehr darüber schreien als sie thun
dann warheit ist die erste regel/in Cronicken
schreiben/wie es zugangen sey es sey gut oder
böß/man sol auch niemand sparen/es sey König oder Fürsten / Bischoff oder Prelaten/
Reich oder arm / jung oder alt/ von denen sie
schreiben/daß man kan exempel nemen von
denen/so Christlich vñ ehrlich gelehrt/gehand
let/auch die so vbel in diser welt gelebt vnd re-
giert/faren lasse.

Wer zweiffelt daran / daß der edel Herr
Keyser Carl/Turpin/Ertzbischoffe/Roland
Olger Dene/auch andere Helden gute Chri
sten gewest seyen/welchs sie auch mit der that
beweiset/dañ sie wagten Land vnd Leut/ Leib
vnd Gut für den heiligen Christlichen glau-
ben/die armen Christen menschen von Türcken vnd Heiden/so sie biß in den todt pflegen
zu beschirmen/vnd waren gleichwol von den
falschen Predigern/ mit des Teuffels Lehre
betrogen/daß sie in solche blindheit gerahten
waren/daß sie jhr hoffnung vnnd vertrawen
in

in die heiligen gesetzet/ vnnd glaubten daß sie
jnen auß jhrer not vnnd trübsal helffen künd
ten/darumb rufften sie die an/ in Krieg vnd
Schlachten vnd wo sie in leibsfahre waren/
wenn nun ein Christ solches so wider vnsern
Christlichen glauben vnd wider Gott ist/ li=
set oder höret/ sol er Gott den Allmechtigen
loben vnd dancken/ daß er auß seiner milten
Barmhertzigkeit one all vnser verdienst/ vns
auß solcher blindheit beruffen vnnd gezogen/
vnd jm gegünnet/daß er nun das heilige kla=
re Euangelion mag lesen vnnd hören/ auch
wissen vnd verstehn/daß wir nun keinen hei=
ligen in vnsern nöten anruffen sollen/wie sie
gethan/ wir sollen auch die nicht richten/ so
das gethan/ dann Gott kennet seine außer=
welten von ewigen zeiten/ er kündte sie auch
so wol selig machen/als er nun kan/vnd jnen
den rechten Christlichen glauben/an jrer letz=
ten stunde in jhr Hertzen geben/ hetten sie zu
jhren zeiten GOTTES klare vnd heilige
Wort gehört/ wie wir jetzunder/ sie weren
ohne zweiffel besser Christen gewesen/ dann
wir nun sein/ Ich wolte diß auch wol
vorhin

Dennmarckische Historien.

r or hin in Keyser Carls Cronicken geschrieben haben/ich wiste aber nit glaubt auch nit/
daß noch solche wanwitzige vnd vnuernünfftige vnter vns weren / so täglich Gottes kla-
res reines wort hören/vnd nicht gewiß
wissen/daß niemand die heiligen
oder jr heiligthumb anruffen oder anbeten
solle.

Soli deo laus, honor, gloria, & impe-
rium in omne æuum.

Getruckt zu Franckfurt am
Meyn/ durch Nicolaum Basse/
in verlegung Hieronymi
Feyerabend.